KB128454

포식의 군주

포식의 군주 7

초판 1쇄 인쇄일 2017년 5월 18일 | **초판 1쇄 발행일** 2017년 5월 23일

지은이 풍류랑 | **펴낸이** 곽동현 | **담당편집 팀장** 이범수
편집부 신연제 이윤아 홍현주 김유진 조서영 임소담 정요한

펴낸곳 (주)조은세상 | **출판등록** 제2002-23호
주소 경기도 연천군 미산면 청정로 1355
TEL 편집부 02)587-2966 | FAX 02)587-2922
e-mail bukdu@comics21c.co.kr

풍류랑 ⓒ 2016
ISBN 979-11-6171-006-8 | ISBN 979-11-5832-810-8(set) | 값 8,000원

포식의 군주

풍류랑 현대판타지 장편소설

NEO MODERN FANTASY STORY

7

북갤두

㈜조은세상

CONTENTS

포식의
군주

포식의 군주

1. 강철의 군주

태랑은 계단 위라는 좁은 공간에서 창을 휘두르기 불편함을 느꼈다. 휘랑의 능력이 정말 근접이라면 불리한 쪽은 자신이었다.

"여기서 싸울 텐가?"

"왜? 이제 와 쫄려, 아저씨?"

"건물을 다 부숴도 상관없다면야."

"흐음. 뭐 부서져도 내가 수리하는 건 아니지만…. 확실히 비좁긴 하겠네요. 따라오세요."

"어디로?"

휘랑은 손가락을 들어 천장을 가리켰다. 그러나 계단은 3층에서 끊겨 있었다. 아마도 건물의 중앙부에 옥상으로

9

향하는 통로가 있을 것이다. 태랑이 고개를 갸웃하는데 은
휘랑이 불쑥 몸을 솟구쳤다.

콰광-!

은휘랑은 그대로 천장에 몸을 부딪쳐 구멍을 내버렸다.
그를 둘러싼 오라가 호신강기처럼 작용하며 몸을 보호했다.

'저런 무식한….'

태랑은 옥상으로 뚫린 구멍을 보며 어이가 없었다. 자신
도 포스를 집중하면 콘크리트를 부술 수 없는 건 아니었지
만 저런 방법은 상상을 뛰어넘는 수준이었다.

부서진 잔해에서 흉물스러운 철골이 덜렁거렸다. 은휘랑
은 옥상에 먼저 올라서서 태랑을 향해 손가락을 까딱거렸다.

"안 올라와요? 사다리 내려줘야 하려나?"

"…알아서 간다."

이미 조용히 넘어가기는 그른 일이라고 판단한 태랑은
구멍을 향해 몸을 솟구쳤다. 발에 포스를 집중해 땅을 박차
자 그의 몸이 혹 떠오르며 옥상으로 올라섰다.

옥상은 세로 길쭉한 운동장을 연상시켰다. 순식간에 하
늘이 올려다보이는 배경으로 무대가 전환되었다.

"어때요? 이제 좀 해 볼 맘이 나요?"

"어린 친구가 건방이 심하구나."

"풉. 나이 많은 게 무슨 벼슬이라고…."

말은 그렇게 했지만, 창을 쥔 손에 살짝 땀이 나는 태랑이
었다. 그만큼 은휘랑이 보여준 육체적 능력은 가공할 수준.

포식의
군주
7

파워업의 효과가 언제까지 갈진 모르지만, 근접전 전문가인 유화라고 할지도 상대하기 쉽지 않을 것으로 보였다.

'어쨌든 상대는 맨손. 리치에서 내가 앞선다.'

태랑이 창을 세워 들며 거리를 쟀다. 그러자 은휘랑이 불쑥 스피드를 올리며 달려들었다. 무기를 보고도 전혀 겁내지 않은 담대함에 태랑이 당황하고 말았다.

'뭐 이렇게 막무가내야?'

태랑이 달려드는 놈을 향해 히드라의 사모창을 내지르며 반격했다. 뱀처럼 구불거리는 사모창의 창신은 붉은색. 화염의 기운을 담고 있어서인지 창끝에 횃불을 피운 것처럼 불꽃이 넘실거리고 있었다. 휘랑은 창이 닿기 직전에 몸을 멈춰 세우더니 잔상처럼 몸이 흐릿해졌다.

'블링크인가? 아냐. 마법이 아니다. 엄청나게 빠르게 움직이고 있어.'

태랑은 감각적으로 창을 한 바퀴 크게 돌려 뒤를 후려쳤다. 예상대로 태랑의 뒤로 돌아간 은휘랑은 가슴을 향해 날아오는 창끝을 피해 그대로 몸을 눕히며 창대를 걷어찼다. 원앙각의 한 수.

휘랑의 발차기와 창대가 공중에서 격돌하며 충격음이 났다.

휘랑은 철판교로 누운 자세에서 곧바로 복부 반동으로 몸을 일으켰고 창대를 놓칠 뻔한 태랑은 뒤로 두세 걸음 물러서며 균형을 잡았다.

창간을 잡은 손아귀가 찢어지는 느낌이 날 정도로 강력한 발차기였다.

"휘유~ 아저씨, 불꽃 창을 휘두르네? 무서워라."

"말이 참 많구나, 너."

한 번의 격돌이지만 서로의 실력에 다들 놀란 모습이었다. 은휘랑은 파워업 된 신체를 이용해 인간의 한계를 뛰어넘는 움직임을 선보였고 태랑 역시 감각을 최대한 끌어올려 가공할 만한 반사 신경으로 맞대응하고 있었다.

랜덤으로 돌아가는 태랑의 사모창은 어느새 하얀빛을 띠고 있었다. 이제 창끝에선 드라이아이스 같은 차가운 냉기가 뿜어져 나왔다.

"어라? 이젠 불꽃 창이 아니네? 얼음 창인가? 아저씨 제법 신박한 무기를 쓰는구나?"

"그만 좀 나불거려!"

태랑이 버럭 짜증을 내며 삼조격을 날렸다. 세 번의 찌르기가 매섭게 파고들었다. 가슴팍을 향해 날아오는 공격에 은휘랑의 얼굴에도 마침내 여유가 사라졌다.

"흐읏!"

펑펑펑-!

은휘랑은 두 팔에 기운을 끌어모아 맨몸으로 공격을 막아냈다. 창날이 머리에 닿기 전 그의 호신강기가 발동했다. 삼조격의 특수 마법이 펼쳐졌지만, 마법의 효과를 무력화시키는 호신강기로 인해 타격이 이루어지지 않았다. 다만

폭식의
군주 7

사모창의 냉기 데미지가 들어가며 휘랑의 눈썹 끝에 하얀 서리가 끼었다. 몸이 얼어붙은 것이었다.

'좋아. 둔화가 걸렸군. 이대로 몰아친다.'

태랑은 삼조격 자세에서 곧바로 창끝을 내려 휘랑의 다리를 노렸다. 아무리 호신강기로 보호된다 한들 분명 데미지는 누적되고 있을 것이다. 움직임을 묶으려면 다리를 봉쇄시켜야 한다.

"흥, 나를 뭘로 보고!"

휘랑은 이대로 가다간 주도권을 빼앗기겠다는 생각에 오른손을 내밀어 창대를 움켜잡았다. 맨손으로 무기를 낚아챈 순발력은 혀를 내두를 정도였다.

두 사람은 창을 사이에 두고 힘겨루기를 시작했다. 팽팽한 포스로 맞서며 대치국면이 이어졌다.

'만만치 않은 힘이군. 하지만 넌 실수한 게 있어. 내가 소환술까지 쓸 수 있다는 걸 생각해야지.'

태랑이 그의 뒤로 골렘을 소환했다. 주변의 암석들이 자석처럼 끌어당겨지며 거대한 골렘이 불쑥 모습을 드러냈다. 계속 창대를 잡고 줄다리기를 하다간 스톤 골렘의 돌주먹에 고스란히 얻어맞을 형국이었다.

"익, 아저씨 치사하게!"

휘랑은 후방을 내준 걸 깨닫고 창대를 놓음과 동시에 번쩍 뛰어올랐다. 두 발을 모아 드롭킥을 날리자 다가오던 골렘이 가슴팍을 얻어맞고 단번에 무너져 내렸다.

'골렘을 발차기로 부숴?'

아무리 특성을 개방하지 않았다고 해도 태랑의 스톤 골렘은 엄청난 내구력을 가지고 있다. 그것을 한방에 부숴버리자 태랑은 어안이 벙벙했다. 그러나 그것으로 끝이 아니었다. 두 발을 모아 골렘의 가슴팍을 걷어찬 은휘랑은 그 반발력을 이용해 무릎을 굽혔다 펴면서 다시 태랑에게 몸을 날렸다.

반대편을 걷어차면서 곧바로 반격해 들어오는 수법에 태랑이 빠르게 창을 휘둘렀다.

"아저씨만 스킬 있는 거 아니거든?"

그 순간 은휘랑의 몸이 흐릿해졌다. 창대가 그의 몸을 가르고 지나갔음에도 유령을 스친 것처럼 아무것도 걸리는 느낌이 없었다.

'아뿔싸! 유체화?'

유체화 스킬은 육신을 물질계에서 유리시키는 기술로 순간적으로 모든 공격의 회피가 가능한 기술이었다. 대게는 적들에게 가로막혀 탈출할 때 사용하는데, 은휘랑은 기술을 숨기고 있다가 극적인 순간에 공격에 활용한 것이었다.

태랑의 공격이 무위에 그치는 순간 그의 흐릿한 몸이 원래대로 돌아왔다. 그리고는 태랑의 얼굴을 향해 강력한 펀치가 날아왔다.

쾅-!

포스와 쉴드가 충돌하며 나는 굉음이 옥상을 뒤흔들었다.

관자놀이를 강타당한 태랑은 몸이 붕 떠올라 5M 이상을 날아갔다. 오랜만에 느껴지는 둔탁한 충격에 태랑은 무기마저 놓치고 말았다.

'제기랄!'

그러나 정신을 차릴 틈이 없었다. 스피드를 끌어올린 은휘랑이 태랑이 날아가는 지점으로 먼저 가서 기다리고 있다가 두 손 모아 후려친 것이었다.

깍지 낀 두 주먹이 공중에 떠오른 태랑의 등판을 강타하자 태랑은 그대로 옥상 바닥에 처박혔다. 어찌나 호되게 충돌했는지 바닥은 태랑이 떨어진 모습 그대로 움푹 들어갔다. 돌바닥이 짓눌린 정도의 강력한 충격.

'큰일이다. 쉴드가 절반이 날아가 버린 것 같아.'

은휘랑은 바닥에 꼴사납게 처박힌 태랑을 보며 코웃음 쳤다.

"뭐야? 고작 이 실력으로 마스터를 만나겠다고? 아저씨, 우리 마스터가 어떤 사람인 줄 전혀 모르나 보네?"

"너, 이…."

태랑은 억지로 몸을 일으키며 은휘랑의 발목을 움켜잡았다. 은휘랑은 마지막 발악이라고 생각했는지 아랑곳하지 않고 태랑의 머리를 짓밟았다.

"흐음, 실망이야. 나 하나 못 넘어서면…. 억."

그러나 은휘랑이 한 가지 간과한 것이 있었다.

태랑은 전투 각성과 괴수의 특징으로 말미암아, 데미지를 입으면 입을수록 포스와 쉴드가 급상승한다는 사실이었다. 은휘랑의 발목을 움켜쥔 태랑의 포스는 아까보다 두 배 이상 올라간 상태였다.

"내가 그만 나불대랬지!"

태랑은 은휘랑의 발목을 붙잡고 그대로 몸을 일으켜 놈을 집어 던졌다. 원반을 던지는 것처럼 공중에서 한 바퀴 돌려 내던지자 은휘랑의 몸이 옥상 출입구까지 날아갔다.

콰광-!

어찌나 집어던지는 힘이 강했는지 부딪힌 철문이 완전히 우그러지며 박살 났다. 은휘랑은 형편없이 튕겨 나오며 바닥을 뒹굴었다.

태랑은 좀비 들개를 시켜 떨어진 무기를 집어 오게 했다. 밑에 있던 화살과 도끼도 함께 전달되었다.

태랑은 근접전이 장기인 은휘랑을 상대로 도끼가 더 낫다고 판단해 무기를 바꿔 쥐었다.

"어이, 떠벌이. 계속해보자."

태랑이 도끼를 들고 쓰러진 은휘랑에게 접근하는데 구겨진 문짝이 떨어져 나가며 일단의 무리가 모습을 드러냈다.

"어머, 우리 막내 완전히 만신창이 다 됐네."

"내가 까불랑 거릴 때부터 알아봤지. 사내자식이 자중하지 못하더니 꼴좋다."

그들은 모두 3명의 남녀였는데, 팔목에는 은휘랑처럼 다들 노란색 아대를 차고 있었다.

폭식의
군주 7

그중 선두에 있던 원숭이를 닮은 키 큰 사내는 몹시 화난 표정이었고, 여자는 쓰러진 은휘랑을 돌보느라 정신이 없었다. 덩치가 유난히 큰 사내는 별말 없이 태랑을 지켜볼 뿐이었다.

'제길, 첩첩산중이구나. 은휘랑 이상으로 강해 보이는 자들인데…. 다들 등장인물인가?'

"이명훈은 어딨지?"

태랑은 도끼를 등에 얹고 멈춰 섰다. 당장 공격하긴 상대가 부담스러웠다. 대책을 세워야 했다.

"마스터는 왜 찾는 거냐?"

원숭이 상의 이재춘이 물었다.

"이명훈과 직접 얘기할 게 있다."

"형님, 놈의 포스가 아까보다 더 상승했습니다."

기감을 느끼는 윤태준은 태랑의 변화된 포스에 사뭇 놀라고 있었다. 쉴드가 깎여나가면서 상승한 그의 포스는 처음 기감으로 감지할 때보다 두 배 가까이 올라가 있었다. 자신의 예상이 맞다면 상대는 은휘랑과 싸우며 더욱 스텟을 끌어 올린 게 분명했다.

"너, 우리 길드가 그렇게 호락호락해 보이나?"

이재춘이 등 뒤에서 거대한 고리 검을 뽑아 들었다. 칼등에 쇠고리가 달린 고리 검은 아티펙트가 분명했다. 태랑은 한눈에 아티펙트의 정체를 파악했다.

'저건 6등급 아티펙트 벽력도! 부하들마저 6등급 아티

펙트를 소지할 정도라니….'

도끼를 쥔 태랑이 빠르게 눈치를 살폈다. 확실히 단신으로 이들 셋을 상대하기엔 무리가 있었다. 모든 소환수를 불러 모으고 특성을 있는 대로 개방해야 겨우 대적 가능할 것 같았다.

"끝내 피를 보자는 건가?"

"피는 너만 보면 되지. 우리랑 무슨 상관인데?"

이재춘이 무기를 꺼내는 순간 나머지 둘도 연달아 무기를 뽑았다. 서열 2위 백련화는 화사한 문양이 새겨진 털 부채를, 덩치의 윤태준은 등판에 달린 둥근 방패를 돌려 쥐었다.

'젠장. 저 여자가 든 백우선은 마법력을 대폭 증강시키는 5등급 아티펙트. 그리고 저 방패는 부메랑처럼 타격이 가능한 이지스로구나. 다들 쟁쟁한 무기를 가지고 있군. 만만치 않겠어.'

태랑이 작심하고 소환수를 불러 모으기 직전.

문짝이 떨어진 옥상 출구로 하얀 에어조던을 신은 사내가 서서히 모습을 드러냈다. 비틀어 쓴 스냅백엔 검은 선글라스가 얹혀 있었고, 헐렁한 박스티 위엔 치렁치렁한 금목걸이가 흔들렸다. 언뜻 힙합 가수처럼 보이는 그는 바로, 강철 길드의 마스터 이명훈이었다.

"아이참 시끄러워 도저히 밑에 있을 수가 없네. 얼씨구? 애를 아주 반 죽여놨네. 대체 어떤…."

이명훈은 부하들과 대치 중인 태랑을 발견하고 놀란

표정으로 눈을 치켜떴다.

"어라? 설마 태랑이 형?"

이명훈이 태랑의 이름을 언급하자 고조되었던 분위기가 순식간에 반전되었다.

"마스터, 저 침입자를 아십니까?"

재춘의 물음에도 이명훈은 대꾸조차 하지 않았다. 그는 마치 10년 만에 만난 고향 친구를 보는 것처럼 두 팔을 벌려 태랑을 반기고 있었다.

"이게 얼마 만이야! 태랑이형!"

태랑은 이명훈이 반색하며 반기자 그의 의중을 종잡을 수 없었다. 분명 그는 자신과 초면이었다.

'뭐지? 나를 잘 아는 건가?'

태랑이 생각할 수 있는 것은 그가 과거의 기억을 온전히 가지고 있다는 것. 그리고 거기엔 자신이 망각한 과거의 자신과의 관계가 포함되어 있을 거란 점이었다.

"나야, 명훈이! 힙합 갱스터 이명훈!"

이명훈은 태랑이 전혀 자신을 알아보지 못하자 생전 듣도 보도 못한 별명까지 언급했다. 그것은 부하들도 처음 드는 별칭이었다.

"왜 옛날에 형이 내 스냅백 쓰는 거 보고…."

이명훈은 뭔가를 더 말하려다 부하들을 의식하고는 입을 다물었다. 그는 기절한 은휘랑을 쳐다보며 부하들에게 명령했다.

"너희들은 막내 부축해서 치료실로 데려가."

"마스터, 괜찮으시겠습니까?"

"방금 말했잖아. 다들 내려가 있어."

"하지만 저자는….."

"야!"

이명훈의 고함에 다들 깜짝 놀라 몸을 움츠렸다. 쟁쟁한 부하들이었지만 그에겐 꼼짝 못 하는 모습이었다.

"죄송합니다. 데려가겠습니다."

이재춘과 윤태준이 각각 어깨동무하며 은휘랑을 부축했다. 백설화는 부채로 입을 가린 채 태랑을 한번 째려보고는 그들을 따라갔다.

다들 물러서자 태랑도 소환수를 일으키려던 것을 포기했다. 일단은 목적대로 강철의 군주 이명훈과 마주하게 되었다.

이명훈이 활짝 웃으며 태랑에게 물었다.

"형 소식은 가끔 게시판에서 접했어. 기억이 완전히 돌아온 거야?"

옥상에 단둘이 남게 된 태랑과 명훈 사이로 어색한 기류가 감돌았다. 태랑의 입장에선 얼굴조차 본 적이 없는 명훈이 낯선 게 당연했다. 그나마 또 다른 회귀자인 장건우를 먼저 만났기 때문에 현재 상황을 유추할 수 있을 뿐이었다.

'내가 이명훈과 과거에 친했나 보군. 이토록 날 반기는 걸 보니….'

태랑은 어설픈 신경전을 벌이기보다 솔직하게 나가기로

폭식의
군주 7

결심했다. 어쨌든 상대는 자신보다 많은 것을 알고 있다. 괜히 숨기려 해봐야 더욱 오해만 쌓일 것이다.

"강철의 군주 이명훈. 나에 대해 잘 아나?"

"어라, 오랜만에 봤다고 정말 이러기야 형? 그간 연락 안 했다고 섭섭했던 거야?"

"솔직히 말하지. 나는 회중시계의 부작용으로 과거의 기억이 온전치 못해. 너에 대한 내용도 장건우에게서 들었을 뿐이다."

"건우 형님 만났어요?"

태랑은 대강의 자초지종을 설명했다. 그가 접근해와 자신에게 회귀한 사실을 알려줬다는 것과 그는 다른 회귀자를 찾기 위해 떠났다는 것 등등.

이명훈은 잠자코 이야기를 듣고 있다가 반문했다.

"형, 그럼 정말 아무것도 기억 못 하는 거야?"

"내가 기억하는 건 소멸자 세트를 가지고 63빌딩에 오르기 직전까지다. 그 뒤의 이야기에 대해선 아는 바 없어."

"아…. 그럼 나랑 있었던 시간들은 완전히 없어진 거나 마찬가지네?"

"너는 나와 친한 사이였나?"

"친했냐고? 형. 우린 생사고락을 함께했던 사이였어. 형이 내 목숨을 몇 번이나 구해줬는데…."

태랑은 이명훈의 눈빛을 똑바로 쳐다보았다. 그의 말에 거짓이나 기만이 있는지 확인하려는 것이었다. 그가 고도로 숙련된 연기자가 아니라면, 분명 진실 된 반응이었다.

태랑은 더욱 혼란에 빠졌다. 거주민을 억압하고 착취하는 자가 과거의 자신과 막역한 사이였다는 게 도무지 이해가 되지 않았다.

"거두절미하고 한 가지만 묻지. 우리가 회귀한 목적은 망해가던 세상을 다시 구원하려는 게 틀림없지?"

"맞아. 그래서 부작용을 무릅쓰고 5명의 군주가 시간을 거슬러 온 거잖아. 형처럼 기억이 완전히 날아갈 수도 있다는 것을 알면서…."

"그런데 왜 넌 거주민들을 괴롭히는 거지? 이게 너의 세상을 구하는 방식인가?"

태랑의 단도직입적인 물음에 이명훈의 동공이 세차게 흔들렸다. 그는 정말로 당황하고 있었다.

"…괴롭혔다고?"

"부인할 생각은 하지 마! 내 눈으로 똑똑히 보고 왔다. 거주민들에게 보호세를 명목으로 음식물과 아이템을 착취하고, 그들을 노예처럼 부리고 있잖아. 설마 부하들이 몰래 했다고 변명하진 않겠지?"

태랑의 호통에 이명훈은 억울한 표정으로 변했다. 그는 스냅백 모자를 벗고 거칠게 머리를 쓸어 올렸다.

"형, 진짜 심각하게 기억을 잃어버렸구나. 어디서부터 말해야 할지…."

"말 돌리지 마! 지금 너의 방식은 폭군이나 마찬가지야!

힘을 가졌다고 함부로 남용하다니, 네가 맨이터와 다를 게 뭐야!"

난처해 하던 이명훈은 태랑의 독설을 견디다 못해 발끈했다.

"뭐? 맨이터? 진짜 너무하는구만. 그래. 내가 그러라고 시켰다. 부하를 능력 순으로 줄 세우고, 끊임없이 무한 경쟁시키고, 밑바닥으로 떨어진 놈들은 하등 쓸모없으니 개돼지처럼 부려 최대한 뽑아내라고, 내가 시켰어!"

"이 자식이 진짜 나쁜 놈이구나!"

태랑은 자기도 모르게 흥분해 그의 멱살을 움켜쥐었다.

주먹을 쥔 손이 포스가 집중되며 바위처럼 단단해졌다. 이명훈은 태랑의 손에 휘둘린 채 바짝 끌어당겨졌다. 명훈은 별다른 저항 없이 끌려가며 착잡한 표정으로 말했다.

"나도 한 가지만 말할 게. 우리가 회귀하기 전에 이 계획을 주도한 사람이 누굴 거 같은데?"

"…뭐?"

태랑에게 끌려가던 이명훈은 아무렇지 않은 표정으로 그의 손아귀를 벗어났다. 태랑의 포스를 가지곤 상대도 안 된다는 걸 과시하기라도 하듯.

"바로 형이었어."

"나라고?"

태랑은 손쉽게 자신을 벗어나는 명훈에게 놀랄 새도 없이 망치로 뒤통수를 얻어맞은 듯한 충격을 받았다. 명훈이 작심한 듯 태랑에게 쏘아붙였다.

"개인의 힘만으론 한계가 있다. 수단과 방법을 가리지 않고 최대한 빨리 군주에 올라라. 어떻게든 힘을 키워라. 비난을 감수하고, 모든 사람의 손가락질을 받을지언정 두 번 다시 세상을 망하게 하지 말자. 이렇게 말한 사람이 바로 형이었다고!"

태랑은 놀라움을 금치 못했다. 정녕 그 말이 사실이라면 이명훈이 보여준 행보는 모두 자신의 의도를 충실히 따른 결과인 셈이다.

"내, 내가… 정말….”

"그래! 나라고 좋아서 하는 짓 같아? 철혈의 독재자라고까지 불리면서 나는 형의 말을 따랐어. 그런데 어떻게 형이 나를 비난할 수 있어? 너무 하네, 진짜."

태랑이 털썩 주저앉아 망연자실하자 이명훈이 깊은 한숨을 내뱉으며 과거 이야기를 시작했다.

회귀를 결심한 군주들은 저마다 아이디어를 냈다.

"무작정 과거로 돌아가기만 하는 건 의미가 없소. 아무 계획 없이 돌아가 봐야 같은 결과만 되풀이할 뿐이요."

"회중시계라는 아티펙트가 완벽하진 않은 게 문제군요. 혹시라도 지금의 기억을 잊어버리게 된다면…."

"그래도 우리 다섯이 모두 기억상실에 걸리진 않겠지."

얼음 군주 장건우가 말했다.

"일단 기억을 온전히 되찾는다면 제가 여러분을 찾으러 다니겠습니다. 다들 몬스터 인베이젼 당시에 어디 있었는 지 알려주시길."

"전 인천역 근처 연습실에 있었습니다."

"연습실?"

이명훈이 머리를 긁적였다.

"우리 동네 랩스타라는 프로그램 오디션 준비한다고…."

"음… 인천이라. 불멸의 군주님은 역시 부산이지요?"

부산의 맹주 최헌도는 부산이 전국적인 피난민 수용소 될 때부터 그곳에 있었다. 최헌도가 고개를 끄덕였다.

"그땐 해운대 경찰서에 근무하고 있을 것이요."

"송희주는 고향이 광주랬나?"

"맞아요. 하지만 인베이젼 당시 강원도 정선으로 놀러 갔다가 길이 끊겨서 못 돌아갔어요. 제가 기억을 되찾았다 면 계속 광주에 있을 거고, 그게 아니면 지금처럼 정선에서 부터 헌터를 시작하겠죠."

"오케이. 둘 중 하나는 확실하군. 마지막으로 태랑은…."

"서울. 고시원에 있었다."

"서울이라…. 나랑 같군. 그럼 우선 태랑부터 찾아야겠군."

"설마 길이 엇갈리면 어떡하죠?"

이명훈의 우려에 태랑이 대답했다.

"모두 움직일 필요 없어. 전국적으로 흩어진 우리가 서로를 찾아 나서면 더욱 뭉치기 힘들 테니까. 건우만 움직이는 것으로 하자."

"그럼 나머진 무엇을…."

"힘을 키워."

"힘이요?"

"스텟을 올리라는 소린가?"

"아니. 누구도 덤비지 못할 세력을 갖추라고. 인류가 패배한 건 초창기의 마스터들이 다들 고만고만했기 때문이야. 고만고만하니 서로 치고받고 싸운 거지. 그러니 과거로 되돌아간다면, 기억이 온전하다면 어떻게든 세력을 일궈놔. 감히 누구도 범접하지 못하게끔 강력한 집단을 만들어."

"음…."

"피도 눈물도 없다는 소릴 들어도 상관없어. 그렇다고 맨이터가 되라는 건 아니지만, 압도적인 힘으로 상대를 찍어 누를 정도는 되어야 해. 각성자들을 굴복시키고 복종하게 해. 군주의 말이면 목숨을 걸게끔 만들어. 우리 다섯이 처음부터 힘을 갖춘다면 전례 없이 강력한 연맹이 탄생하게 될 거야."

태랑이 쏟아낸 말에 모두 침묵했다.

여기 모인 자들은 하나같이 일가를 이루었던 군주들.

그의 말이 어떤 의미인지 충분히 알 만한 사람들이었다. 태랑이 계속 말했다.

"난 커널을 파괴하려다 동료들을 모두 잃고 말았어. 회귀를 한다 한들 우리 다섯으론 역부족일 게 분명해. 하지만 우리 모두가 강력한 군주가 되어 힘을 모은다면 커널을 없앨 수 있어. 비난을 두려워 마. 오로지 강해지는 데 집중해. 어쩌면 우린 좋은 일을 하고도 세상을 구했다는 영웅 소린 못 들을 거야. 그저 피도 눈물도 없는 사악한 군주로 알려지겠지. 그래도…."

최헌도가 열변을 토하는 태랑의 손등 위로 자신의 손을 올렸다. 모인 다섯 군주 중 가장 노익장인 그는, 태랑의 진심을 충분히 느끼고 있었다.

"그만하게. 자네 말은 알아들었네."

"알겠어요. 제 스타일은 좀 아니지만, 그게 최선이라면야."

"그렇게 해요. 세상을 구한다는데 욕 좀 먹는 게 무슨 대수라고."

태랑의 의견을 받아들인 군주들은 저마다의 각오를 깊이 새겼다.

그것이 회귀 전날 벌어진 마지막 토론이었다.

"그렇게 된 거라고요!"

태랑은 이명훈이 전해주는 내용에 깊은 충격에 빠졌다. 수단과 방법을 가리지 않고 군주에 오르는 것이 바로 자신의 아이디어였다니!

"내가… 정말로 그런 짓을 시켰다고?"

"형 왜 이렇게 나약해졌어? 형은 이런 사람 아니었다고."

진실을 마주한 태랑은 도무지 현실을 받아들일 수 없었다. 그는 한동안 주저앉아 일어서지 못했다. 명훈이 그의 어깨를 부축해 강제로 일으켜 세웠다. 그는 옥상 난간까지 태랑을 데려갔다.

"둘러 봐. 형 말을 듣고 내가 반년 만에 이룩한 결과야. 여기 보이는 차이나타운 전체가 내 세력 하에 들어왔어. 최근엔 목숨 걸고 타워 공략까지 성공했지. 그게 정말 나 하나 좋자고 벌인 일이라고 생각해? 내가 무슨 권력에 환장한 사람 같아?"

"그래도 지금의 방식은…."

"알아. 나도 내색은 못 하지만 사람들에게 미안하고 또 미안해. 하지만 이렇게까지 하지 않으면 또다시 세상은 멸망하고 말아. 그렇게 말했던 사람이 바로 형이었다고."

태랑은 어지러움을 느끼고 난간을 붙잡았다. 머릿속이 뒤죽박죽이었다. 이명훈이 거짓말을 하는 것 같진 않았다. 다만 과거의 자신과 지금의 자신 사이에 너무 나 큰 괴리가 느껴졌다. 자신은 도대체 어떤 사람이었을까?

"…잠시 혼자 있고 싶다."

"알겠어. 기억을 잃어버렸다 하니 나도 더는 말 안 할게.

생각이 정리되면 보스 룸으로 와."

"그래."

이명훈이 떠나고 태랑은 한참을 멍한 표정으로 차이나타운을 내려다보았다. 수많은 각성자들이 저마다 분주하게 움직이고 있었다.

무너진 담벼락을 다시 일으키고, 갈라진 도로에 아스팔트를 부었다. 누군가는 씨를 뿌리고, 또 다른 누군가는 가축을 길렀다. 상하의 계급이 철저히 나뉘고, 능력이 모자란 사람들이 부속품처럼 소모되긴 했지만 이처럼 역동적인 분위기는 몹시 생경했다.

능력 없는 각성자들이지만 헌터들에게 보호만 받는 수동적인 모습이 아니었다. 각자의 위치에서 자신이 할 수 있는 최대치를 뽑아내고 있었다.

'이 모든 게 내가 생각한 것이었다고?'

기억을 잃기 전 태랑은 누구보다 강했지만 고독한 사람이었다.

특히 모든 동료를 잃고 홀로 남겨졌을 당시 필사적인 각오를 다졌을 것이다.

-비난을 두려워 마. 오로지 강해지는 데 집중해. 어쩌면 우린 좋은 일을 하고도 세상을 구했다는 영웅 소린 못 들을 거야.

기억하지 못하지만, 그가 군주들을 설득하면서 했다는 말이다.

거기엔 오로지 강해지기 위해 수단 방법을 가리지 않는 전사의 결기가 담겨 있었다.

'나는…. 대체 무슨 생각이었을까.'

태랑의 내면은 이제 과거의 자신과 격돌하고 있었다.

누구보다 도덕적이길 바라는 지금의 태랑과 목적의 달성을 위해서 악역을 자처하는 것도 서슴지 않았던 과거의 자신이 첨예하게 대립했다.

'…누가 옳고 그름을 정하는가….'

태랑은 불쑥 인천으로 오기 전 만났던 로타리 길드 마스터와의 마지막 대화가 떠올랐다.

—어차피 법도 정부도 없는 세상이다. 누가 네놈에게 우릴 단죄할 권리를 줬나?

당시 당당히 대답하던 태랑이었지만, 지금은 쉽게 대답할 수 없을 것 같았다. 그가 철칙으로 여겼던 도덕과 양심, 규범과 정의가 한순간에 모래성처럼 무너져 내리고 있었다.

태랑은 답답한 심정을 풀기 위해 담배를 꺼내 물었다. 라이터를 꺼내려 주머니를 뒤지는데 싸우는 도중 어딘가 흘렸는지 손에 잡히질 않았다.

'에이 하필….'

울컥 짜증이 난 태랑이 바닥을 두리번거리는데 누군가 자신을 향해 걸어왔다.

"불 찾으시나요?"

한 손에 털부채를 쥔 백설화였다. 태랑은 그녀가 자신을 노려봤던 장면이 떠올라 조금 미안한 마음이 들었다.

"그 친구는 어떻게 됐지."

"잠시 기절했어요. 좀 쉬면 회복되겠죠."

"그렇게까지 할 생각은 없었다."

"흥…. 불이나 받아요."

백설화가 손가락을 튕기자 완벽한 원형을 가진 불의 구체가 두둥실 떠올랐다. 구체는 그녀의 조종을 받는 것처럼 태랑을 향해 천천히 다가왔다. 파이어 볼과는 전혀 다른 방식이었다.

"고맙군."

태랑이 담배를 입에 물고 구체에 가져가자 화르륵 불이 붙었다. 타오르지 않는 불. 백설화가 가진 마력 구체 (Magic Sphere) 능력 중 하나였다.

"마스터께서 모시고 오래요."

"담배 한 대만 피고 가지."

"당신이 네크로마스터 김태랑 맞죠?"

"그래."

"솔직히 조금 실망스럽네요."

"실망?"

"마스터가 항상 말씀하셨어요. 대한민국에서 가장 강한 헌터가 누군지 아느냐고."

"……?"

"바로 당신이라고 했어요. 자신은 다섯 손가락 안에나 들면 다행이라고. 정말 대단한 사람들이 많다면서…. 그래서 다른 부하들도 항상 궁금해했죠. 마스터만 봐도 적수가 없어 보이는데 그런 마스터가 인정한 사내라면 대체 얼마나 강한 걸까 하고 말이에요. 하지만 지금 봐선 마스터가 그냥 엄살을 피운 것 같네요."

태랑은 백설화의 도발에 거칠게 담배를 비벼 껐다.

과거 무한의 포식자라고 불리던 시절엔 정말 그랬을지도 모른다. 하지만 다섯 회귀자 중 가장 발전이 더딘 사람은 바로 자신일 것이다.

그런 현실을 부정할 수 없다는 사실이 서글펐다. 입맛이 쓸쓸했다.

"내려가지."

백설화를 따라 내려간 보스룸은 무척 소박했다. 낮은 응접용 테이블에 오래된 가죽 소파가 전부였다. 도시 하나를 통째로 접수하고도 이렇게 조촐한 보스 룸이라니…. 권력에 환장한 게 아니라는 그의 말이 어느 정도 납득이 가는 태랑이었다.

태랑은 안내한 백설화가 이명훈에게 물었다.

"마스터, 차라도 준비시킬까요?"

"아냐. 난 됐어. 형은?"

"나도 사양하지."

"네. 그럼…."

백설화가 꾸벅 고개를 숙이고 물러났다. 태랑이 맞은편에 앉자 명훈이 그의 앞으로 재떨이를 대령했다.

"기억은 잃었지만, 몸은 기억하겠지? 형, 굉장한 헤비 스모커잖아. 맘껏 펴도 좋아."

태랑이 물끄러미 재떨이를 내려다보며 말했다.

"방금 한 대 태우고 오는 길이야."

"아니 뭐, 나중에라도…. 얘기가 제법 길어질 것 같으니."

명훈이 본격적으로 이야기를 꺼냈다.

"그나저나 나에 대한 오해는 좀 풀렸어?"

"네 말 대로라면 내가 시킨 거나 마찬가진데 오해하고 자시고 할 것도 없지. 다만 지금의 나에겐 이런 과격한 통치 방식을 받아들이는데 시간이 필요할 것 같군."

"뭐 사람마다 생각은 다른 법이니까. 무엇이 꼭 정답이라고 할 수도 없는 거고…. 사실 나도 형 입장에서 생각해 봤는데, 충분히 화날 수 있을 거 같아. 기억을 완전히 잃어버렸다면 형은 새로 시작하는 거나 마찬가지잖아. 내 행보가 이해되지 않을 수도 있겠더라고."

"완전히 까진 아냐. 커널 파괴를 나선 이후가 기억나지 않을 뿐이지."

"형, 그게 핵심이야."

"무슨 소린데?"

"형은 그 사건 이후로 완전히 다른 사람이 돼버렸거든."

태랑이 몸을 바짝 앞으로 기울였다.

"그 부분, 좀 더 자세히 얘기해 줄 수 있을까?"

❖ ❖ ❖

커널이 개방된 후 인류의 종말 시계는 급속도로 빨라졌다.

보다 강력해진 몬스터들은 지구 상에서 인간의 흔적을 송두리째 지워버리려는 것처럼 거세게 몰아붙였다.

외부의 위협은 내부를 단결시켰다. 클랜과 길드 사이에 분쟁이 사라졌다. 맨이터들이 자취를 감추고, 능력이 모자라 숨어 지내던 각성자들까지 위험을 무릅쓰고 튀어나왔다.

"…하지만 이미 버스는 떠난 뒤였어. 형이 옳았어. 커널이 열리고 나선 어떤 저항도 의미가 없었거든. 비행기에서 뛰어내린 후에야 낙하산 깜빡할 걸 알아챈 격이지. 발버둥친다고 달라질 게 있겠어?"

이후 태랑이 저항군을 총집결시켰을 때, 다섯 군주는 그제야 서로를 만나게 되었다.

"형은 정말 엄청났어. 나머지 군주들 역시 기라성 같은 영웅이라 칭송받은 인물이었지만, 형의 발뒤꿈치도 못 따라갔으니까. 그땐 정말 온몸에 독기를 품은 사람 같았는데…"

"독기?"

폭식의
군주 7

"악에 받쳤달까? 언젠가 형이 나한테 그런 말을 한 적이 있어. 동료를 모두 잃고 난 뒤, 머릿속 어딘가가 망가져 버린 것 같다고."

"……."

과거의 이야기를 들을수록 태랑은 답답함이 밀려왔다. 장건우도 분명 비슷한 이야기를 했었다.

-그때의 넌 상상도 못 할 만큼 다른 사람이었지. 귀기(鬼氣)가 넘쳐흐를 만큼 카리스마가 있었거든.

'카리스마라…'

태랑이 무심결에 담배를 입에 물자 이명훈이 곧바로 라이터로 불을 붙였다.

"이러고 있으니까 정말 옛날 생각난다. 형은 몬스터를 잡고 나면 항상 고독하게 담배를 태웠지."

"과거의 나는 정말 강했나?"

"강했냐고? 하…. 그 말론 부족하지. 형은 특성만 수십 개가 넘었어. 일인군단이라 불릴 만큼 뛰어난 네크로맨서 스킬에, 일당백의 전사이자, 위대한 마법사이기도 했지. 저항군이 그나마 버틸 수 있었던 것도 모두 형 덕분이었어. 아까도 말했지만, 형은 내 목숨을 여러 번 살려줬거든. 다른 군주들도 마찬가지고. 형은 군주들 위에 군림하는 자였어. 한 마디로 헌터들의 왕이었지."

"믿기 힘든 소리군."

"정말이라니까? 난 그래서 형이 회귀자 중에서 가장 빠

35

르게 두각을 드러낼 거라 생각했어. 게시판에 처음 이름이 거론되었을 때, 활약상이 소개되었을 땐 힘을 숨기고 있겠 거니 여겼지."

"힘을 숨겨?"

"형이 레그나돈 따위를 200명 넘게 연합해서 잡는 것은 상상도 못 해봤거든. 나라면 혼자서 썰어버렸을걸."

"음…. 장건우도 그런 말을 하긴 했지. 너 역시 그 정도 로 강한가? G급 몬스터를 단신으로 상대할 만큼?"

"G급이면 타워 20층 정도에서 등장하는 수준밖에 안 되 는걸?"

"그래? 동북아 타워 보스가 K급 몬스터였지?"

"응. K등급의 바실리우스. 놈을 해치우느라 상당히 애먹 었어. 부하들이 돕지 않았더라면 혼자선 벅찼을 거야."

"얼핏 봤는데 부하들도 다들 뛰어난 헌터더군. 내가 상 대한 은휘랑만 해도…."

"막내? 걘 아직 멀었지. 포텐은 상당한데 성격이 너무 덤 벙대서 성장이 더딘 편이야."

"나머지 셋도 그만큼 강한가? 나랑 비교하면."

"형, 내가 형 스텟 좀 잠시 확인해도 될까?"

태랑이 흔쾌히 귀를 내밀었다.

그 모습을 본 이명훈이 호탕하게 웃었다.

"푸하하. 그렇게 안 해도 돼."

그는 주머니에서 반쪽짜리 안경을 꺼내 얼굴에 걸쳤다.

구글 글라스처럼 생긴 장비였다.

"그거 설마 스카우터?"

"응. 스텟 확인하기 편하지. 이번에 타워에서 구했어."

이명훈은 한참 태랑의 특성과 스킬, 아티펙트를 살피다 말했다.

"음. 맨땅에서 시작한 것 치곤 아주 나쁘진 않네. 특성이 소환술 쪽에 많이 치우쳐진 건 아쉽지만…. 그대로 이 정도 면 우리 길드에선 재춘이 말곤 대적할 사람은 없겠는데? 잘하면 설화까진 비벼볼 수 있으려나?"

"재춘이는 누구지?"

"왜, 키 크고 원숭이처럼 생긴 애."

"아, 그는 상당히 강해 보이더군. 너는 그럼…."

"근데 내 밑에 부하들 다 합쳐도 나한텐 안 될 거야."

명훈이 자신감을 드러냈다. 전혀 오만하게 느껴지지 않 았다. 이는 스스로의 실력을 명확히 파악한 데서 오는 자부 심이었다.

"…대단하군."

"아이고, 감탄할 때가 아니야. 형도 빨리 힘을 되찾아야 지. 명색이 무한의 포식자라고 불리던 헌터들의 왕이 이래 가지고 되겠어? 내가 알던 형의 모습으로 빨리 돌아오라 고."

"그러잖아도 슬슬 타워를 공략할 생각이었어. 타워를 공 략하면 좀 더 성장 속도를 올릴 수 있을 거야."

"타워? 흠, 지금 실력이면 30층짜리 하급 타워까진 괜찮을 거야."

"63빌딩은 어때? 네가 도와준다면 가능할지도 모르는데…."

태랑의 제안에 이명훈이 고개를 저었다.

"지금 당장은 힘들어. 동북아 타워를 공략하면서 부하들을 많이 잃었거든. 당분간 재정비를 몰두해야 할 거야. 근데 63빌딩은 갑자기 왜?"

"소멸자 세트를 만드는 방법이 그곳에 있어."

"엥? 그게 무슨 소리야?"

태랑이 짧게 노트북에 대해 언급했다. 내용을 파악한 이명훈이 기가 찬 얼굴로 말했다.

"거 참 난감한데…. 소멸자 세트에 관한 내용은 나머지 군주들도 잘 모르는 부분이야. 그건 형이 우릴 만나기 전에 제작했던 거라서."

"어쨌든 그 노트북을 찾아야 소멸자 세트를 만들 수 있고, 그걸 만들어야 최종적으로 커널을 파괴할 수 있어. 순서가 그렇게 진행되어야 한다는 말이지. 장건우가 모든 회귀자들을 접촉하고, 나머지 군주들이 각자의 방식으로 세력을 키운다 해도 결국 내 노트북을 찾지 못하면 아무 의미가 없다는 소리야."

"무슨 뜻인지는 알겠어. 그럼 내가 이곳 정비가 끝나는 대로 63빌딩 공략에 힘을 보탤게. 대충 두어 달이면 충분할 거야. 그사이 형은 하급 타워들을 공략하면서 힘을 회복하고 있어."

"한데 장건우가 너는 안 찾아왔어? 나머지 군주들이 멀리 있으니 가까이 있는 너부터 찾아야 하지 않나?"

"건우 형이 직접 발로 뛰지 않았다면 찾긴 어려웠을 거야. 난 철저하게 음지에서만 활동했거든. 어느 정도 힘을 되찾기 전까진 최대한 정체를 숨기고 싶어서."

"그렇군. 참고로 건우는 현재 부산에 있어."

"부산이면 헌도 아저씨? 그 불사신 찾으러 갔구나."

"불사신이라고?"

"맞다, 형 기억 못 한댔지? 불멸의 군주라고 불렸던 헌터 말이야. 피난 지대의 혼란을 종결시키고 한강 이남에 가장 강력한 세력을 구축했지. 그 아저씨 특성이 불사야."

"불사? 그러니까 죽지 않는다는 거야?"

"응."

"그럼 무적 아냐? 죽일 수 없는 존재라니…."

"지지 않는 것이 꼭 이긴다는 말과 동등한 의미는 아니잖아. 아무튼, 건우 형이 헌도 아저씨를 찾고 나면 이제 북쪽에 송희주만 찾으면 끝이네?"

"북쪽? 북한을 말하는 거야?"

"응. 송희주는 강원도 정선에서 시작해서 위로 북진하면서 세력을 넓혔거든."

"그러니까 대충 정리하자면 인천에 너, 부산에 불멸의

군주, 강원도에 정령의 군주. 그리고 서울에선 내가 각기 세력을 꾸린 셈이군. 장건우가 연결고리가 되고."

"그렇지."

"그리고 우리 목표는 각자의 위치에서 힘을 비축한 뒤 최대한 빠르게 커널을 파괴하는 거고."

"맞아. 그게 형이 세운 전략이었어. 거기에 모두가 동의 했고."

태랑은 이제 모든 것이 분명해졌다. 기억을 회복했다면 다른 회귀자들 역시 명훈처럼 빠르게 세력을 확장하고 있을 것이다. 그것은 자신이 세운 플랜이었다.

'내가 세운 계획을 나만 모르고 있었다니…. 이런 한심한….'

"좋아. 그럼 나도 이제 본격적으로 세력을 키우겠어. 네가 인천을 정리하는 동안 나도 빠르게 서울을 접수해 볼게."

"잘 생각했어. 형, 힘들면 언제든 말해. 내가 바쁘면 부하들이라도 보내서 도와줄 테니까."

"아냐. 어차피 커널을 파괴하려면 모든 군주들이 각자의 역량을 최대한으로 키워야 하잖아. 이건 내 힘으로 해 볼게."

이명훈은 각오를 다지는 태랑을 보고 모처럼 기분 좋게 웃었다. 옥상에서 처음 봤을 때와는 사뭇 달라진 느낌이었다.

'다행이다. 나약한 형의 모습은 별로였는데….'

"나도 형 말 듣고 생각을 조금 고치기로 했어. 아무리 세력을 키우는 게 우선이라곤 하지만 그동안 거주민들에게 너무 가혹했던 거 같아. 이제 어느 정도 기반도 잡혔으니 같이 상생하는 쪽으로 정책을 돌려야지."

"그래. 서로 맡은 자리에서 최선을 다하도록 하자."

"참, 형 무기는 그렇다고 치고 아까 보니 갑옷이 너무 형편없더라. 오우거 가죽 갑옷이랑 바지는 대체 뭐야. 그건 우리 부하들도 안 입겠어."

"던전만 공략해선 아티펙트가 쓸만한 게 없더라고."

태랑이 머쓱하게 대답했다. 이명훈은 테이블 밑에서 조그만 큐브를 꺼냈다. 사과 크기 정도의 큐브는 영롱한 색으로 빛나고 있었다.

"설마 그거…."

"맞아. 호라드림 큐브야. 이 조그만 몸체 안에 5평 크기의 아공간이 연결되어 있지."

호라드림 큐브는 무려 8등급의 아티펙트였다. 장신구에 가깝지만 엄청나게 활용도 높은 보물.

명훈이 큐브의 뚜껑을 개방하자 눈 부신 빛이 뿜어지며 허공으로 집중되었다. 빛이 모인 자리엔 블랙홀과 같은 불투명한 원형막이 떠올랐다.

"그게 어딨더라…."

명훈이 원형의 막에 손을 집어넣자 그의 손이 허공에서 사라진 것처럼 모습을 감췄다. 잠시 후 다시 손을 꺼냈을 땐 해골 형상의 물체가 그의 손에 들려 있었다.

"뭐야? 안에 스켈레톤이라도 넣어둔 거야?"

41

"하하. 무슨 소리야. 이번에 케실리우스 잡고 얻은 거야. 한번 감식해봐."

[불멸자의 해골 갑옷] 10등급 아티펙트.
-사용자의 전신을 해골의 외골격으로 둘러싸는 갑옷.
+쉴드 200% 상승효과.
+모든 데미지를 절반으로 감쇄함.
+언데드 계열 몬스터에 2배의 추가 데미지를 줌.
+ '해제/장착' 명령으로 인장에 소지할 수 있음.

"10등급 아티펙트?"

"응. 나는 무기를 기대했는데 하필 방어구가 떨어질 게 뭐야. 이거 형 가져."

"아니 아무리 그래도 전설급 아티펙튼데…. 이건 받을 수 없어."

태랑은 명훈이 아무 대가 없이 선물하는 것에 부담을 느꼈다. 목숨 걸고 레이드 해서 얻은 물건을 넙죽 받는다는 건 너무 염치없는 일이었다.

명훈은 사양하는 태랑에게 다시 권했다.

"그냥 주는 거 아냐. 예전에 형이 내 목숨 구해준 보답이지."

"나에겐 기억조차 없는 일이야. 또 설사 그렇다 해도 이렇게 대단한 물건을 그냥 받을 순 없어."

폭식의
군주 7

"어차피 나에게 쓸모없잖아."

"뭐? 10등급 아티펙트가 쓸모없다고?"

"아참, 형 기억이 없겠구나. 내 별칭이 뭐였는지는 알지?"

"알아. 강철의 군주."

"그래. 이름 그대로잖아. 내 특성 몰라?"

"특성?"

이명훈이 말로는 부족했는지 몸을 일으키며 특성을 개방했다.

그의 몸이 하얀빛을 뿜더니 순식간에 전신이 철갑으로 둘러싸였다. 예전 터미네이터 영화에서 보던 액체 인간과 같은 질감이었다. 무쇠 인간으로 변한 명훈이 말했다.

"난 강철갑옷이라는 특성을 가지고 있어. 스텟이 올라갈수록 어떤 공격도 통하지 않는 금강불괴가 되지. 그래서 나에겐 갑옷이 아무 필요가 없어."

특성을 해제한 명훈은 다시 원래의 피부색으로 돌아왔다. 태랑은 그의 말뜻을 이해하고 해골 갑옷을 받기로 했다.

"알겠다. 고마워. 잘 쓸게."

"뭘 우리 사이에. 참, 이것도 가져가."

명훈은 호라드림 큐브에서 한 가지 물건을 더 꺼냈다. 그것은 위치가 표시된 지도였다.

"이게 뭐야?"

"내가 옛날 정보상 출신이었잖아. 그때 얻은 정보를 가지고 지도에 디멘션 워커의 위치를 표시해 놓은 거야."

"디멘션 워커면 차원의 방랑자?"

"응. 단순히 타워만 공략해서는 쓸 만한 아티펙트를 구하긴 어려울 거야. 그러니 가능하면 타워에 숨어 있는 디멘션 워커를 노려. 게이트 너머는 무궁무진한 보물들이 많으니까."

"이런 귀한 정보를 날 줘도 돼?"

"뭐라는 거야, 형은! 아무렴 내가 형한테 돈 주고 팔까?"

"어쨌든 고맙다. 괜히 와서 신세만 지고 가는 것 같네."

"아니야. 나도 오랜만에 형 만나서 반가웠어. 인천 정리되는 대로 내가 먼저 찾아가 볼까도 했거든."

"그래. 앞으로 종종 연락하자."

"응. 어차피 세력이 노출된 김에 이제 숨기지 않고 움직일 거야. 형 늦장 부리면 내가 서울까지 먹어버릴 테니까 서둘러. 알았지?"

❖ ❖ ❖

태랑은 그 길로 이명훈과 작별했다.

다소 우여곡절은 있었지만, 그의 진의를 확인하고 차후 63빌딩 공략 전에 도움을 받기로 했으니 그를 만난 목적을 충분히 달성한 셈이었다.

'염치없지만 호라드림 큐브도 같이 달라고 할 걸 그랬나?'

아티펙트를 일일이 챙기다 보니 무기가 많은 것이 거추장스러웠다. 방어구는 인장에 담아 부피를 줄일 수라도 있지만, 무기류는 고스란히 들고 다녀야 했다. 히드라의 단창과 도끼는 등에 크로스로 매고 서리 궁수의 활은 왼 허리춤에 걸쳤다. 누가 보면 무기 판매상이라고 오해할 차림새였다.

'이건 뭐 블랙마켓에 물건 팔러 가는 잡상인도 아니고…. 나도 큐브를 얻으면 거기에 보관해야겠다.'

태랑이 그런 생각을 하며 강철 길드의 보호 지대를 벗어났을 무렵, 갑자기 등장한 괴한들이 태랑의 앞을 가로막았다.

"멈추라우."

괴한의 숫자는 모두 셋.

콧등까지 끌어 올린 복면으로 꽁꽁 정체를 숨긴 자들이었다.

"뭐냐, 네놈들은?"

괴한들은 태랑을 향해 천천히 거리를 좁혀왔다.

"여 어데라고 너덜대고 다니니?"

"니 여기 지나 갈라믄 통행세 낸단 소리 못 들었니?"

'연변 말투? 설마 조선족들인가?'

차이나타운 주변에 화교나 조선족 출신이 많다는 소문은 익히 들어 알고 있었다. 태랑은 처음에 놈들이 통행세 운운하는 것을 보고는 도적 때쯤으로 생각했다.

그런데 뭔가 어색했다.

아무리 생각 없는 놈들이라 해도 길드의 보호구역 바로 외곽에서 맨이팅을 시도하는 멍청이들은 없었다.

게다가 놈들은 처음부터 그를 기다리고 있던 모양새였다. 혹시나 싶어 뒤를 돌아보니 퇴로를 차단하며 두 명이 더 접근해 오는 것이 보였다.

'이런…. 매복이군. 게다가 맨이터라고 해도 지나치게 얼굴을 싸매고 있어. 뭔가 켕기는 게 있다는 소린데….'

대충 상황을 짐작한 태랑이 으름장을 놓았다.

"미리 경고하지. 난 맨이터들은 절대 살려두지 않아. 피차 피곤하게 굴지 말고 좋은 말로 할 때 정체를 밝히시지?"

"야가 지금 뭐라 하니?"

"쉰 소리 듣고 있지 말고 치라!"

앞뒤에서 5명의 괴한이 동시에 달려들었다. 일사불란한 동작만 봐도 상당한 훈련을 쌓은 자들. 맨이터라기보단 훈련된 헌터가 분명했다.

'흥. 나를 너무 우습게 봤군.'

창을 거꾸로 쥐어 든 태랑은 전방으로 크게 창을 휘둘러 괴한들을 일격에 쓰러뜨렸다. 뒤에서 접근하는 놈들에겐 그대로 돌려차기를 먹였다.

퍼벅—

일시에 헌터 다섯을 고꾸라뜨린 솜씨는 전광석화보다 빨랐다.

창 자루와 발에 걸어차였기에 치명상을 입은 사람은 없

었지만, 충격이 상당한지 다들 가슴팍을 부여잡고 한동안 일어서지 못했다.

태랑은 준엄한 목소리로 꾸짖었다.

"사정 봐주는 건 여기까지다. 비겁하게 뒤에 숨어서 애꿎은 부하들을 희생시킬 셈이냐? 어서 나와!"

그때였다.

전면의 폐건물 옥상에서 누군가 붕 하고 몸을 날렸다. 3층 높이에서 그대로 수직으로 내려온 인영은 무릎조차 굽히지 않고 똑바로 섰다. 태랑은 놈의 체술에 살짝 놀라긴 했으나 아무렇지 않은 척 말했다.

"진작 그렇게 나올 것이지…. 맨이터로 꾸미면 내가 모를 줄 알았나?"

"흥. 눈치가 제법이군. 되도록 일을 안 키우려 했더니…. 너희들은 이만 기지로 물러가라."

"옛."

부하들을 돌려보낸 괴한은 천천히 입가를 가린 복면을 벗었다. 얼굴을 보니 괴이한 생김새로 안면이 눈에 익은 사내였다.

"너는…. 이재춘?"

"그래. 이재춘이다."

적의 정체를 확인한 태랑은 어이가 없었다.

"이봐, 작별 인사치곤 유별나다 생각하지 않나? 지금 이게 무슨 짓이지?"

"마스터완 전혀 상관없는 일이다. 순전히 나 혼자 벌인 일이니까."

"설마 은휘랑 때문인가?"

태랑이 은휘랑의 이름을 언급하자 이재춘의 미간에 깊숙한 골이 파였다.

"…막내를 그리 만든 사람을 그냥 보내주자니 내 체면이 서질 않아서 말이지."

재춘의 말에 태랑이 고개를 끄덕였다.

"그 마음 충분히 이해한다."

재춘은 겉으로 엄격하고 까칠한 사형이었지만 아랫사람을 아끼는 마음이 뛰어났다. 그는 태랑에게 흠씬 얻어맞은 은휘랑의 복수를 위해 몰래 나선 것이었다. 그것이 비록 마스터의 뜻에 반해 문책당할 사유가 될지라도 그로서는 결코 좌시할 수 없는 문제였다.

"그래도 마스터의 손님이니 살수는 자제토록 하지."

재춘은 허리춤에 찬 고리검을 풀어 바닥으로 던졌다.

그라고 사생결단을 내자는 건 아니었다. 다만 길드의 맏형으로서 짓밟힌 자존심을 회복하고 싶은 마음이었다. 이를 받아들인 태랑 역시 들고 있던 무기를 모두 내던졌다.

"좋다. 개인적인 일탈이라 하니 나도 모르는 척 넘어가 주겠다. 그렇다고 사정을 봐줄 생각 따윈 전혀 없다."

"누가 할 소릴!"

이재춘이 벼락같이 달려들었다.

그는 본래 검술이 특기였고, 갖춘 특성이나 스킬 또한 검술과 연관된 것들이 많았다. 그러나 권각술을 따로 배우지 않았다고 하더라도 누적된 스텟으로 인해 그의 움직임은 진즉 인간의 한계를 초월한 상태였다.

재춘의 주먹이 뻗어 오자 태랑은 두 팔을 세워 상체를 가드 하는 동시에 로우킥으로 정강이를 걷어찼다.

펑-!

포스와 쉴드가 부딪히며 맹렬한 충돌음이 울렸다.

두 강자의 대결은 단순 막 싸움이라도 이펙트가 엄청났다. 다리를 걷어차이고 휘청대는 이재춘을 향해 이번엔 태랑이 쇄도해 펀치를 날렸다.

'포스를 주먹에 집중해서…. 더욱 강하게.'

태랑은 최근 포스의 운용에 대해 깨달음을 얻은 바가 있었다. 같은 포스를 지녔다 해도 기운을 집중시키는 방식에 따라 전혀 다른 효과를 발휘했다.

태랑의 거침없는 공격에 이재춘은 금세 수세에 몰렸다. 그는 전형적인 검사였기 때문에 실상 이 대결은 가진 포스의 크기로 판가름날 수밖에 없었다.

"고작 이 정도로 까불었던 거냐? 시시하지 않은가!"

태랑의 도발에 이재춘의 눈에 살기가 돌았다. 자존심 강한 그로서는 참을 수 없는 모욕.

"아직 시작도 안했다!"

재춘이 갑자기 두 손을 합장하더니 뭐라 주문을 외웠다.

'뭐야? 마법사였던가?'

태랑은 놀라며 물러서는데 갑자기 그 옆으로 또 다른 이재춘이 튀어나왔다.

'분신술?!'

"별 잡스런 스킬을 다 보겠군."

"흥, 살수를 안 쓴댔지 스킬을 안 쓴다곤 안했으니까."

이제 두 명이 된 이재춘이 양쪽에서 달려들었다.

2:1이 된 태랑은 의식을 집중했다.

'어차피 한 놈은 허상이다. 진짜만 노리면 돼.'

태랑은 분신을 무시하고 본체의 공격을 막아섰다. 그때 분신으로 튀어나온 놈이 발로 옆구리를 걷어찼다.

퍽-!

'윽? 뭐야? 설마 갈라져 나온 놈이 진짜였나?'

묵직한 충격에 태랑이 뒤로 물러섰다. 공격이 성공한 재춘은 여세를 몰아 밀어붙였다. 태랑이 본체로 추정되는 놈에게 집중하자 이번에는 반대쪽에서 매서운 공격이 들어왔다.

퍼벅-

태랑은 다시 한번 타격을 받고 신음을 내뱉었다.

"큭-. 허상이 아니었어?"

"우린 둘 다"

"진짜다."

두 놈은 한 사람인 것처럼 연달아 말했다. 태랑은 등장인물 설정의 기억을 쥐어짜 이재춘의 특성을 떠올렸다.

'…맞아. 이건 단순 분신술 스킬이 아냐. 놈이 가진 특성이었어.'

분열하는 자.

이재춘의 특성은 자신을 분열시켜 똑같이 복제하는 능력이었다. 놈의 분신은 본체와 똑같은 포스와 쉴드를 공유할수 있었다. 즉, 순식간에 실력 있는 헌터가 둘로 늘어난 것이나 마찬가지.

분신으로 재미를 본 재춘은 한 번 더 몸을 분열시켰다. 분신은 최대 5명까지 늘릴 수 있지만, 그만큼 유지하는 시간이 짧아지기 때문에 3명이면 적정하다고 판단했다.

동시에 세 명의 이재춘을 상대하게 된 태랑은 급격히 수세에 몰렸다.

그러나 태랑은 궁지에 처했으면서도 여유를 가지려 애썼다. 결국, 싸움의 관건은 멘탈. 정신이 당황하면 육체도 무너진다.

"네놈, 참으로 희한한 재주를 가지고 있구나."

"그렇게"

"숨을"

"헐떡이며 말하면"

"지쳐있는 게"

"다 들키잖아."

"멍청아."

세 사람의 이재춘이 돌림노래를 하듯 말을 이어받는

모습은 기괴하기 짝이 없었다. 같은 몸에서 갈라져 나왔기 때문에 셋의 합격술은 죽이 척척 맞았다. 쌍둥이보다 뛰어난 캐미였다.

"네놈도 스킬을 개방했으니 나도 하나쯤 써야 공평하겠지?"

"얼마든지."

"해"

"보시든가."

태랑이 레이즈 스켈레톤 스킬을 발휘해 해골전사들을 소환했다. 순식간에 10명이 넘는 해골전사들이 저마다 무기를 들고 땅속에서 기어 나왔다.

갑작스러운 해골전사의 등장에도 재춘은 여유가 있었다. 스켈레톤은 끽해봐야 A등급 몬스터. 칼 없이도 맨손으로 부술 수 있다고 판단한 것이었다.

"네크로마스터 라더니."

"기껏 부른 게."

"스켈레톤이냐?"

"야. 정신 사나우니까 한 놈만 말해."

"우린"

"원래"

"하나다."

세 사람이 번갈아 말을 하는 통에 태랑은 정신이 없었다. 왼쪽 놈이 입을 열다가 갑자기 오른쪽 놈이 이어받으면, 마지막으로 가운데 놈이 마무리를 짓는 식이었다.

'이건 뭐 병신 코스프레도 아니고….'

해골·전사를 소환한 태랑은 곧바로 리치킹의 분노를 개방하면서 소환수의 능력을 끌어올렸다. 동시에 군단의 깃발을 적용해 학익진을 펼쳤다. 두 개의 특성이 함께 적용되자 소환수의 공격력이 순식간에 3배 가까이 상승했다.

12마리의 해골 전사들은 기러기가 날개를 펼친 것처럼 세 명의 이재춘을 둘러쌌다. 학익진은 포위와 동시에 일제 공격을 가능케 하는 진법. 이는 이재춘이 분신을 이용해 합격술을 펼치는 것과 동일했다.

태랑의 해골 전사를 평범한 스켈레톤과 동급으로 판단한 이재춘은 겁도 없이 선공에 나섰다.

"타핫!"

그러나 그의 발차기에도 해골 전사는 무너지지 않았다. 오히려 빈틈을 내주는 통에 반격에 시달려야 했다.

"뭐야?"

"왜 이렇게"

"강하지?"

태랑이 뒤에서 팔짱을 낀 체 대답했다.

"너에게 분신술이 있다면 나도 소환술이 있거든. 고작 셋으로 날 상대할 수 있을 거라 생각했나?"

"이익!"

"더 쪼갠다!"

"분신!"

쪽수에서 밀린 이재춘은 분신의 최대치까지 모두 뽑아냈다. 다섯 명의 이재춘이 학익진을 펼치는 스켈레톤 전사와 싸우는 장면은 무척 진기한 광경이었다.

'누가 소환수고 누가 헌터인지 분간이 안 되는군. 다들 똑같이 생겨가지고.'

재춘은 계속 소모전을 벌이다 특성의 유효시간이 끝날 것을 우려했다. 특성이 풀리면 혼자선 스켈레톤 부대를 감당하지 못 할 것이 분명했기 때문이다.

'소환수를 아무리 때려봐야 의미가 없어. 놈을 직접 노려야 해.'

기회를 엿보던 재춘은 분신 셋을 해골 전사에 무모하게 돌진시켜 빈틈을 만들더니 나머지 둘로 태랑을 향해 공격해 왔다.

"받아랏!"

"나의 공격!"

"이 새끼가 아까부터 한 놈만 말하래도!"

태랑의 눈이 붉은빛으로 물들었다. 광폭화 특성이 발휘되며 스킬의 위력이 두 배로 증가했다. 태랑은 주먹으로 포스를 모아 분노의 일격 스킬을 걸었다.

"이거나 처먹어!"

포스가 집중된 주먹은 푸르스름한 빛으로 번뜩였다. 본래 무기를 강화하는 스킬이지만 포스가 집약되니 신체

자체가 무기화되었다.

태랑의 펀치를 예사로 여기던 분신은 가볍게 두 팔을 들어 막으려다 가드가 완전히 열리며 얼굴을 강타당했다.

퍼억—!

무지막지한 파워. 안면이 함몰되다시피 날아간 놈은 뒤따라오던 다른 분신과 충돌하며 동시에 고꾸라졌다.

크나큰 충격을 받은 이재춘의 분신들은 유령처럼 스스륵 자취를 감추었다. 남은 한 명은 얼굴에 코피를 쏟은 체 땅바닥을 뒹굴고 있었다.

"크헉…. 무슨 힘이 갑자기…."

본래 이재춘의 전략은 분신 한 마리를 미끼로 던지고 뒤따르는 놈이 치명타를 가할 생각이었다. 태랑과 한차례 손속을 겨루어 봤기에 감당할 수준이라 판단했다. 그러나 태랑이 한순간에 특성과 스킬을 집중시켜 평상시 4배의 파워를 뿜어내자 도저히 버텨낼 재간이 없었던 것이다.

재춘의 분신술은 최대 다섯 배의 공격력을 끌어올릴 수 있지만 바꿔 말하면. 동시에 다섯 배의 피해를 받을 수도 있다는 소리.

해골 전사의 학익진을 돌파하느라 쉴드를 소모한 상태에서 급격한 데미지가 들어오자 그 충격을 못 이기고 분신이 풀려 버린 것이었다.

태랑은 쓰러진 이재춘에게 다가가 손을 내밀었다.

"일어나."

"흥."

재춘은 손등으로 코피를 훔치더니 제 힘으로 벌떡 일어섰다. 끝까지 자존심이 강한 사내였다.

"좋은 승부였다. 코피를 낸 것은 미안하군."

"됐다. 졌으니 더는 할 말 없다."

"아니다. 칼잡이가 무기를 버리고 싸웠으니 애초 너에게 불리한 승부였다. 나는 무기가 없더라도 소환술이 있으니까."

"……."

"네 동생을 다치게 한 부분은 다시 사과하겠다. 이제 강철 길드와 우리 세이버는 한배를 탄 몸. 오늘 일은 남자들끼리 주먹다짐한 것으로 생각하고 넘길 테니, 너도 더 이상 막내 일로 자존심 상해하지 말길 바란다. 그럴 필요 전혀 없는 일이다."

"…알겠다."

재춘은 태랑에게 고개를 꾸벅 숙이며 물러났다. 태랑은 한참 그의 뒷모습을 바라보았다.

'자존심이 너무 강한 건 흠이지만, 그래도 의리가 있는 사내군. 하긴 나라도 밑에 애들이 두들겨 맞고 왔으면 못 참았을 거야. 갑자기 부하들이 보고 싶은데….'

태랑은 복귀하는 길을 서둘렀다. 아직 오토바이가 숨겨진 곳까지 한참 남아있었다.

포식의 군주

2. 디멘션 워커 (1)

태랑은 기억을 추슬러 오토바이를 숨겨둔 곳에 당도했
다. 다행히 오토바이는 제 자리에 있었다.

'잘 됐다. 제때 돌아갈 수 있겠어.'

태랑이 시동을 켜고 한참 이동하는데 계기판에 배터리
방전 표시가 들어왔다. 분명 왕복 가능한 전력을 남겨놨는
데, 며칠 세워 둔 동안 자연방전이 된 모양이었다.

'이런 하필이면….'

태랑은 오토바이를 세우고 위치를 확인했다.

아직 아지트까진 50km 이상 남아있었다. 단순히 걷기
만 한다면 하루 꼬박 새우면 갈 수 있겠지만, 중간중간 몬
스터를 우회하자면 최소 3일 이상은 걸릴 것이다. 그것은

쓸데없는 시간 낭비였다.

'어디 배터리 충전할 데가 없을까?'

대부분의 클랜이나 길드의 아지트가 자리한 곳은 전기가 통하는 곳이었다. 태랑은 기지로 돌아가는 동선에서 가장 가까운 클랜을 떠올렸다.

'맞다. 구로디지털단지 쪽에 클랜이 하나 있었지.'

태랑은 설정 집에 등장했던 클랜을 상기했다.

-네이비 씰.

미 특수부대의 이름을 딴 이 클랜은 실제 군 예비역이 모여 만든 클랜이었다.

'네이비 씰은 무슨…. 그냥 해병대 전우회라 하든지.'

태랑이 이 클랜을 특별히 기억하는 것은 다름이 아니었다.

클랜 마스터 공의회 당시 겨우 말석을 차지할 정도로 비중 없는 클랜이었지만, 구성원 전원이 화기를 이용하는 점이 독특했다. 스나이퍼 안나처럼 총기 능력자들 위주로 구성된 네이비 씰은, 현대전을 방불케 하는 독특한 레이드 스타일로 이름을 떨쳤다.

그러나 총기 능력자들에겐 치명적인 단점이 있었다. 스킬 레벨이 올라가고 스탯이 증가할수록 근접 전사나 마법사들에 비해 성장의 폭이 더딘 것이 문제였다.

몬스터가 대형화될수록 소형화기로는 제아무리 총알을 갈겨도 데미지를 입히기 힘들다. 차라리 포스를 씌운 검으로 베거나 마법으로 태워버리는 편이 효율이 높았다.

결정적으로 총기류는 아티펙트가 전무했다. 인간이 벼른 무기는 몬스터와의 싸움에서 한계를 드러낼 수밖에 없었다.

즉, 총기 능력자들은 레이드 초기 현대 무기를 이용해 빠르게 레벨링을 이룬다는 장점이 있지만, 높은 수준으로 발전하는 것은 다른 계열의 헌터에 비해 많이 불리한 편이었다. 안나처럼 사격 관련 특성이 받쳐 준다면 모를까, 단순 총기 능력자들은 대게 중간급 헌터 수준에 머무를 수밖에 없었다.

'어쨌든 기억에 따르면 네이비 씰의 마스터 옥탁훈은 정의감이 충만한 사람이었어. 한남대교 수비 전에서 클랜원 전원을 대피시키고 혼자 분투하다 유명을 달리했을 정도니까.'

아직 벌어지지도 않은 일이지만, 태랑은 네이비 씰의 마스터가 호인임을 알고 있었다. 그러면 분명 자신을 도와줄 것이다. 태랑은 오토바이를 끌고 반나절을 걸어 구로디지털단지에 도착했다.

폐허로 변한 도시는 좀비 영화의 도입부처럼 디스토피아적인 분위기를 물씬 풍겼다. 까맣게 타버린 건물의 외벽엔 그을음만이 가득했고, 아무렇게나 처박힌 자동차 안에선 잡초가 자라 나와 밖으로 뻗어 있었다. 핵폭탄이 한바탕 휩쓸고 간 흔적이 이러할까?

'여긴 좀 심각하게 타격을 입었군.'

몬스터 인베이젼의 피해는 비대칭적이었다.

인천처럼 직격탄을 맞은 곳도 있고, 초반에 전혀 피해를 입지 않은 부산과 같은 도시도 있었다. 서울 역시 강북과 강서는 큰 피해를 입었지만, 상대적으로 강남이나 강동 쪽은 피해가 적었다. 물론 시간이 흐르고 몬스터의 남하가 본격화되면, 황폐화 현상은 전국적으로 퍼져나갈 것이다.

'그걸 꼭 막아내야지.'

태랑이 그런 생각을 하며 걷고 있을 때였다.

갑자기 탕-! 하는 총성이 들리며 태랑이 서 있던 자리 앞으로 돌조각이 튀어 올랐다.

"뭐야!"

태랑은 반사적으로 오토바이를 바리케이드 삼아 몸을 숨기며 은·엄폐를 시도했다. 다짜고짜 총질을 하리라곤 예상도 못 한 상황이었다.

"여긴 네이비 씰의 보호구역이다. 정체를 밝혀라!"

한발의 경고 사격 후 창문이 깨진 건물 2층에서 군복을 입은 사내 두 명이 모습을 드러냈다. 방탄조끼에 방탄헬멧까지 갖춘 그들은, 정규전을 치르는 군인이라고 해도 믿을 것 같은 차림새였다.

태랑이 두 팔을 들고 전면으로 걸어 나왔다.

"지나가는 헌터다. 도움을 청하러 왔다."

사실 태랑은 총알을 직접 맞는다 한들 큰 타격이 없었다.

총탄이 위력을 발휘하려면 쉴드를 뚫을 만큼 포스가 높아야 하는데, 어지간한 헌터들은 절대로 그의 쉴드를 능가할 수 없었다.

태랑이 당당하게 앞으로 걸어오자 네이비 씰 소속 헌터들이 당황하며 소리쳤다.

"어이, 가까이 오지마!"

"멈춰!"

'응? 왜 저렇게 경계하는 거지? 분명 싸울 의사가 없음을 밝혔는데….'

그들의 반응이 너무 격렬했기 때문에 태랑은 조금 의아한 생각이 들었다. 그때 총성을 듣고 다른 헌터가 다가왔다. 베레모를 눌러 쓴 헌터는 그들과 달리 권총을 들고 있었다.

"뭐야? 몬스터라도 나타났나?"

"아닙니다. 저기 수상한 자가 다가와서."

베레모를 쓴 자는 두 팔을 번쩍 든 태랑 쪽을 향해 정중히 물었다.

"무슨 일입니까? 여기서부턴 저희 클랜의 보호구역입니다."

"전기 오토바이에 배터리가 떨어져 충전을 부탁하러 왔습니다. 가능할까요?"

"흠…. 죄송합니다. 최근 맨이터들의 습격이 잦아 신원이 불확실한 사람을 기지 내로 들이지 않고 있습니다. 다른 클랜에 알아보십시오."

태랑은 여기까지 오토바이를 끌고 왔는데 그냥 돌아가자니 너무 허탈했다. 또 다음 클랜이 있는 곳까지 끌고 가는 것 역시 성가신 일이었다. 태랑이 다시 물었다.

"혹시 신원이 확인되면 괜찮은 겁니까?"

"뭐 확실하기만 하다면….""

"전 세이버 클랜 소속의 김태랑입니다."

태랑의 이름을 들은 헌터들이 크게 술렁거렸다.

"뭐? 세이버 클랜?"

"혹시 래그나돈 레이드의 그 김태랑님 말입니까?"

레이드 게시판을 통해 태랑의 명성은 널리 알려져 있었다. 최근 가장 핫한 헌터라고 해도 과언이 아니었다.

"네. 그 김태랑 맞습니다."

태랑이 자신 있게 대답하자 총을 든 헌터들이 의심의 눈초리를 보냈다.

"아무렇게나 둘러대는 거 아닐까?"

"그걸 어떻게 믿죠?"

태랑은 증명을 위해 자신의 마스코트인 해골 병사를 소환시켰다. 바닥을 기어 올라오는 해골 병사를 보고는 베레모를 쓴 헌터가 황급히 달려왔다.

"정말 김태랑 마스터신가요? 클랜원들은 어디 가고 혼자 다니시는 거죠?"

"혼자 잠시 들를 곳이 있었습니다. 이제 신원 확인이 된 건가요?"

"네. 불타는 동공을 가진 스켈레톤에 대한 소문을 익히 들었습니다. 만나 뵙게 돼서 영광입니다. 혹여 무례를 범했다면 죄송합니다. 이봐, 다들 뭐해! 얼른 오토바이 끌고 가서 충전시켜."

"아, 네."

베레모를 쓴 헌터의 명령에 쭈뼛거리던 헌터들이 황급히 다가와 오토바이를 거들었다. 베레모를 쓴 헌터가 이어 태랑에게 말했다.

"전 네이비 씰 클랜의 장유진이라 합니다."

"반갑습니다. 유진님. 근데 아까 말했던 맨이터 이야긴 뭡니까?"

태랑은 유진을 따라 네이비 실의 보호구역으로 이동하며 물었다.

"아…. 아무것도 아닙니다. 최근에 맨이터들이 극성을 부려서요."

"흐음…. 좀 더 자세히 얘기해 보시죠. 어차피 시간도 많은데…."

태랑은 오토바이가 충전되는 동안 딱히 할 일도 없어 얘기나 들어 볼 생각이었다.

"그러니까… 한 일주일 전이었나?"

유진이 기지에서 커피를 대접하며 이야기를 꺼냈다.

65

네이비 씰 클랜은 주로 구로공단 주변을 레이드를 했다.

총기 능력자들로만 구성된 클랜 특성상 클랜원이 많은 편은 아니었다. 그러나 특유의 화력과 치밀한 작전을 이용해 상당한 성과를 올릴 수 있었다.

그러나 그들이 총기를 보유하고 있다는 정보가 퍼지자 맨이터들이 접근해 왔다.

"아시다시피 총기는 구하기 힘든 물품입니다. 블랙마켓에선 저급 아티펙트 수준까지 거래된다더군요. 저희 클랜은 운 좋게 전쟁 통에서 흘러나온 총기를 다량 확보했죠."

총기 능력자가 아닌 이상 화기는 레이드에서 아무 쓸모가 없다. 빠르게 날아가는 투사체에 포스를 입히는 것은 매우 독특한 재능을 필요로 했기 때문이다. 차라리 포스를 바로 입힐 수 있는 돌멩이가 나았다.

그러나 몬스터에게 통하지 않는다고 하여, 인간에게도 통하지 않는 것은 아니었다. 태랑 정도의 쉴드를 갖추면 총탄을 맞아도 튕겨낼 수 있지만, 대부분의 각성자들은 총에 맞으면 심각한 부상을 입을 수밖에 없었다.

따라서 총기는 능력이 부족한 각성자들 사이에서 스스로를 보호하기 위한 자구책으로 애용되었다. 적은 꼭 몬스터가 아니라 같은 인간일 때도 많았으니까.

이렇듯 수요가 많다 보니 총기는 블랙마켓에서도 비싼

값에 거래되었다. 우연히 군부대의 무기고라도 발견하는 날은, 로또를 잡은 것이나 마찬가지였다.

"저희 클랜이 총기를 이용해 레이드를 한다는 소문이 퍼지자 떠돌이 맨이터 그룹들이 냄새를 맡은 모양입니다. 지난주엔 작정하고 덤벼대는 통에 저희 마스터까지 큰 부상을 당하고 말았습니다."

"옥탁훈 마스터가요? 상태는 좀 괜찮으십니까?"

"저희 마스터를 아십니까?"

"아…. 레이드 게시판에서 이름은 들었습니다."

"네. 다행히 치명상은 피했습니다. 지금은 힐러 하나가 전담하며 치료 중이긴 한데, 아무튼 상황이 상황인지라 다들 예민합니다. 아까 애들도 그래서…."

"아닙니다. 이해합니다. 뭐 사실 맨이터들이 자기가 맨이터라고 얼굴에 써 붙이고 다니는 것도 아니니…."

"그렇죠. 사실 마스터가 기습을 당한 것도, 부상을 당해 숨어 들어온 떠돌이 헌터 때문이었습니다. 은혜를 베풀었는데 그렇게 배은망덕한 놈인 줄 몰랐습니다."

"떠돌이 헌터요?"

"네. 지금 생각해 보면 놈이 모두 주도한 것 같습니다. 어느 날 밤에 놈이 갑자기 곰으로 변신하더니 마스터를 기습하는 게 아니겠습니까? 방심하고 있던 마스터께선 손도 못 쓰고 당하고 말았습니다. 그걸 신호로 밖에서 맨이터들이 들이닥치더군요."

"곰이라고요? 놈이 곰 변신 능력자였습니까?"

태랑이 부쩍 관심을 드러내자 정유진이 의아한 표정으로 물었다.

"네. 맞습니다만…."

"혹시 놈의 얼굴에 화상 자국이 있던가요? 그러니까 불에 심하게 그을린 것처럼…."

"아! 네, 네. 맞습니다. 얼굴이 무척 일그러져 있더군요. 그런 얼굴을 하고 부상을 입은 체 클랜을 찾아와 살려달라고 하니 측은해 잠시 받아줬다 그 사단이 나고 말았습니다. 놈의 신원을 좀 더 살폈어야 했는데…. 근데 혹시 아는 놈입니까?"

태랑이 무겁게 고개를 끄덕였다.

"…알 것도 같군요. 곰 변신 능력 자체도 드문 편인데 거기다 얼굴에 화상까지 입었다면 제가 아는 놈이 분명합니다."

'너, 이놈 잘 만났다.'

그는 과거 폭룡 클랜의 마스터였으며, 태랑의 첫 번째 아지트를 습격했던 강찬혁이 틀림없었다.

당시 민준이 그를 놓치는 바람에 종적이 묘연해졌는데, 어느새 이곳까지 흘러들어와 맨이터 무리를 이끌고 있던 모양이었다.

태랑은 그렇지 않아도 맨이터를 증오하는데, 그 대상이 과거 자신의 일행을 해코지하려 했던 강찬형이라는 게 확실해지자 노기가 치밀었다. 그를 그대로 놔두면 분명 후환이 있을 것이다.

"혹시 놈들이 한 번 더 공격해 올까요?"

"네. 그 곰 변신 능력자가 아직 건재한 상태니 분명 한 번 더 기회를 노릴 겁니다. 특히 마스터가 부상당한 걸 아는 상황에서는 더욱요."

"그렇군요. 혹시 실례가 안 되면 제가 놈들이 쳐들어올 때 함께 수비전에 참여해도 되겠습니까?"

태랑의 제안에 유진이 화들짝 놀랐다. 전국구 급으로 유명한 헌터가 갑자기 도와준다고 나서니 뭔가 꿍꿍이가 있는 게 아닌가 하는 의심이 들 정도였다. 하지만 래그나돈 레이드에서 보여준 대인배적인 행동으로 태랑의 평판은 매우 높았다. 그의 도덕성과 정의감에 대해선 누구나 찬사를 보냈다. 장유진은 태랑의 호의에 감사했다.

"정말이십니까? 헌데 도와주시는 건 고맙지만, 이번 일은 세이버 클랜과는 아무 관계가 없는 일일 텐데요."

"아닙니다. 그 화상 입은 맨이터 놈은 저희도 계속 찾고 있던 잡니다. 이번 기회에 아예 싹을 도려내야 할 것 같군요."

"아…. 그런 사연이…. 정말 감사합니다. 세이버의 마스터님께서 도와주신다면 저흰 천군만마를 얻은 것과 같습니다. 마스터께서도 나중에 크게 기뻐하실 겁니다. 이 은혜를 어떻게 갚아야 할지…."

"이미 갚았습니다."

"네?"

"제 오토바이 충전해 주고 있잖습니까. 그걸로 됐습니다."

태랑이 사람 좋게 웃었다.

물론 태랑이라고 다른 계산이 없는 것은 아니었다.

이번 건으로 인해 네이비 씰은 태랑에게 큰 빚을 진 것이나 마찬가지. 분명 후에 도움을 청하면 거절하지 못할 것이다. 또한, 태랑의 의로운 행동은 세이버 클랜의 명성을 한층 드높여, 훌륭한 인재를 구름같이 끌어모을 것이다.

'…하지만 무엇보다 그 곰탱이 자식을 잡는다는 거지. 강찬혁.'

태랑은 강찬혁을 떠올리며 이를 바득 갈았다.

그는 은숙과 슬아를 겁박하고 당시 팔이 잘린 채 반송장이나 다름없던 한모를 납치해 가려던 자다. 민준이 극적으로 나타나지 않았더라면 분명 비극적인 일이 벌어졌을 것이다.

'…이번에는 놓치지 않겠다.'

태랑의 눈빛이 매섭게 빛났다.

강찬혁은 총상을 입은 어깨 부근을 어루만졌다.

'제길. 쿰척거리기만 하는 파오후 새끼인 줄 알았는데….

폭심의
군주 7

생각보다 날쌔더란 말이지.'

총상은 옥탁훈에게 입은 것이었다.

신분을 속이고 네이비 씰 클랜에 잠입해 들어간 강찬혁은 어느 날 야밤을 틈타 그의 침실로 침투했다. 사람을 전혀 의심할 줄 모르는 무골호인(無骨好人) 옥탁훈은 제 목숨이 경각에 달린 줄도 모르고 쿨쿨 자고 있었다.

그런데 강찬혁이 곰 변신을 마치고 목을 내리치던 순간, 탁훈이 번쩍 눈을 뜨더니 공격을 피했다. 뚱뚱한 몸집에 비하면 놀라울 정도로 빠른 반사 신경이었다.

옥탁훈은 만일을 대비해 배게 밑에 소형 리볼버를 감추고 있었는데, 침대 밑으로 몸을 굴러 피하는 동시에 리볼버를 쥐고 권총을 갈겼다.

강찬혁은 몸을 비틀어 왼 어깨를 들이밀었다.

곰 변신으로 쉴드가 3배까지 상승했는데도, 총격의 데미지가 묵직하게 다가왔다. 과연 클랜의 마스터다운 위력이었다.

하지만 강찬혁은 이미 산전수전 다 겪은 몸.

총알 한 발 맞았다고 주춤하거나 포기할 거라면 이렇게 위험천만한 계획은 세우지도 않을 것이다.

강찬혁은 재차 사격을 가하려는 옥탁훈 향해 침대를 뒤집어 막더니 그대로 벽으로 밀어붙였다. 괴력을 발하는 강찬혁을 상대로 옥탁훈이 맞서 보았지만, 힘 대 힘의 대결에선 상대가 되지 않았다. 상대는 인간이 아닌 곰이었다.

특히 자신의 주무기 K-3 기관총도 없는 상태에서 변신한 강찬혁을 막아내기엔 역부족이었다. 그는 가슴 한가운데 깊은 발자국이 패일 만큼 치명상을 입고 쓰러졌다.

그때 소란을 들은 부하들이 몰려왔고, 곰으로 변한 강찬혁은 네발을 이용해 도망쳐 나왔다. 몸을 의탁하는 사이 건물 구조를 꿰뚫어 놓았기 때문에 빠져나오는 데 무리가 없었다. 거기다 부하들이 타이밍 좋게 밖에서 공격을 시작하면서 네이비 씰은 암살을 시도한 강찬혁을 붙잡는 것과 기지를 수비해야 하는 딜레마 속에서 혼란에 빠졌다.

양측 간 치열한 총격전이 전개되었고 사상자가 속출했다.

강찬혁 예상으로는 기관총 사수만 제압하면 충분할 거로 생각했지만, 초소 안에서 버티며 총격을 가하는 네이비 씰의 수비력은 생각했던 이상이었다.

결국, 강찬혁은 그날 밤 전원 후퇴를 지시했다. 야습은 실패로 끝났다.

그리고 일주일이 지났다.

어깨에 입었던 상처는 대충 아물었다. 회복 포션 같은 건 가격이 비싸 엄두도 못 냈기 때문에 상처에 효험이 좋다는 저급 아이템을 이용해 치료해야 했다.

자신이 이끄는 맨이터 무리는 머릿수만 많지 제대로 된 힐러조차 없었다. 한때 폭룡 클랜이라는 전도유망한 클랜의 마스터 출신인 강찬혁으로서는 그런 쓸모없는 부하들을 볼 때마다 인생이 시궁창 속에 빠진 기분을 느껴야 했다.

'이게 다 김태랑인가 하는 새끼 때문이야.'

폭룡 클랜은 세이버 클랜을 기습하려다 역으로 당하는 바람에 완전히 붕괴되었다. 부마스터 이이동이 죽고, 심지어 힐러인 강아현은 자기 손으로 태워 죽였다.

그들의 아지트에 몰래 불을 지른 후 타죽은 강아현의 시체를 발견했을 때 강찬혁은 차라리 그 자리에서 죽고 싶은 심정이었다.

어쩌다 일이 이렇게 꼬여버렸을까. 분명 아무 문제 없이 승승장구하고 있던 클랜인데….

자신의 잘생긴 얼굴은 화상으로 일그러지고, 충직했던 부하들은 모조리 죽었다.

꿈도 희망도 없는 상태로 부랑자처럼 떠돌며 허송세월하기를 몇 달여간. 강찬혁은 우연히 김태랑에 대한 소문을 접하게 되었다.

세이버 클랜의 마스터가 되어 이제는 유명인사가 된 김태랑의 소식을 접한 순간, 강찬혁은 온몸의 피가 거꾸로 솟는 기분이었다. 자신의 인생을 깔아뭉갠 그는 너무도 잘나가고 있었다.

따지고 보면 이강호의 자폭은 김태랑과는 무관했고, 은숙과 슬아를 납치하고 겁박한 것은 순전히 자업자득의 결과였지만, 강찬혁은 이 모든 게 마치 김태랑 탓인 것만 같았다.

그가 폭룡 클랜의 신입 대원 모집에 오지만 않았더라도 아무 일도 없었을 것이다. 모든 것의 시작은 김태랑이었다.

'…개새끼. 내가 꼭 죽이고 말 거야.'

강찬혁은 이를 바득 갈며 복수를 결심했다.

혼자선 그를 상대할 수 없어 맨이터들을 끌어모았다. 이리와 승냥이 같은 자들이었지만 클랜 마스터 출신인 자신보다 강한 사람은 없었다.

그는 무리를 이끌고 다니며 약탈과 살인을 거듭했다. 더는 잃을 것이 없는 사내에게, 남은 것은 오로지 악밖에 없었다.

그러나 보다 세력을 키우기 위해선 돈이 필요했다. 무능력한 각성자 몇십 명보다 한 명의 훈련된 헌터가 더 절실하게 느껴졌다. 그런 이들을 끌어들이려면 아티펙트도 갖춰야 하고, 식량이나 탈 것도 마련해야 했다.

그는 군자금의 확보를 위해 네이비 씰 클랜을 타겟으로 정했다. 갖춘 실력에 비해 가진 재산이 많은 클랜이었다. 총기를 빼앗아 블랙마켓으로 유통만 시켜도 자금에 상당한 숨통이 트일 것이다.

그는 네이비 씰을 접수하기 위해 정보를 파악했다.

쪽수로는 덤벼볼 만했지만, 마스터 옥탁훈의 존재가 위협적이었다. 그는 총기 능력자 중에서도 드물게 기관총을 다룰 수 있었다. 그를 먼저 제거하지 않고선 게틀링포에 희생당한 노르망디 전투의 군인들처럼 엄청난 피해를 볼 것이 불 보듯 뻔한 일이었다.

때문에 강찬혁은 위험을 무릅쓰고 네이비 씰 클랜에 들어가 그를 암살하는 계획을 세운 것이었다.

암살 시도는 무위로 돌아갔지만, 옥탁훈은 치명상을 입고 말았다. 아마 한동안은 무기를 잡지 못할 것이다. 그것이면 충분했다.

강찬혁이 다시 따끔거리는 어깨를 쓸어내렸다.

완쾌된 것은 아니지만 싸우는 데는 문제 없었다. 옥탁훈이 회복하기 전, 빨리 네이비 씰을 쓸어버려야 한다. 그의 부하들을 죽여 포스를 흡수하고, 그의 기지에 잔뜩 쌓인 군수품을 빼앗아야 한다.

그것은 복수를 향한 첫걸음이 될 것이다.

후드와 마스크로 얼굴을 가린 강찬혁이 부하에게 명령했다.

"지금 애들 싹 다 끌어모아. 오늘 밤 다시 쳐들어간다."

"예. 대장."

태랑이 와병 중인 옥탁훈을 찾았다. 비대한 덩치를 자랑하는 그는 병상에 누운 와중에도, 태블릿을 이용해 뭔가를 열심히 탐독하고 있었다.

"세이버 클랜의 마스터 김태랑 님께서 병문안 오셨습니다."

"헛! 김태랑 마스터께서 이런 누추한 곳까지…. 크흣"

옥탁훈이 무리해서 몸을 일으키려 하자 태랑이 만류했다.

"부상이 심하다 들었습니다. 누워 계시지요."

"죄송합니다. 기지에 방문하셨다는 소식은 전해 들었는데 제가 움직일 수가 없어서…."

옥탁훈의 가슴은 붕대로 둘둘 말려 있었다. 매일 치료를 하고 있지만, 상처가 깊어 쉽게 회복을 못 하고 있었다.

태랑이 옆으로 치워진 태블릿 화면을 보고 물었다.

"독서 중이신데 제가 방해했나 보군요."

"하핫. 아닙니다. 하도 심심해서 2차 대전사를 보고 있었습니다. 롬멜의 이야기는 읽을 때마다 재미있어서요."

옥탁훈은 전형적인 밀리터리 매니아였다.

평소에도 각국의 전쟁사는 물론 전술교리나 전투 교본, 화포나 화기류의 제원을 외우는 게 취미였다. 옷도 항상 군복을 입고 다녔으며 전투식량을 수집하는 버릇이 있었다.

'음, 이건 완전히 덕후 느낌인데….'

옥탁훈을 마주한 태랑의 솔직함 심정이었다.

그러나 그 역시 소설 집필 때문에 전쟁사를 공부한 적이 있었으므로 가볍게 응대했다.

"사막의 여우라 불리던 롬멜 장군 말이군요. 히틀러 밑에 있기엔 아까운 인재였죠."

"오, 김태랑님도 그런 쪽에 관심이 많으신가요? 하핫! 반갑습니다!"

'그, 그런 쪽이라니…. 이러다 같은 부류로 오해받겠군.'

태랑은 더 말려들기 전에 곧바로 화제를 돌렸다.

"변신 곰 능력자에게 습격을 받으셨다 들었습니다만."

"네, 그 자식 잡히기만 하면 웃…."

옥탁훈은 순간 열이 뻗쳐 몸을 일으키려다 다시 쓰러졌다. 그는 한참을 씩씩거리며 분을 삭였다. 왠지 숨소리가 쿰척쿰척대는 소리처럼 들렸다.

"처지가 하도 불쌍해서 허드렛일이라도 하라며 거둬줬더니 그런 놈일 줄이야…."

"이름은 모르십니까? 하긴 이름을 말했더라도 속였겠군요."

"다른 건 몰라도 얼굴은 확실히 기억납니다. 화상을 심하게 입어서 얼굴 반쪽이 완전히 뭉개져 있었거든요. 코믹스에서 보던 투페이스 같이 생겼달까요?"

'강찬혁이 확실하군. 역시 그놈일 줄 알았지.'

"아무튼, 자다가 봉변을 당하는 바람에 이런 꼴이 되고 말았습니다. 부상이 심해서인지 포스가 끌어오르지 않더라구요."

"그래도 그만하길 다행입니다. 각성 전이었다면 의사도 손 쓸 수 없었을 겁니다. 포스는 몸이 나으면 차츰 회복되겠지요."

"네…. 참, 유진이에겐 얘기 들었습니다. 저희 길드를 도와주시기로 했다고. 뭐라고 감사를 드려야 할지…."

"아닙니다. 서로 돕고 살아야죠. 맨이터들은 인류의 공적이 아닙니까."

"그래도 이 은혜는 절대 잊지 않겠습니다. 김태랑 마스터."

"편히 쉬십시오. 제가 있는 한 놈들은 얼씬도 못 할 겁니다."

태랑이 병문안을 마치고 나오자 함께 대동했던 장유진이 머쓱한 표정으로 말했다.

"저희 마스터가 좀 독특하긴 해도 순수한 분입니다."

"네. 그런 것 같더군요. 근데 혹시 특수부대 같은 데서 복무하셨을까요? 그쪽으로 굉장히 박식해 보이던데…."

"네? 그건 아니고…. 제가 알기론 공익으로…."

"흠! 아, 네. 알겠습니다."

태랑은 괜한 걸 물어봤다는 생각을 했다. 클랜원 대부분이 예비역인 네이비 씰의 마스터가 공익 출신이라니….

뭔가 아이러니한 기분이었다.

'하긴 그런 게 뭐가 중요하겠어. 군대에서 특등사수를 나와도 총알에 포스를 입히지 못하면 헌터로선 부적격인 세상인데…. 어쨌든 그는 선의를 가진 인물이야. 그를 돕는 것이 절대 손해는 아닐 거야. 게다가 그가 이렇게 된 건 내 탓이기도 해.'

태랑은 이번 일에 약간의 책임감을 갖고 있었다.

분명 소설 속에서, 그러니까 과거의 기억에 옥탁훈은

클랜 마스터 공의회에 참석했다.

원래 그전까지 그와 강찬혁은 전혀 접점이 없었어야 정상이다. 그러나 강찬혁은 폭룡 클랜이 무너진 계기로 맨이터가 되었고, 그 여파로 옥탁훈이 부상을 당했다. 따지고 보면 자신이 슬아를 영입하면서 그 나비효과가 옥탁훈에 미친것이나 마찬가지였다.

'내가 벌인 일이니 내가 매듭지어야지. 강찬혁, 여기서 끝을 보자.'

태랑은 장유진의 도움으로 기지 전체를 둘러보며 전략적인 요충지를 파악했다. 오후쯤 되자 머릿속에 기지 구조가 그려질 만큼 완벽히 외울 수 있었다.

"놈들이 지난번처럼 야습하게 되면 수비를 돕겠습니다."

"정말 고맙습니다. 그렇지 않아도 부하들이 걱정하고 있는데 한시름 놨습니다."

"별말씀을요…. 이번 기회에 맨이터 놈들을 완전 소탕할 생각입니다. 한 놈도 놓치지 않도록 저를 도와주시길."

"네. 저희 마스터께서도 김태랑 님께 무조건 협조하라 하셨습니다. 분부만 내리십시오."

"지난번에 놈들이 2층에서 총알을 갈겨 대더라구요."

"맞습니다. 거기까지 가는데 너무 희생이 컸습니다."

강찬혁은 공격에 앞서 최종적으로 작전을 점검했다. 일단 기지에 돌입하면 어떻게든 난전을 이끌어 낼 수 있지만, 기지 입구에 둘러진 경비초소가 문제였다.

"그래서 이번엔 화차를 준비했지."

"화차요?"

강찬혁은 자신이 당했던 것과 똑같은 전술을 생각해냈다. 차에다 휘발유를 듬뿍 실어 돌진시키는 수법이었다.

"초소를 차로 받아서 폭발시켜버리는 거야."

"그거 완전히 자폭 공격인데요?"

"근데 누가 차를 몰겠습니까? 죽을 게 뻔한데…."

"인질들 시키면 돼."

맨이터라고 모든 각성자를 죽이는 것은 아니었다. 노예로 부릴 사람들을 남겨 수발을 들게 하거나, 여자들은 성적으로 착취하기도 했다.

"인질이요?"

"명령을 안 따르면 가족을 죽여 버린다고 해. 아이 하나쯤 본보기로 죽여. 그럼 알아서 나올걸?"

"그거 좋은 생각이군요."

강찬혁은 수단 방법을 가리지 않았다. 멀쩡한 길드의 마스터였던 시절은 깡그리 지워버리고, 누구보다 악독한 맨이터가 되어 있었다.

"공격 개시 시간은 오늘 자정이다. 놈들에게 야투경(Night vision)이 있다지만 모두 다 갖고 있진 못해. 조명을 비추는 초소를 폭파시키고 나면 그때부턴 우리 쪽이 유리하다. 가서 준비시켜."

"네, 대장."

"크크크. 오늘은 학살의 밤이 되겠군요."

❖　❖　❖

놈들의 습격을 대비한 태랑은 좀비 들개를 이용해 기지 주변에 정찰을 시키고 있었다. 쟈정 무렵이 되자 좀비 들개가 기지를 향해 되돌아왔다.

"놈들이 오는 모양이군. 도착 시간은 대충 5분쯤."

"아앗. 네 준비시키겠습니다."

태랑은 분대시야 스킬을 이용해 다른 좀비 들개의 눈을 통해 전방의 상황을 파악했다. 어둠 속에 움츠린 좀비 들개의 눈으로 100여 명에 달하는 맨이터들의 움직임이 눈에 들어왔다.

특이한 것은 차량 두 대가 맨이터 무리를 뒤따라 온다는 사실이었다.

'저녁에 야습하는 놈들이 차를 끌고 온다고?'

태랑은 뭔가 위화감을 느꼈다. 조용히 접근해도 모자랄 판에 차량을 끌고 온 데는 분명 이유가 있을 터.

좀비 들개가 조심스레 차 안을 살피자 운전석과 보조석에 앉은 사람들이 보였다. 운전석에는 눈이 팅팅 부어 울고 있는 중년 남성이 억지로 운전대를 잡고 있었고, 보조석에 앉은 사내가 그의 운전자의 목에 칼을 들이밀고 있었다. 뒷좌석에는 하얀 기름통이 가득했다.

'설마?! 자폭 공격인가?'

태랑의 머릿속으로 과거 이강호의 차량 테러가 스쳐 지나갔다.

놈들은 차량을 이용해 기지 입구를 돌파할 생각으로 보였다.

'악독한 놈들 같으니! 죄 없는 사람을 겁박해 죽음으로 내몰다니. 결코, 용서할 수 없다.'

태랑이 굳은 표정으로 말했다.

"장유진씨."

"네 말씀 하십시오."

"조금 있으면 기지 입구로 차량 두 대가 돌진해 올 겁니다."

"차량이요?"

"네. 입구에 있는 경계초소를 무너뜨리려고 하는 것 같습니다."

입구 양편에 세워진 경계초소는 감시탑은 물론 야간조명을 비추고 있었다. 만일 초소가 무너진다면 시야가 차단될 가능성이 컸다. 사격을 위주로 하는 네이비 씰에겐 치명적인 부분이었다.

"저번에 한 번 호되게 당한 터라 감시탑부터 노리는 모양이군요. 부하들에게 명령해 차가 달려오기 전에 폭파시키겠습니다."

"안됩니다."

"네?"

"운전석엔 맨이터들이 아닌 일반 시민이 타고 있습니다. 총을 쏘면 무고한 사람들이 죽게 될 겁니다."

"아…. 그러면 어떡하죠?"

"제가 해결할 테니 가까이와도 사격하지 말라 전하세요. 또 별도의 기동대를 우회시켜 후방으로 보내시구요."

"알겠습니다. 김태랑 마스터만 믿겠습니다."

잠시 후 태랑의 예상대로 차량 두 대가 빠른 속도로 돌진해왔다. 급발진하듯 풀 악셀로 달려드는 기세에 네이비 씰 헌터들은 자기도 모르게 방아쇠를 당길 뻔했다. 차량의 목표점은 정확히 감시초소를 향해 있었다.

"기다려라. 지시가 있을 때까지 사격하지 말라는 명령이다."

"하, 하지만 이대로라면…."

"김태랑 마스터를 믿어보자. 분명 생각이 있을 거야."

태랑은 차량의 돌진 속도에 맞춰 두 기의 스톤 골렘을 소환했다. 바닥에서 일어선 스톤 골렘은 차량을 정면에서 가로막았다.

쿵―!

빠른 속도로 달려온 차량의 충격량은 엄청난 것이었으나,

태랑의 스톤 골렘은 그것을 온몸으로 받아냈다. 태랑의 쉴드가 증가하면서 스톤 골렘의 내구력까지 끌어올렸기 때문에 가능한 방법이었다.

멀리서 그 장면을 지켜본 강찬혁은 갑작스레 튀어나온 골렘을 보고 깜짝 놀랐다.

"뭐야? 네이비 씰에 소환술사가 있었나? 분명 사격능력자뿐이었는데?"

골렘으로 차량 돌진을 막아낸 태랑은 곧장 달려가 운전석에 있던 인질을 구출해 냈다. 야간 조명 아래 태랑의 모습이 나타나자 강찬혁이 눈을 비비며 재차 그의 얼굴을 확인했다.

"아니! 김태랑! 네놈이 어떻게 여길!"

"강찬혁. 드디어 만났구나."

인질을 구출해 낸 태랑은 곧장 히드라의 사모창을 비껴차고 달려나갔다. 전방에 맨이터들이 백여 명이 넘게 몰려왔지만, 전혀 주저함이 없었다.

'명훈에게 받은 불멸자의 해골 갑옷을 시험해 볼 좋은 기회군.'

태랑은 달려가는 자세 그대로 갑옷을 장착했다. 척추 부근에서 뻗어 나온 갈비뼈가 가슴 앞에서 엇갈리며 흉갑을 이루었다. 팔, 다리에도 두꺼운 뼈대가 뻗어 나오며 외골격을 형성했다. 마치 아이언 맨 슈트처럼 전신을 감싼 모습이었다.

"으헉, 저게 뭐야? 완전히 해골 기사잖아?"

"쫄지 마라! 놈은 한 놈뿐이다! 모두 쳐라!"

조잡한 무기를 든 맨이터들이 태랑을 둘러쌌다.

태랑은 시험 삼아 몇 번의 공격을 일부러 맞아 보았다. 모든 데미지를 절반으로 감하는 갑옷의 특수능력과 갑절로 늘어난 쉴드의 방호효과가 발동하자 아무런 느낌도 들지 않았다. 놈들이 쇠파이프로 두들기는 데도 먼지떨이로 간지럽히는 기분이었다.

'이거 정말 대박인데? 과연 전설급 아티펙트의 위력인가?'

갑옷의 위력을 실감한 태랑은, 자신을 둘러싼 맨이터들을 향해 귀찮다는 듯 창을 휘둘렀다. 화염 속성을 띈 히드라의 사모 창이 불길을 내뿜으며 놈들을 덮쳤다.

"크하하학!"

"으헉! 몸에 불이 붙었어!"

"너희 같은 쓰레기에게 자비 따윈 없다!"

일격에 십여 명이 나가떨어지자 뒤에 선 맨이터들이 겁을 집어먹고 물러섰다. 제대로 된 스킬이나 특성조차 없는 맨이터 들로선 태랑이 보여주는 위용은 그야말로 압도적으로 느껴졌다.

"김태랑 네 이놈!"

태랑의 등장에 흥분한 강찬혁이 곧바로 곰 변신을 시도했다. 잠시 후 얼굴이 흉측하게 뭉게 진 거대한 갈색 곰이 곧 태랑을 덮쳐왔다.

"쿠왕!"

강력한 후려치기 공격에도 태랑은 여유 있게 창을 들어 튕겨냈다. 과거라면 모를까 지금의 강찬혁은 결코 태랑의 상대가 되지 못했다.

"그런 허접한 실력으로 나에게 덤비느냐!"

공격을 튕겨낸 태랑이 삼조격 스킬을 이용해 곰의 가슴팍으로 내질렀다. 마법의 기운을 담은 3연속 찌르기 공격이 적중하며 강찬혁이 비명을 지르며 물러섰다.

"크흐흐흥!"

변신 곰 상태가 아니었더라면 일격에 승부가 갈릴 뻔한 공격. 강찬혁은 일 합을 겨룬 순간, 자신이 김태랑의 상대가 되지 못한다는 것을 직감했다.

'이건 도저히 어찌해 볼 상대가 아니다!'

부상을 입은 강찬혁은 주변에 서 있던 부하들을 김태랑에게 집어 던졌다. 도망칠 시간을 벌기 위해 부하를 희생양으로 삼은 것이었다.

'저런 끝까지 뻔뻔한 놈 같으니!'

태랑은 날아오는 사람을 피하지 않고 그대로 창을 들어 내리쳤다. 어차피 놈들은 맨이터. 죽어 마땅한 놈들뿐이었다.

강찬혁은 시간을 번 틈을 타 네발로 달아났다. 4족 보행으로 뛰어가는 갈색 곰을 향해 태랑이 곧바로 뒤쫓았다.

'이번엔 놓치지 않는다!'

태랑은 훌쩍 점프해 자신을 가로막는 맨이터들의 어깨와 머리를 짓밟고 달려나갔다. 인의 장벽을 타고 넘는 솜씨는 곡예에 가까운 묘기였다.

"거기 서! 강찬혁!"

"쿠엉!"(너라면 서겠냐!)

태랑의 발에 밟힌 맨이터들은 하나같이 어깨가 탈골되고 머리에 충격을 입고 나자빠졌다. 애초에 태랑이 사정을 두지 않고 있는 힘껏 짓밟았기 때문이었다.

태랑은 허공답보 하듯 달려가는 와중 등 뒤에서 도끼를 뽑아 던졌다. '뇌전강타'로 불리는 도끼 투척 기술이었다.

도끼는 도망치던 갈색 곰의 뒷다리에 정확히 적중했다. 해당 위치로 번개가 내리치자 육중한 갈색 곰이 충격을 받고 철퍼덕 바닥으로 슬라이딩했다. 쓰러진 자리엔 다시 인간으로 변한 강찬혁이 꼴사납게 쓰러져 있었다. 큰 충격에 변신이 풀린 것이었다.

태랑은 그대로 몸을 날려 강찬혁에게 다가갔다. 그의 뒤를 맨이터들이 쫓아오자 소환수들을 불러들였다.

"귀찮은 것들. 너희가 놀아줘라."

어둠 속에서 안광을 번뜩이는 해골들이 솟아 오르자 전의를 상실한 맨이터들은 슬슬 내빼기 시작했다. 백여 명에 이르는 인원을 가지고도 태랑 하나 어찌하지 못하는데, 갑작스레 서른여 마리의 소환수들이 더해지자 도저히 해 볼 엄두가 안 났던 것이다.

태랑은 소환수를 이용해 그들을 한쪽으로 몰아세우며 무전기로 명령했다.

"적들이 후퇴하고 있다. 우회기동 시킨 병력에게 퇴로를 차단하고 전원 섬멸하라고 전해."

"라져. 댓."

명령을 마친 태랑은 다리에 도끼를 맞고 포복 자세로 기어가는 강찬혁을 향해 말했다.

"네놈은 부하가 죽든 말든 끝까지 도망만 치는군."

"크흑. 개 같은 자식! 어째서 나를 못살게 구는 것이냐."

"너는 그럼 왜 죄 없는 사람들을 괴롭혔던 거지?"

"바로 너 때문이잖아! 네놈이 우리 클랜을 무너뜨리고, 나를 이 꼴로 만들었다! 내가 이렇게 타락한 건 순전히 네 탓이라고!"

다리를 다친 강찬혁은 더 이상 도망을 포기한 듯 태랑을 향해 악을 질렀다.

"어처구니없는 소리군. 네 잘못을 남 탓으로 돌리지 마라. 너에겐 분명 선택권이 있었다. 그만한 능력을 갖추고도 악독한 짓만 골라 하니까 천벌을 받는 거다."

태랑이 도끼를 집어 들고 저벅저벅 걸어왔다. 그의 표정은 사형집행을 앞둔 집행자의 모습, 바로 그것이었다.

강찬혁은 어떻게든 살고 싶었다. 그는 분위기가 심상치 않게 돌아가자 갑자기 태랑을 향해 무릎 꿇었다.

"제, 제발 나를 불쌍히 여겨 한 번만 살려다오. 이렇게 무릎 꿇고 빌겠다. 다시는 나쁜 짓도 않고, 착하게 살 것을 약속한다."

"…그게 정말인가?"

"그, 그래! 솔직히 나 같은 놈을 죽여 봐야 뭐하나. 네 손만 더러워질 거다. 이번 한 번만 자비를 베풀어다오. 내가 정신이 나갔다. 부하도 모두 잃고 얼굴도 망가지면서 너무 자포자기했어."

강찬혁은 아예 무릎걸음으로 태랑에게 달려와 바짓가랑이를 붙잡고 매달렸다.

"김태랑. 너는 내가 불쌍하지도 않느냐. 솔직히 말해 네가 우리 클랜에 오지만 않았더라도 내가 이렇게까지 밑바닥으로 추락하진 않았을 것이다."

"……."

탕-타다당-!

그때 멀리서 총성이 들려왔다. 네이비 씰 클랜의 헌터들이 도망치는 맨이터들을 쏴 죽이는 소리였다. 강찬혁은 그 소리에 이제 눈물까지 글썽거렸다.

"그래. 이건 어떠냐? 나를 차라리 부하로 거둬라. 내가 너의 수족이 되어주마. 내가 몰골은 이렇지만, 아직 쓸만하다. 부하가 아니라면 노예처럼 부려도 좋다. 제발 이번 한 번만 자비를…."

"그래서 몇이나 죽였지?"

"무, 무슨 소리냐."

"네가 죽인 사람들 중에선 분명 이렇게 울고불고 매달리던 사람들이 있었을 것 아닌가? 넌 그런 이들을 몇이나 죽여 왔느냐고 물었다."

태랑의 목소리는 차갑게 가라앉아 있었다. 강찬혁은 쉽게 대답하지 못하고 우물쭈물했다.

"그, 그렇게 많지는…. 으악!"

태랑은 바짓가랑이를 잡고 있는 강찬혁을 도끼를 휘둘러 팔을 내리쳤다. 그의 팔꿈치 아래가 싹뚝 잘려나가며 피가 쏟아졌다.

"크헉…."

"다시 묻겠다. 너는 얼마나 남에게 자비를 베풀었기에 그렇게 살려고 하는 것인가."

"으흑…. 내 팔…."

강찬혁은 눈물 콧물이 범벅된 채 잘려나간 팔을 쳐다보았다. 설마하니 태랑이 그렇게 갑작스럽게 도끼를 내리치리라곤 상상도 못 했던 그였다.

"아픈가?"

"크흑….개새끼! 내 팔을…."

"아직 시작도 안했는데 그렇게 엄살을 떨다니 실망스럽군."

태랑은 그를 곱게 죽일 생각이 없었다.

그는 좀비 바이러스에 감염되어 손목이 잘려있던 한모를 납치하려고 했다. 또한, 슬아와 은숙을 욕보이고 살해하려던 놈이다. 이후에도 수많은 인명을 살상하고 나쁜 짓을 저질렀을 것이다.

자기 목숨은 저리 소중히 여기는 자가, 남의 목숨은 대수롭지 않게 생각했다는 것이 화가 났다.

태랑이 한 번 더 도끼를 내리쳐 이번엔 다리를 잘라냈다. 한 번의 도끼질에 무릎 아래가 싹둑 잘려나갔다.

"크헉! 차라리 나를 죽여라!"

"고통받긴 싫은 모양이군. 좋다. 네놈에게 마지막 자비를 베풀어 주마."

태랑이 품속을 뒤져 권총을 꺼냈다. 그것은 옥탁훈이 태랑에게 선물로 챙겨준 것이었다.

"죗값을 달게 받겠다면 그걸로 자살해라."

태랑이 권총을 바닥에 던지자 강찬혁은 머뭇거렸다. 도무지 태랑의 진의를 파악할 수 없었다. 자살하라고 권총을 던져주다니? 태랑은 쉽게 움직이지 못하는 그를 재촉했다.

"네 스스로 목숨을 끊어 이제까지의 악행을 사죄하라는 의미다."

그 말에 강찬혁이 총을 집어 들어 자기 관자놀이를 겨냥했다. 총을 잡은 손이 부들부들 떨렸지만, 그 와중에도 강찬혁은 눈알을 굴려대고 있었다.

'저런 멍청한 놈 같으니. 네가 아무리 날고 긴다 한들 이 거리에서 총을 맞으면 무사하지 못할걸? 네 하늘 높은 자만심이 화를 자초한 거다.'

"에잇! 죽어라!"

강찬혁이 갑자기 총구를 바꿔 태랑의 얼굴을 노렸다.

철컥—

그러나 노리쇠가 빈 공이를 때리는 소리만 울릴 뿐이었다.

"어엇?"

철컥—철컥—

몇 번을 당겨도 마찬가지였다. 그 모습에 태랑이 차갑게 웃으며 왼손에 쥔 탄알을 떨어뜨렸다. 은색의 탄환이 후드득 바닥으로 쏟아졌다.

"아참, 총알을 깜빡해 방금 주려고 했는데…. 그럴 필요가 없겠군."

"이, 이 자식! 빈총을 주다니! 나를 기만해?"

"너란 놈은 최후까지 비열하구나. 정말 자결하려 했다면 내가 조금은 생각을 고쳐먹었을지 모른다. 팔다리를 하나씩 잘라냈으니 이제 나쁜 짓은커녕 살아남기도 벅찰 테니까. 하지만 여지없이 총구를 들이미는군."

강찬혁은 태랑의 발밑에 떨어진 총알을 줍기 위해 바닥을 기어왔다. 그는 오로지 총으로 태랑을 쏴 죽여야겠다는 생각밖에 없었다.

"이 개새끼 나를 가지고 놀다니 죽여 버릴…."

쩌억—!

"…꺼…꺽…."

강찬혁은 더 이상 말을 잊지 못했다. 태랑의 도끼가 그의 머리통을 반으로 쪼개버린 탓이다. 잠시 후 혼이 빠져나가듯 강찬혁의 몸에서 차크라가 올라와 태랑에게 흡수되었다. 그는 도끼로 난도질을 당해 처절하게 죽고 말았다.

태랑은 그의 차크라를 흡수하는 게 찝찝한지 침을 퉤- 뱉고는 담배를 꺼내 물었다. 잠시 후 장유진이 부하들을 이끌고 태랑에게 왔다.

"김태랑 마스터! 무사하셨군요. 다행입니다."

"나머지 놈들은 어떻게 됐습니까?"

"도망치던 적들을 한 놈도 남김없이 사살했습니다. 해골 병사에게 쫓겨 우왕좌왕 도망치느라 제대로 반격도 못 하더군요. 모두 김태랑 마스터 덕분입니다."

"아닙니다. 해야 할 일을 했을 뿐입니다."

장유진은 머리에 도끼자루가 박힌 강찬혁이 시체를 보고 물었다.

"이자가 맨이터를 이끌던 곰 변신 능력자인 모양이군요."

"맞습니다. 과거 폭룡 클랜의 마스터였던 강찬혁입니다."

"폭룡 클랜이면 그래도 성남 쪽에선 알아주던 클랜이었는데…. 사람 일은 정말 알 수 없군요. 엇? 저 리볼버는 저희 마스터가 선물로 준 물건 아닙니까? 왜 저게 강찬혁 손에?"

장유진은 죽은 강찬혁의 손에 들린 권총을 빼앗아 다시 태랑에게 건넸다. 태랑은 권총을 품에 꽂으며 대답했다.

"옥탁훈 마스터에겐 선물 유용하게 잘 썼다고 꼭 전해주십시오. 제 마지막 고민을 말끔하게 날려줬거든요."

"네? 고민이라니···. 근데 전해 달라뇨? 설마 지금 출발하시는 건가요? 새벽이라 깜깜한데 쉬고 내일 아침에 가시죠."

"아닙니다. 이제 제 할 일은 끝난 것 같습니다. 돌아가서 해야 할 일도 많고 하니···."

"하긴···. 김태랑 마스터의 실력이면 야밤에 혼자 다닌들 뭐가 두렵겠습니까. 바로 오토바이 준비시키겠습니다."

"고맙습니다. 다음에 또 뵙기를."

"당연하지요. 저희 클랜은 김태랑 마스터가 부르면 언제든 달려가겠습니다."

태랑은 밤새 길을 달려 세이버 클랜으로 복귀했다.

전기 오토바이는 소음이 나지 않아 야간이동 중에도 몬스터의 어그로를 끌지 않았다. 다만 위험한 것은 맨이터의 존재였는데, 지금의 태랑에게 덤비는 것은 죽여 달라고 발악하는 것이나 마찬가지였다.

아침 무렵 태랑이 도착하자 보초를 서던 헌터들이 마중 나왔다.

폭식의 군주 7

"마스터! 돌아오셨습니까?"

"생각보다 일찍 오셨군요."

"별일 없었지?"

"네. 무탈합니다."

"부마스터님께 보고 올리겠습니다."

"그래. 참, 아침회의 할 테니 나머지 간부들도 모두 소집하라고 일러."

"넵."

태랑이 기지 안으로 들어가자 보초들이 말했다.

"마스터는 항상 열심이란 말이야."

"그러게 돌아오자마자 회의부터 열다니 참⋯. 간부님들도 모시기 힘들겠어."

"에잇, 난 힘들어도 간부 하고 싶더라. 왜 대검 학살자님도 이번에 돌격 대장으로 승급했잖아."

"하긴 간부가 좋긴 하지. 아티펙트나 아이템 배분에서도 우선순위를 가지니까."

"나중에 클랜이 커지면 우리도 한 자리씩 잡지 않겠어? 지금은 비록 보초 신세지만 말야."

"그래. 그 날을 보고 열심히 하자."

세이버 클랜 소속의 헌터들은 클랜이 더욱 발전할 거란 굳건한 믿음을 가지고 있었다. 그것은 태랑과 다른 간부들이 보여준 헌신과 노력의 결과였다.

"십 여일쯤 걸릴 거라더니 일주일도 안 돼서 왔네?"

"다행히 오토바이가 제 자리에 있더라고. 나머지 간부들은?"

"응. 다들 일하러 나갔다가 복귀 중이야. 이틀 전에 가볍게 레이드도 했어."

"레이드? 어디서?"

태랑은 자기 없이 레이드를 했다는 말에 살짝 걱정이 들면서도 대견하다는 생각이 들었다.

"응, 민준이네 팀이 도로 정비 중이잖아. 그쪽 근방에 필드 몬스터들이 들끓어서 대대적으로 소탕작전 한 번 했지."

"다친 사람은?"

"큰 부상자는 없었어. 참, 네가 임명한 돌격대장 있지?"

"안상훈?"

"응, 엄청 열심이더라고. 동기부여 제대로 됐나 봐. 자리가 사람을 만든다니까?"

"너처럼?"

태랑의 은근한 칭찬에 은숙이 배시시 웃었다.

"내가 좀 특출난 부마스터긴 하지."

"부마스터로 만족할 거야?"

"응?"

"클랜 부마스터 가지고 성에 차겠냐고."

태랑의 갑작스러운 말에 은숙이 눈을 치켜떴다.

"그게 무슨 소리야?"

그때 나머지 간부들이 회의장으로 들어왔다.

"마스터! 오셨군요!"

"기다렸어요."

태랑은 격하게 환영하는 간부들을 착석시켰다. 그가 간부들을 불러들인 건 중요한 할 말이 있어서였다.

"내가 없는 동안 클랜을 잘 지켜줘 고맙다."

"아닙니다. 마스터."

"그래도 마스터께서 없으니 어딘가 허전했어요."

"맞다, 저희 레이드 간 거 들으셨어요?"

"응. 은숙이한테 대충. 고생했어."

조용히 대화를 듣고 있던 민준이 물었다.

"마스터. 강철 길드에 다녀온 건 어떻게 됐습니까?"

"응. 안 그래도 그 말을 전하려고 부른 거야."

태랑은 이명훈과의 관계를 생략한 체 강철 길드와 동맹을 맺었다고 밝혔다.

"강철 길드는 앞으로 우리의 63빌딩 공략을 도와주기로 했어."

"그래요? 다행이네요."

"타워를 공략한 경험이 있으니까 저희에겐 큰 도움이 되겠군요."

"마스터께서 직접 행차한 보람이 있네요."

그들은 태랑과 이명훈이 구면이라는 사실을 몰랐기 때문에 태랑이 외교적 수완을 발휘해 일을 성사시킨 걸로 믿었다.

태랑은 어느 정도 분위기가 무르익자 본론을 꺼냈다.

"이번에 강철 길드를 직접 보고 느낀 바가 많아. 규모도 규모지만, 보호하는 거주민들도 적지 않아. 이명훈 마스터는 완전히 자급자족이 가능한 도시를 구축하고 있더라고."

"강철 길드가요?"

"저도 레이드 게시판에 검색해 봤는데 인천에선 가장 번성한 길드더군요. 근데 독재를 펼친다는 소문도 있던데…."

수현의 말에 태랑이 고개를 끄덕였다.

"맞아. 결코, 민주적인 방식은 아니지. 나도 처음엔 거부감을 느꼈는데, 사실 지금 같은 난세에 과연 정답이란 게 있는가 싶어. 어설픈 민주주의보다 강력한 철권통치가 차라리 합리적일지도 모르지. 이명훈이 왕처럼 군림하긴 하지만 그의 보호 아래 안정감을 느끼는 사람들도 많으니까."

"하긴 로마엔 로마의 법이 있는 법이죠. 특별히 범죄를 저지르지 않는 한 괜한 참견일 수도 있겠네요."

"강철 길드의 통치 방식이 전적으로 마음에 드는 건 아니지만 존중하기로 했어. 그는 그대로, 나는 나대로 가면 되는 거야."

눈치가 빠른 은숙이 태랑의 발언에서 뭔가를 예감했다.

자신보고 부마스터에 만족하겠냐는 말과 연결시키니 무슨 말을 하고 싶은 것인지 깨달은 것이었다.

"마스터. 혹시 강철 길드처럼 본격적으로 세력을 키울 생각이야?"

"네?"

"그게 정말이에요?"

태랑이 고개를 끄덕였다.

"강철 길드의 이명훈이 그러더군. 타워를 공략하는데 생각보다 많은 인원이 필요할 거라고. 지금 우리 클랜의 숫자만 가지곤 63빌딩은 무리야."

"그럼 저희도 길드까지 커지는 건가요? 신규 대원도 더 모집하고?"

"헌터만 받아서 될 일이 아니야. 지금처럼 헌터가 자급자족하는 방식은 필연적으로 전투력을 저하시켜. 나가 싸워야 할 병사가 둔전(屯田) 때문에 쓸데없이 힘을 쓰는 격이야."

"그럼 혹시 마스터 생각은…."

"헌터는 상비군처럼 운용되어야 해. 항시 전투태세를 갖추고 레이드만 위해서 살아야 하지."

"그럼 생산 활동은 누가 해요? 음식도 그렇고 도로 정비나 기지 확장도…. 할 일이 산더민데…."

"거주민을 받아야지."

"거주민요?"

"요지는 역할을 나누는 거야. 방금 언급한 일들은 굳이 헌터가 아니라도 할 수 있는 일이야. 하지만 레이드는 평범한 각성자들에겐 어려운 일이지. 헌터는 헌터의 일을 하고, 거주민은 이를 지원하는 거야. 대신 헌터가 그들의 안전을 지켜주는 윈윈 시스템이지."

태랑은 이명훈을 만난 뒤 자신이 회귀 전 구상했던 바를 깨닫게 되었다. 처음에는 왜 그렇게 과격한 방법을 생각했을까 고민했지만, 그것이 커널을 파괴하기 위한 최선책이라는 결론에 다다랐다.

태랑의 이야기를 들은 은숙이 그의 말을 짧게 축약하며 선언했다.

"마스터. 지금 그 말은, 군주에 오르겠다는 거야?"

"맞아."

"바로 군주라구요? 길드 마스터가 아니고?"

"차근히 단계를 밟아가야지. 순탄치는 않은 길일 거야. 하지만 이명훈을 보고 깨달았어. 군주에 오르는 게 가장 확실하고도 효과적인 방법이라는 걸."

"음…."

태랑의 파격적인 선언에 다들 침묵에 빠졌다.

군주에 관한 이야기를 처음 들은 것은 아니었지만, 다들 먼 미래의 일로 생각하고 있었다. 이제 막 길드가 자리 잡기 시작하는 시기였고, 지역 전체를 아우르는 군주는 꿈도 못 꾸는 실정이었다.

태랑이 말을 이었다.

"조금 급작스럽다고 느낄 수도 있을 거야. 하지만 너희도 알다시피 우리의 최종 목표는 커널을 파괴하는 거야. 그건 절대 소수의 인원만으로 할 수 없는 일이야."

"오빠, 근데 오빠가 꾼 꿈에서는 분명 소수 정예를 꾸려 갔다고 하지 않았어요?"

유화는 태랑의 꿈·내용을 상세히 기억하고 있었다. 그녀는 이곳에 모인 멤버 중 유일하게 마지막 순간까지 등장하는 인물이었다.

태랑은 유화에게 꿈의 마지막이 사실은 비극이었다고 설명할 수 없었다. 똑같은 방식으로 도전했다간 또다시 동료 모두를 잃고 실패할 거라고.

"물론 꿈은 그랬지. 하지만 이미 꿈은 현실과 많이 달라졌어. 내가 돌아오는 길에 누굴 만났는지 알아?"

"누구요?"

"강찬혁. 폭룡 클랜의 마스터."

"헛? 그 곰탱이요?"

"맨이터로 변한 놈이 네이비 씰이란 클랜을 노리고 있더라고. 네이비 씰 마스터 옥탁훈은 강찬혁의 암습을 받아 죽을 뻔했지. 하지만 원래 꿈대로라면 두 사람은 절대 지금 만나선 안 되는 사이였어. 우리의 개입으로 이미 미래가 뒤죽박죽되어버린 거야."

"그래서 강찬혁은 어떻게 됐어? 또 도망쳤어? 그 나쁜 놈을 내 손으로 잡아 죽였어야 했는데…."

그에게 인질로 잡힌 기억이 있는 은숙이 이를 갈며 분개했다.

"처단했어. 갱생의 여지가 없는 놈이었어."

"잘하셨어요, 마스터."

"아따. 고놈이 나를 물고 갔다는 놈이구만? 나가 담에 보든 배때지를 확 조사블라고 했는디."

"어쨌든 미래는 이미 변했어. 그건 꿈처럼 마지막 순간이 꼭 소수의 인원이 아닐 수도 있다는 소리지."

"확실히 그렇겠네요. 뭐 싸우는 사람이야 많으면 많을수록 좋은 거니까."

"그래 뭐 다 좋아. 이왕 군주에 오르기로 한 거, 빨리 시작하면 남들보다 앞서 나갈 수 있겠지. 하지만 구체적인 방법은 있는 거야?"

은숙은 태랑의 결심이 단순한 구호에 그칠 것인지 아니면 실행 방법까지 복안을 가지고 있는 것인지 궁금했다. 태랑은 기지로 돌아오는 동안 그에 대한 해법을 어느 정도 고민했던 차였다.

"혹시 다들 천하 삼분지계에 대해서 들어본 적 있어?"

"뭐시여? 삼분짜장도 아니고 삼분찌게는 또 뭐여."

한모가 무식을 인증하자 태랑이 다시 설명했다.

"아뇨, 형님. 삼국지에 나오는 제갈공명의 천하 삼분지계요."

"저 알아요. 혼란스런 전국시대(戰國時代)를 안정시키기 위해 위, 촉, 오 삼국으로 중국을 분할한 거잖아요."

"그래. 우리가 세력을 확장하는 순간 주변의 견제를 받게 될 거야. 거주민을 끌어모으고, 인재를 쓸어 담기 시작하면 상대적으로 자신들의 힘이 약화된다고 생각할 거란 말이지. 노골적으로 적대하는 무리가 나타날지도 모르고. 그래서 서로의 배후를 든든히 지켜줄 삼각동맹을 결성해야 돼."

"한마디로 제갈량의 전략처럼 서울을 3등분 하자는 거야? 적절한 사람이 있어?"

"있지."

태랑은 혼자 서울 전체를 접수하는 것은 무리라고 생각했다. 인천 정도면 모를까 서울은 덩치가 너무 컸다.

따라서 차안으로 생각한 것이 바로 강력한 삼각동맹을 구축하여 서울을 나눠 가지는 방식이었다. 혼자 할 일을 셋이 나눈다고 생각하면 그 속도는 세 배로 빨라질 것이다.

"강북의 패왕 여준상, 강남의 지배자 박성규. 그리고 내가 강동을 먹는 거야."

"그들이 이 전략에 동의할까?"

"막고라는 현재 서울에서 가장 큰 길드야. 벌써 거주민이 살 공간도 확보했고 주기적으로 블랙마켓도 개최하고 있지. 박성규 마스터는 분명 군주를 염두에 두고 있는 거야. 아마 내 제안을 흔쾌히 동의할 거야."

"여준상 쪽은 어쩌죠? 그는 좀 삐딱해 보이던데요."

"여준상은 야심이 큰 사람이지. 내가 굳이 말하지 않더라도 분명 강북 전체를 집어삼킬 계획을 품고 있을 거야. 그에게 완벽한 동맹까진 바라진 않아. 다만 그가 세력전을 벌임으로써 강북의 시선이 그쪽으로 쏠리게 할 수 있다는 거지."

"괜찮은 생각 같아요. 동시에 세 군데서 군주를 선언하고 세력을 확장해나가면 그만큼 견제 세력들도 분산될 수밖에 없잖아요."

"그리고 그 사이에 우리는 강동을 안정시킬 수 있겠군. 가만, 그럼 우리가 촉나라야? 삼국지에서 보면 강북이 조조, 강남이 손권이잖아. 우린 구석에 있으니까 유비 포지션이네?"

"위치로는 오나라 아닌가?"

"아따 뭔 소리들을 하는 거여, 감나라 배나라도 아니고, 당최 알아들을 수가 없네."

한모가 역정을 내자 태랑이 정리했다.

"자자. 그런 건 지엽적인 문제고. 중요한 건 지금 이 순간부터는 무척 바빠질 거란 사실이야. 부마스터."

"예썰, 마스터."

"넌 민준이와 함께 거주지 확보에 대한 계획을 세워. 거주민 모집부터, 식량 자급 대책 그리고 보호구역의 경계에 대한 문제까지…."

"완전 일 폭탄이네."

은숙은 엄살을 떨면서도 일거리가 생긴 게 마음에 드는지 표정이 밝았다.

"그리고 유화랑 수현."

"네. 마스터."

"두 사람은 각각 막고라 길드와 검은 별 클랜을 찾아가 삼각동맹에 대한 확답을 받아와. 내가 설명한 것처럼 이 동맹이 모두에게 득이 되는 부분을 강조해야 할 거야."

"와…. 외교 사절 역할인가요?"

"뭐 그런 셈이지. 내가 직접 가면 좋은데 여기서 해야 할 일이 많아서 움직이기가 힘들어. 가는 길이 멀고 위험하니까 쓸 만한 부하들 몇 명 대동해서 가. 알았지?"

"네."

"해볼게요."

"그란디 나는 뭐슬 할끄나잉."

"한모 형님은 제작 공방에서 농기구 확보에 주력해 주세요."

"농기구?"

"거주민들을 받기 시작하면 그들이 자급자족할 수 있는 여건을 마련해 줘야 해요. 낫이나, 삽, 곡괭이 같은 게 많이 필요할 겁니다."

"알았다잉."

태랑은 마지막으로 남은 슬아에게 말했다.

"슬아 넌 나와 함께 강동구 쪽에 있는 클랜을 체크하러 다닐 거야. 그들의 전력은 어떻게 되는지, 본격적인 세력전이 시작되었을 때 우리에게 협력할 사람들인지 아니면 적대시할 건지 보고 계획을 짜야 하니까."

"예. 마스터. 준비하겠습니다."

"자자. 해야 할 일이 산더미다. 다들 움직이자고."

"옙!"

일동이 씩씩하게 대답했다.

이명훈의 행보에 자극받은 태랑은 본격적인 군주의 길에 나서기로 결심했다. 과거 무한의 포식자로 불리던 외로운 헌터였지만, 이제는 거대한 세력을 일군 일국의 군주로 거듭날 생각이었다.

'그래. 이제부터 나는 포식의 군주다. 이름처럼 모든 것을 집어삼키는 포식자가 되어 주마. 그것이 세상을 구할 수 있는 유일한 방법이라면, 나는 악마가 되는 것도 두려워 않겠다.'

포식의 군주

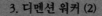

3. 디멘션 워커 (2)

태랑은 그날 저녁 클랜의 확장계획을 모든 클랜원 앞에서 천명했다. 태랑의 야심 찬 플랜을 들은 클랜원들은 저마다 복잡한 표정을 지었다.

거대 길드를 넘어 한 지역을 통째로 관할한다는 사실에 기대에 부푼 헌터들도 있었지만, 앞으로 닥쳐올 고난과 역경을 예감하며 우려하는 헌터들도 있었다.

그러나 분명한 사실은 누구 하나 그것을 허황된 소리라고 생각하지 않았다는 것이다. 자신들의 마스터는 이루지 못할 일은 시작도 하지 않는 스타일이다.

한다고 한 것은 어떻게든 해내고 말 것이다.

그날 이후 세이버 클랜은 바쁘게 돌아가기 시작했다.

❖ ❖ ❖

　은숙은 태랑이 명령한 계획서를 구상하느라 골머리가 아
팠다.

　커피를 들이붓다시피 하며 하얗게 밤을 지새우길 사흘
째. 마침내 거주민 모집에 대한 계획이 완성되었다. 태랑은
은숙과 독대하며 꼼꼼하게 계획서를 살폈다.

　"주거 지역을 공원이나 학교 주변으로 한정한 까닭이 뭐
지? 좀 더 여건이 좋은 지역도 많을 텐데?"

　"농경 때문이야. 도심지역에 농사를 지을만한 공터가 마
땅치 않아서. 그래도 공원에 있는 잔디밭이나 학교 운동장
을 개간하면 구황작물 정도는 어떻게 확보가 될 것 같아."

　"음…. 역시 식량 수급이 가장 문제구나."

　"게다가 거주민들의 자급자족이 가능해지기 전까지 우
리가 어느 정도 식량 지원을 해줘야 해. 현재 가진 거론 택
도 없으니 인근 양곡보관창이라도 털어야 할 것 같아."

　"그건 민준이에게 맡기면 되겠군."

　"민준이는 바빠. 밑에 애들 데리고 거주 예정지 주변을
깨끗하게 정리해야 하거든. 차라리 신입 중에서 쓸 만한 애
들을 시켜 보는 건 어떨까?"

　"신입 중엔 장정문이나 손석민 정도면 믿을 만하지. 아
니면 안상훈이라도."

　"그럼 걔들이라도 붙여줘."

"그러지 말고 인사권을 네가 직접 행사해. 각 부처에는 최소한의 인원만 남기고 모두 동원해야 돼. 그래도 모자랄 거야."

"알았어. 근데 신규 대원 역시 더 모집해야 하지 않을까? 거주구역의 수비를 위해선 최소한 지금 인원만큼 헌터가 필요할 것 같은데."

헌터 수급은 중요한 문제였다. 그러나 급하다고 무턱대고 인원을 선발했다간 병력의 질이 저하될 가능성이 컸다.

"지도상으로 보면 거주지 서쪽 경계는 막고라쪽 영역과 어느 정도 맞물려 있어. 차라리 이쪽 수비를 막고라 쪽에 일임하고, 그에 상응하는 보상을 해주는 걸로 하자."

"과연 배후에 믿을 만한 동맹이 있으니 든든한데?"

"그러면 헌터 십여 명 정도만 추가하면 거주지 수비에는 문제가 없을 거야."

"참. 이건 거주민들의 통치 방법에 관한 조항이야."

은숙이 따로 내민 종이에는 3가지의 조항이 적혀 있었다.

〈3조법〉

1. 거주지 내의 주민들은 살인, 절도, 방화 등 거주민들 사이의 불미스러운 행위를 일체 금한다. 이를 어길 시 최하 추방, 최대 사형으로 다스린다.

2. 거주민들은 몬스터의 위협으로부터 안전하게 보호받을 권리는 가지며, 그 대가로 세이버에게 곡물이나 노동력을 제공한다.

3. 거주민들은 세이버의 적법한 통제에 순응하며, 세이버 또한 거주민의 기본적인 인권을 수호한다.

"기본적으로 거주민과 헌터들은 상생하는 관계야. 우리가 그들을 생명을 지켜주는 대신 그들도 우리에게 대가를 지불하는 방식이지."

"일종의 계약관계로 보면 되겠군."

"맞아. 어떻게 보면 중세의 용병 계약이랑도 흡사하지."

"용병?"

"왜, 스위스나 이런 나라들 보면 국방을 용병에게 맡겼잖아. 그것과 비슷한 개념이랄까."

태랑은 세부적인 사항에 대해선 좀 더 조율하기로 하기로 하고 은숙에게 전권을 일임했다. 그녀의 꼼꼼한 성격과 민준의 실행력이 뒷받침된다면 거주지 마련에 대한 부분은 따로 걱정하지 않아도 될 정도였다.

태랑은 다음으로 유화와 수현을 불러들였다.

"각 길드에 방문 약속을 잡아놨어. 어느 정도 사전교감을 맞춘 상태니 두 사람이 직접 가서 확답을 받아와. 수현이 네가 검은 별 클랜 담당이지?"

"네. 근데 제가 잘할 수 있을지…."

"좀 더 자신감을 가져. 넌 우리 세이버의 대표사절로 가는 거야. 그만한 역량이 있다고 믿고 있다."

"옙. 기대에 부응하겠습니다, 마스터."

수현이 각오를 단단히 했다. 태랑이 노파심에 몇 마디 덧붙였다.

"검은 별의 책사 정원민은 약은 놈이야. 협상에서 주도권을 쥐고 흔들려고 할 테니 쉽게 말려들어선 안 돼."

"주의하겠습니다."

"그리고 유화."

"네 오빠."

"박성규 마스터는 분명 좋은 사람이지만, 어쨌든 거대길드의 대표니 만큼 자신들의 이익을 최대한 추구하려 들거야. 삼각동맹은 모두의 이익을 위한 것이지 어느 한쪽이 그 혜택을 독점해선 안 돼. 그 부분을 확실하게 설명해야 돼."

"휴. 제가 말주변이 없어가지고…. 이런 일은 저보단 은숙이 언니 쪽이 더 잘할 텐데…."

태랑은 자신 없어 하는 유화의 어깨를 두 손으로 감쌌다.

"아냐. 분명 잘해낼 수 있을 거야. 세이버의 공격대장이 이런 일로 쩔쩔매면 곤란하지. 알았지?"

"네. 최선을 다해 볼게요."

"그래. 둘 다 준비되는 대로 출발하도록."

"넵."

태랑이 간부들에게 명령을 마친 사이 슬아가 출동 준비를 마치고 왔다. 착 달라붙는 타이즈가 몸매의 굴곡을 여과 없이 드러내고 있었다.

"마스터. 준비됐습니다."

활동하기 편한 복장이라곤 하지만 시선을 두기 상당히 민망한 차림새였다. 마치 TV에 나오는 필라테스 강사들이나 입을 법한 모습에 태랑이 수줍게 고개를 돌렸다.

"음…. 갑옷이라도 좀 걸치는 것이…."

"저번에 주신 좀비 조련사의 상의를 인장에 담아 놨어요. 평상시에 장착하고 다니기는 불편해서요."

"그것도 그렇겠군. 참, 정보상 쪽은 알아봤어?"

"네. 고덕역 근방으로 유명한 정보상이 있다고 해요. 강동구부터 하남 쪽까진 빠삭하다 해요. 그쪽을 컨택해 놨어요."

"좋아. 무작정 발품 파는 것 보다 그자와 접선해서 주변 정보를 캐보는 게 낫겠지. 그리고 은숙이한테 미리 말해놨으니 골드를 좀 받아와. 그쪽에서 얼마를 부를지 모르니까 좀 넉넉하게."

"예. 마스터."

태랑은 슬아의 표정이 굉장히 신나 보인다고 생각했다.

'그러고 보니 오늘은 유난히 말이 많네?'

그러나 활기찼던 슬아의 표정은 오토바이를 타기 위해 모였을 때 금세 어두워졌다.

폭식의
군주 7

"…둘이서만 가는 게 아니었나요?"

"응. 고효상이랑 이정우도 함께 갈 거야. 혹시라도 전투가 벌어지게 되면 손이 더 필요할 것 같아서."

"안녕하세요, 경호실장님!"

"함께 갈 수 있어서 전남 영광입니다요!"

"야. 그딴 아재 개그 하지 말랬지 내가."

"하…. 전남 무안하구만…."

구타유발자 이정우와 중력거부자 고효상은 나잇대가 비슷하고 장난기 많은 성향으로 죽이 잘 맞았다. 다만 고효상은 너무 자존심이 강해서, 이정우의 경우엔 19금 드립과 아재 개그를 남발하는 탓에 그다지 인기 있는 캐릭터는 아니었다.

태랑과 단둘이 가는 여정이 무산되어 가뜩이나 신경이 날카롭던 슬아는 둘이서 말장난이나 하는 모습에 버럭 화를 냈다.

"야! 너희 둘! 우리가 지금 놀러 가는 줄 알아?"

"네?"

"아…. 죄송합니다. 경호실장님."

태랑은 자신이 한소리 할까 하다 대신 화를 내를 슬아를 보고 흐뭇한 표정을 지었다.

'음. 의외로 부하들 기강을 잘 잡는 편이군.'

그때 뒤늦게 등에 기다란 가방을 짊어진 여자가 뛰어왔다. 긴 금발 머리를 포니테일로 묶은 안나였다.

"죄송해요. 레이첼 부마스터 일 좀 도와드린다고…."

"안나도 같이 가요?"

"어. 모두 다섯 명이야. 다들 오토바이는 몰 수 있지?"

"넵."

"그럼 바로 출발하자."

태랑을 선두로 다섯 대의 오토바이가 기지를 출발했다.

태랑의 입장에서는 신입 헌터들에게 경험치를 쌓게 해주려는 의도였지만, 그 결과 슬아의 기분은 완전히 다운되고 말았다.

'치잇. 마스터랑 단둘이서 가는 줄 알았는데…. 이게 뭐야, 진짜. 마스터는 정말 바보야.'

살벌한 분위기를 내뿜는 슬아의 기세에 세 명의 신입 헌터들은 찍소리도 못하고 뒤따를 수밖에 없었다.

이정우가 타던 오토바이가 조심스럽게 고효상에게 다가갔다.

"야. 경호실장님 오늘 엄청 저기압이지 않냐?"

"음…. 확실히 평소답지 않아. 혹시 그 날인가?"

"야. 니들 다 들리거든? 말 좀 가려 못하니?"

후미에 뒤따르던 안나의 지적에 두 사람은 다시 입을 걸어 잠궜다. 세이버 길드 최고의 만담꾼인 둘로서는 무척이나 곤욕스러운 시간이 아닐 수 없었다.

조용한 전기 오토바이와 그보다 더 조용한 바이커들이 고덕역 방향을 향해 나아갔다.

❖ ❖ ❖

클랜이 성장하기 위해선 뛰어난 헌터들이 많이 필요했
다. 지금 간부로 활동하는 멤버만 가지고는 부족한 감이 있
었다. 그래서 태랑은 최근에 들어온 신입 대원 중 우수한
이들을 먼저 성장시킬 계획을 세웠다.

이미 대검학살자 안상훈이나 늑대 인간 장정문, 그리고
윈드커터의 손석민은 상당한 실력을 보여주고 있었다. 그
들보다 조금 처지는 이정우나 고효상, 그리고 안나까지 성
장시킨다면 세이버 클랜은 보다 많은 정예 멤버를 갖추게
될 것이다.

"여기서 잠시 쉬었다가 가자."

"네."

태랑은 적당한 공터에 오토바이를 세우고 휴식을 취했
다. 목적지인 고덕역까지는 이제 금방이었다.

"마스터. 제가 간식 좀 챙겨왔는데 드시겠습니까?"

이정우가 백팩에서 육포를 꺼냈다. 요즘 세상에선 구하
기 힘든 음식.

"그건 어디서 난 거야?"

"예전에 편의점을 털다 몇 봉지 챙겨 놨습죠."

"어엇. 나한텐 한 번도 육포 있다는 소리 안 했잖아?"

고효상이 육포를 보더니 눈이 뒤집혔다.

"야 임마. 너랑 마스터랑 레벨이 같냐."

"와~ 세상에 믿을 놈 하나 없다더니. 친구한테도 말 안 했단 말야? 섭섭하다 섭섭해!"

일행은 몇 조각 안 되는 육포를 나눠 먹으며 허기를 채웠다. 육포를 질겅질겅 씹고 있으니 특유의 짭조름한 맛이 올라왔다.

"내 생전 진짜 이렇게 맛있는 육포는 처음이다. 어설프게 먹으니 더 고기 땡기네. 쩝."

고효상이 빈 봉지에 코를 파묻으며 처지를 한탄했다.

시간이 많이 흐르면서 냉장육은 자취를 감췄다. 냉동 대패 삼겹살이라도 구하는 날은 그야말로 축제 분위기였다. 그만큼 고기가 귀했다.

"마스터, 나중에 거주지 꾸려지면 축사를 운용해 보는 건 어떻습니까?"

"축사?"

"네. 닭이나 소, 돼지 같은 것을 기르면 육류 보급도 가능할 것 같은데요. 사람이 풀만 뜯어 먹을 수도 없고, 고기도 좀 먹고 살아야죠."

"흠. 괜찮은 생각이군. 근데 가축이 남아있긴 할까?"

"다행히 몬스터들이 사람고기 말고는 관심이 없어서 시골 같은데 가 보면 가축들이 제멋대로 풀 뜯고 다닌다 하더라구요. 제대로 방목이죠. 사람들이 없으니 동물만 살판 난 거죠."

"그래. 그럼 고효상 자네가 나중에 추진해봐."

"감사합니다."

이정우가 그 모습을 보더니 물었다.

"어라. 그럼 너 승진했네?"

"무슨 승진?"

"축산업 분야니까, 농림수산부 장관쯤 된 거 아냐?"

"얼씨구. 9급 공무원도 못해 본 내가 무슨 장관이야."

"임마. 나라도 망했는데 그게 뭔 대수냐. 우리가 곧 국가니, 우리가 바로 공무원이지."

태랑은 이정우와 고효상의 대화를 들으며 생각했다.

'국가라기엔 너무 거창하고 옛날로 치면 지방 토호나 호족쯤은 되겠군. 아니면 영주 정도?'

그때 뭔가가 생각난 태랑이 안나를 불렀다.

"안나. 줄 게 있는데 잠시 와봐."

"네? 저요?"

"그래."

태랑은 품속에 챙겨 놓은 권총을 꺼냈다. 손에 착 감기고 고급스럽게 생긴 리볼버였다.

"스미스 웨슨이네요? 이걸 어디서 나셨어요?"

"이번에 네이비 씰 클랜 마스터에게 선물로 받은 거야. 길드에 총기 능력자가 너밖에 없으니까 네가 쓰도록 해."

"와…. 제가 이런 걸 받아도 될까요?"

"난 가지고 있어 봐야 필요 없는 물건이야. 가져."

안나가 감격스러운 눈으로 태랑을 쳐다보았다. 그러잖아도 저격용 총만으론 근접전에 힘든 부분이 많아 고민하던 차였는데 태랑이 그것을 해소해 준 것이었다.

다들 부러운 눈으로 안나를 바라보았다. 총기 능력자에게 총기를 주는 것은 헌터에게 아티펙트를 하사한 것이나 마찬가지.

그러잖아도 감정이 좋지 않던 슬아는 태랑이 안나를 챙기는 모습에 더욱 속이 상했다.

'에잇! 진짜 유화 언니 하나만도 벅찬데 쟤는 또 뭐야?'

태랑은 별 사심 없이 한 행동이지만, 슬아는 괜히 안나가 원망스러웠다.

안나는 러시아 핏줄을 이어받은 혼혈로, 백옥같은 피부와 볼륨 있는 몸매로 대부분의 남자 헌터들에게 관심의 대상이었다. 슬아 역시 체조로 다져진 탄력적인 몸매의 소유자였지만, 서양인 특유의 비율은 따라갈 수 없었다.

"어? 경호실장님 어디 가세요?"

"잠깐 주변 좀 둘러보고 올게."

"혼자서요? 같이 가드릴…."

"따라오지 마!"

슬아가 버럭 소리치며 몸을 날리자, 뻘쭘해진 정우가 머리를 벅벅 긁으며 말했다.

"야. 내가 뭐 잘못했나? 경호실장님한테 밉보인 것 같기도…."

"짜샤. 넌 눈치도 없냐. 꽃밭에 가는 데 따라간다 하니까 그렇지."

"꽃밭?"

"화장실 말이야."

"아…. 근데 여기 화장실이 있던가?"

"임마. 바지 내리면 온 세상천지가 다 화장…."

두 사람이 다시 쓸데없는 소릴 지껄이자 안나가 눈에 쌍심지를 켜며 권총을 까딱였다.

"니들 한 방 맞아봐야 정신 차릴래?"

"아뇨."

"저도 사양합니다."

"적당히 좀 해. 니들 농담 진짜 여자로서 듣기 거북하거든?"

"네. 알겠습니다."

"저기 일단 권총부터 내리시고…."

세 사람은 한참 옥신각신했다.

태랑은 시야에서 사라진 슬아가 시간이 지나도 돌아오지 않자 살짝 걱정되었다.

'늦네! 슬아가.'

그러나 정말 생리현상을 해결하러 간 것이라면 찾기가 민망해질 것이다.

"안나. 네가 슬아 좀 데리고 올래? 좀 늦는 것 같은데…."

"네. 다녀오겠습니다."

✦　✦　✦

슬아는 마음이 답답해지면 높은 곳에 올랐다. 탁 트인 전경을 보고 있노라면 조금은 마음이 진정되는 기분이었다.

슬라이머의 팔을 뻗어 3층 높이의 벽면에 붙이자 그녀의 몸이 자석에 끌리는 것처럼 쑤욱 끌어 올라갔다. 그녀는 그 자세에서 다시 한번 벽을 차 도약하며 5층 높이까지 단숨에 솟구쳤다. 눈으로 보고도 믿기지 않을 만큼 신묘한 체술이었다.

옥상에 올라선 슬아는 한 뼘밖에 안 되는 난간 끝에 아슬아슬하게 섰다. 사정을 모르는 사람이 보았다면 투신 직전의 자살자를 떠올릴 광경.

그러나 체조로 단련된 그녀의 균형감각은 좁은 난간 위라고 해서 그다지 불안해 보이지 않았다. 한 마리 고양이처럼 그녀는 사뿐한 걸음으로 난간을 거닐었다.

'오빠 정말 바보라니까.'

태랑을 연모하는 슬아는 자신의 마음을 몰라주는 그가 야박하게 느껴졌다.

많은 것을 바라는 게 아니었다. 따스한 말 한마디면 충분했다. 가끔 미소 짓고, 관심 가져주는 것으로 감사하다고 생각했다. 마음을 줄 때부터 여자 친구가 있는 걸 알고 시작했다. 어쩔 수 없는 부분은 받아들이고 있었다.

'그래도 어떻게 내가 보는 앞에서 안나를 챙겨줄 수 있지?'

질투가 났다. 새로 들어온 안나보다 찬밥 신세가 된 기분이었다. 아무리 사심 없이 한 행동이라지만 배려가 없어도 너무 없었다.

'혹시 오빠가 거유 취향인 건가?'

그녀는 안나의 볼륨 있는 몸매를 떠올렸다.

클랜의 남자 헌터들이 엄지를 치켜세울 만큼 비현실적인 실루엣. 푸른색이 섞인 눈빛은 이국적이면서도 신비로운 느낌을 풍겼다. 여자가 봐도 감탄을 자아낼 아름다움이었다.

'아니야. 유화 언니는 완전 빈유잖아. 몸매 때문은 절대 아닐 거야.'

슬아는 태랑이 의외로 바람기가 있는 게 아닐까 하는 의구심이 들었다. 친절하고 자상한 태도가 여자로 하여금 오해를 불러일으킬 만한 타입이다. 오히려 그런 사람들 중에 바람둥이가 많은 법.

'쳇. 아무리 그래도 세컨드 자리까지 밀릴 순 없다구!'

그런 생각을 하며 멀리 도시를 바라보는데 그녀의 눈으로 뭔가 빠르게 움직이는 물체가 잡혔다.

"엇? 저게 뭐지?"

괴생물체는 건물과 건물 사이의 옥상을 뛰어넘으며 빠르게 이동하고 있었다. 슬아가 재빨리 단망경을 꺼내 확인했다.

'…꼽추?'

그것은 허리가 심하게 굽은 난쟁이였다. 스쿠르지처럼 코가 길쭉이 뻗어 나온 외양은 고블린을 닮아있었다. 놈은 커다란 봇짐의 자루를 손에 쥐고 등에 멘 채였는데, 움직임이 무척 날래 다람쥐를 연상케 했다.

슬아는 놈의 모습을 보는 순간 클랜원 중 누군가 했던 말이 떠올랐다.

―혹시 보물 고블린이라고 들어봤어?

―고블린은 A급 몬스터 중에서도 최약체로 불리는 놈 아냐?

―아니. 그냥 고블린 말고. 고블린도 의외로 종류가 다양하거든. 왜 오크들도 요크니 우르크니 야크니 생김새나 특징이 제각각이잖아. 아무튼 고블린도 마법을 쓸 줄 아는 홉고블린이나 온몸이 새까만 흑고블린 등 은근히 베리에이션이 다양하단 말이지. 근데 그중에서도 가장 특이한 놈들이 바로 보물 고블린이란 놈들이야.

―보물이라고? 그럼 걔는 잡으면 보물을 떨구고 그래?

―떨구는 정도가 아니야. 완전 쏟아지지.

―엉? 그게 뭔 황당한 소리야?

―나도 소문으로만 들어서 확실하진 않아. 아무튼, 등에 커다란 봇짐 같은 걸 메고 다니는데, 그 안에 각종 아티펙트며 아이템이 가득 들어 있다는 거야. 누가 운 좋게 잡았는데 정말 보물들이 쏟아졌다고 하더라고.

─우아! 그럼 완전히 로또네? 고블린이면 그렇게 강하지
도 않을 테니 잡기만 하면 대박 나는 거 아냐?

─근데 그게 생각만큼 쉽지가 않아. 놈이 무척 빨라서 도
저히 따라가선 잡을 수가 없데나? 운 좋게 잡은 놈도 마법
트랩으로 걸려서 잡은 거래. 한마디로 그림의 떡이지, 떡.

슬아는 놈의 생김새를 보는 순간 일전에 들은 보물 고블
린임을 확신했다. 로또 몬스터라 불리는 놈이 눈앞에 나타
난 것이었다.

'저건 보물 고블린이 틀림없어. 마스터에게 알려야겠
다!'

그러나 욱하는 마음으로 뛰쳐나온 터라 하필 수중에 무
전기가 없었다. 되돌아갔다간 분명 놈을 놓치고 말 것이다.
슬아는 잠시 고민하다 혼자서 보물 고블린을 추적하기로
했다.

'어차피 위험한 몬스터는 아냐. 나 혼자라도 잡아야겠
어. 아티팩트를 구하면 마스터가 분명 기뻐할 거야.'

결심을 마친 슬아가 빠르게 옥상 난간 위를 질주했다. 평
균대밖에 안 되는 좁은 폭에서 가속 스킬을 발휘한 것이었
다. 빠르게 달려가던 슬아는 난간이 끝나는 지점에서 과감
하게 몸을 날렸다.

다이빙대에서 고난도 동작을 펼치듯 두 팔을 펼쳐 낙하
하던 슬아는, 갈고리를 던지는 것처럼 건물을 향해 슬라이
머의 팔을 뻗었다.

길게 늘어난 슬라이머의 흡착 팔이 벽면에 달라붙자 슬
아는 그 탄성을 고스란히 이용해 공중그네를 타듯 몸을 다
시 반대편으로 날렸다.

'놓치지 않아.'

보물 고블린을 향한 슬아의 추격이 시작되었다.

"실장님! 어디 계세요? 경호 실장님!"

안나는 슬아가 뛰어간 방향을 향해 한참 그녀를 찾았다.

그러나 한참을 찾아도 응답이 없었다. 마음이 다급해진
안나는 빠르게 태랑에게 되돌아가 보고했다.

"마스터! 경호실장님이 어디 갔는지 보이질 않아요. 혹
시 무슨 일 난 거 아닐까요?"

벌써 그녀가 사라진 지 10분이 넘게 흐른 시간.

그녀는 이렇게 무책임한 성격이 아니었다. 자신의 역할
을 충실히 해야 한다며 기지 안에서 잠시도 떨어지려 하지
않았다. 그런데 위험하게 필드에 나와 종적을 감추었다고?

태랑도 슬슬 불길한 예감이 들었다.

"안 되겠다. 모두 함께 슬아를 찾아보자."

'제길. 설마 몬스터에게 잡혀간 것은 아니겠지?'

슬아는 침묵의 암살자라는 특성 탓에 놀라운 공격력을 가
지고 있지만, 쉴드는 다소 낮은 편이었다. 기습을 당하거나

일격에 죽이지 못하는 몬스터를 상대로는 위험할 수도 있었다.

태랑은 움직임이 빠른 좀비 들개 3마리를 소환해 그녀를 찾도록 지시하고는 동시에 광각의 심안 특성을 개방해 주변을 샅샅이 훑었다.

머릿속으로 근방의 지형 정보가 3D로 랜더링 된 것처럼 시각화되어 펼쳐졌다. 돌멩이 하나까지 꼼꼼히 스캔했지만, 슬아의 흔적은 어디에도 없었다. 광각의 심안 탐색 범위를 넘어선 것이었다.

"마스터, 이쪽에는 안 보입니다."

"감쪽같이 사라져 버렸어요."

고효상과 이정우가 숨을 헐떡이며 달려와 보고했다. 건물 위에 올랐다 뒤늦게 내려온 안나 역시 마찬가지였다.

"높은 곳에 올라가 망원스코프로 반경 500m를 모두 뒤졌어요. 어떤 흔적도 보이질 않아요. 혹시 건물 안에 들어가 버린 게 아닐까요?"

태랑이 걱정스러워 하는 부하들에게 말했다.

"음, 아무 흔적이 없다니 일단은 다행인 것 같아."

"네? 다행이라뇨?"

"만약 몬스터를 만났더라면 어딘가에 싸운 흔적이라도 남았겠지. 하지만 감쪽같이 자취를 감췄다는 건 슬아 스스로 움직였다는 얘기야. 제 발로 움직였으니 위험한 상황은 아닐 가능성이 크고."

"아…. 그렇겠구나. 근데 어디로 간 걸까요?"

그때였다. 태랑과 연결된 좀비 들개가 뭔가에 공격받는 신호가 잡혔다. 소환수들은 소환자와 정신적으로 연결되어 포스가 약해지면 곧바로 반응이 왔다.

태랑은 곧바로 좀비 들개와 분대 시야를 연결해 상황을 살폈다. 눈앞에 거대한 대들보가 좀비 들개의 머리를 내리치는 장면을 끝으로 영상이 끊겨 버렸다.

"제길! 몬스터다."

"몬스터요?"

"타우렌 무리가 잔뜩 이야! 어쩌면 슬아도 그쪽에 있을지 몰라."

"네! 빨리 가죠!"

네 명의 남녀가 빠르게 달려갔다.

보물 고블린은 무척 날쌨다.

쥐새끼처럼 골목골목 휘젓고 다니며 그녀를 골탕 먹였다. 눈으로 봐도 잡을 수 없다는 말이 무슨 뜻인지 실감이 가는 슬아였다.

'그냥은 못 잡겠다. 일단 놈을 멈춰 세워야지.'

적당히 거리를 좁힌 슬아가 회심의 일격으로 암기를 쏘았다. 두 발의 암기가 아쉽게 고블린이 지나간 벽면에 차례로 꽂혔다. 그중 하나가 놈이 든 봇짐을 스쳐 지나가며 봇짐의 끝을 살짝 찢었다. 찢어진 봇짐에선 황금빛의 물체가 조금씩 흘러내리며 바닥에 자국을 남겼다.

"이히~!"

보물 고블린은 공격에 실패한 슬아를 놀리기라도 하듯 괴상한 추임새를 넣었다.

"저게 진짜! 보자 보자 하니까!"

바짝 약이 오른 슬아는 앞뒤 재보지도 않고 무작정 놈의 뒤를 쫓았다. 봇짐에서 흘러나오는 물체가 슬아에게 이정표를 제시했다. 슬아는 놈을 뒤쫓으며 유난히 빤짝이는 물체를 집어 들었다.

'뭐야? 설마 이거 진짜 금덩이야?'

놀랍게도 고블린이 흘린 것은 동전 크기 정도의 금붙이였다. 놈은 봇짐 가득 금을 매고 있었던 것이다.

'세상에! 이게 진짜 금이면 저 안에 든 황금으로 블랙마켓을 통째로 사버릴 수도 있겠어! 더욱 잡아야겠다!'

슬아는 놈이 금덩이를 가지고 있다는 것을 확인하자 더욱 열심히 추격을 펼쳤다. 이미 일행들로부터 상당히 멀어진 후였지만, 그런 것에 신경 쓸 겨를이 없었다.

"크르르르르!"

한창 보물 고블린을 뒤쫓는데 어딘가에서 괴상한 울음소리가 들렸다. 어느새 눈앞으로 거대한 덩치를 자랑하는 타우렌 무리가 서 있었다. 고블린에 정신이 팔린 사이 타우렌

무리의 영역으로 들어와 버린 것이었다.

'어엇! 이것들은 뭐야!

슬아는 황급히 멈춰 서며 놈들의 수를 헤아렸다. 모두 8마리. C등급 몬스터 타우렌은 황소처럼 거대한 뿔을 가진 괴물이었다. 키는 오우거에 육박하지만, 배불뚝이인 오우거와 달리 늘씬하고 호리호리한 거인의 체형을 가지고 있었다.

무기도 성인 여성만한 바스타드 소드나, 베틀 엑스를 들고 있어 보기만 해도 위압감이 느껴질 정도였다.

'고블린을 쫓느라 너무 정신이 팔렸구나!'

슬아가 침착하게 도약을 통해 높은 곳으로 뛰어올랐다. 아무리 힘이 센 괴물들이라도 무기가 닿지 못하는 거리에선 방법이 없었다. 보물 고블린은 슬아 쪽을 한번 쳐다보더니 다시 기괴한 웃음소리를 띄며 타우렌 무리 안쪽으로 사라졌다. 가만 보니 놈이 일부러 몬스터가 있는 곳으로 유인한 것으로 보였다.

"내가 포기할 줄 알아!"

슬아는 고블린이 도망간 쪽을 향해 슬라이머의 팔을 늘어뜨려 다시 추격을 재개했다. 아무리 키가 큰 타우렌이라도 머리 위에서 날아다니는 슬아를 저지할 방법이 없었다.

그러나 놈들은 보기보다 영악했다. 슬아가 자신들을 통과하려고 하자 도끼를 던져 슬라이머의 줄을 끊어 버린 것이었다.

포식의
군주 7

"으앗!"

갑작스레 줄이 잘린 슬아가 공중에서 균형을 잡지 못하고 추락했다. 그녀는 떨어지는 타이밍에 맞춰 최대한 충격을 줄이기 위해 낙법을 시도했다.

쿵—!

그러나 아무리 낙법을 펼쳤다 한들 발목이나 무릎이 성할 리 없었다. 슬아가 한동안 충격으로 일어서지 못하자 타우렌 무리가 무기를 들고 성큼성큼 다가왔다.

'윽! 이러다 당하겠어!'

맨 선두에 선 타우렌은 대들보처럼 거대한 쇠말뚝을 무기로 썼다. 놈은 절구질하듯 쇠말뚝을 번쩍 들어 슬아를 내리찍었다.

슬아는 겨우 몸을 날리며 공격을 피했다.

쿵—!

바닥이 찍힌 콘크리트가 균열을 일으키며 박살 났다. 슬아는 타우렌의 무지막지한 힘에 화들짝 놀랐다. 그러나 잠시도 틈을 주지 않고 연거푸 공격이 이어졌다.

슬아는 최대한 민첩성을 발휘해 겨우 피할 뿐 반격할 엄두도 낼 수 없었다.

'슬라이머의 팔이 끊어진 부분을 어떻게든 회수해야 해. 안 그럼 승산이 없겠어.'

고무 괴물의 체액으로 이루어진 슬라이머의 팔은 잘라냈다고 손상을 입는 게 아니었다. 그것은 찰흙 반죽과 같아서 다시 주워서 뭉치면 본래 기능을 회복할 수 있었다.

발목과 무릎의 충격이 회복되면서 점점 슬아의 움직임도 빨라졌다. 거대한 덩치의 타우렌이 슬아를 잡기 위해 사방에서 무기를 쏟아냈지만, 도약과 가속을 번갈아 쓰는 그녀를 쉽사리 잡을 수 없었다.

"이거나 먹엇!"

슬아는 물러서는 와중에도 끊임없이 비도를 날렸다. 암기 발출의 스킬이 펼쳐지며 비도가 정확하게 타우렌의 얼굴로 쏘아졌다.

푹-!

맨 앞서가던 한 놈이 미간에 비도를 맞고 뒤로 나자빠졌다. 그때부터 놈들이 얼굴을 보호하기 시작했다. 비도가 날카롭긴 하지만 손등이나 팔에 맞아서는 놈들을 멈춰 세울 수 없었다. 어느새 궁지에 몰리게 된 슬아는 등 뒤에 벽을 마주하게 되었다.

거대한 망치를 든 타우렌이 콧김을 뿜으며 흥분을 내비쳤다. 그녀를 궁지에 몰아넣은 것에 심히 만족해하는 눈치였다.

슬아는 뒤돌아 벽을 한번 쳐다보더니 막다른 길을 향해 달리기 시작했다.

마울을 든 타우렌이 그녀를 압사시키려는 듯 뛰어왔다.

'나를 잡을 수 있을 것 같아?'

막다른 벽에 다다른 슬아는 갑자기 훌쩍 뛰어오르더니

벽을 박차고 공중에서 몸을 회전했다. 포스로 강화된 신체가 그녀의 놀라운 운동신경과 결부되자 한 번의 점프로 타우렌을 훌쩍 뛰어넘을 수 있었다.

그녀는 공중에서 물구나무를 선 상태로 단검을 뽑아 들더니 목표물을 놓치고 허둥대는 타우렌의 뒤통수에 과감하게 박아 넣었다.

푸욱-!

날카로운 단검 끝이 후두부를 꿰뚫으며 뇌를 헤집자 육중한 덩치를 자랑하던 타우렌이 쿵- 소리와 함께 무릎을 꿇고 쓰러졌다.

순식간에 타우렌 두 마리를 해치운 슬아가 피 묻은 단검을 들어 올리며 나머지 타우렌들에게 손을 까딱거렸다.

"또 들어와 봐, 황소 괴물 자식들."

두 마리가 순식간에 쓰러지자 남은 타우렌의 움직임이 조심스러워졌다. 성난 황소처럼 뒤쫓아서는 결코 슬아를 잡을 수 없다는 것을 알아챈 듯, 남은 여섯 마리가 동시에 어깨를 나란히 하며 사각을 좁히고 들어왔다.

불나방처럼 무작정 달려드는 하급 몬스터와는 달리 냉철한 판단력을 가진 놈들이었다.

'체엣. 슬라이머의 팔만 온전했어도⋯.'

암살자인 슬아는 신출귀몰한 움직임으로 일격필살을 노리는 스타일. 그러나 슬라이머의 팔이 잘리고 부턴 거미줄을 깜빡 놓고 온 스파이더맨 신세였다.

이제 그녀의 움직임은 가속과 도약이라는 수평과 수직 이동으로 제한되었고, 타우렌은 그런 그녀를 점점 궁지로 몰아 세웠다.

특히 '지독한 근성'이라는 타우렌의 특성이 발휘되면서 놈들은 지칠 줄 모르고 끊임없이 공격을 퍼부어댔다. 이는 타우렌을 C급 몬스터 중에서도 상위 랭크에 올려놓은 특성으로서 전투가 끝나는 순간까지 한결같은 체력을 유지할 수 있도록 만들었다.

놈들이 약 빤 격투기 선수처럼 시종일관 날뛰며 압박해 오자 끝내 힘이 빠진 슬아가 위기에 봉착했다. 특유의 민첩성으로 여유롭게 회피하던 초반과 달리, 한 끗 차이로 겨우 공격을 피하기 급급했다.

'이대로는 당하고 말아. 어떻게든 잘려나간 슬라이머의 팔을 되찾아야 돼.'

슬아는 정상적인 방법으론 타우렌의 포위를 뚫기 힘들다고 판단하고 위험을 무릅쓰기로 했다. 목표는 대들보 같은 거대한 둔기를 들고 있는 녀석이었다. 슬아가 자신을 향해 겁도 없이 달려오자 놈이 대들보를 들어 거침없이 내리찍었다.

거대한 전봇대를 닮은 무기가 하늘에서 채찍처럼 떨어져 내렸다. 슬아는 사이드 스텝으로 아슬아슬 공격을 피해냈다. 가속 스킬이 없었다면 불가능한 동작.

슬아는 달려나가는 여세를 몰아 곧장 대들보 위에 올라섰다. 무기를 밟고 타고 넘어가려는 속셈이었다.

그러나 상대 타우렌 역시 보통내기가 아니었다. 놈은 슬아가 무기에 올라타는 순간 무지막지한 괴력을 발휘해 대들보를 회전시켰다. 대들보 위에 선 슬아의 몸이 고속 회전 목마 위에 올라탄 것처럼 빠르게 돌아갔다.

원심력이 작용하자 겨우 유지하고 있던 슬아의 균형이 무너졌다. 결국, 슬아는 대들보 끝에 위험천만하게 매달리고 말았다. 그 모습을 본 타우렌이 회전력을 실어 무기를 냅다 집어 던졌다.

슬아를 매단 대들보가 스커드 미사일처럼 3층 건물을 향해 빠르게 쏘아졌다. 곧 3층 통유리에 대들보가 꽂히며 유리창이 와장창 깨져나갔다.

그러나 슬아는 벌써 대들보를 지지대 삼아 공중에서 솟구친 뒤였다. 2단 분리된 로켓처럼 슬아가 공중에서 튕겨 나오자 이번엔 거대한 베틀엑스가 허공을 가르며 날아왔다. 붕붕- 도끼 돌아가는 소리가 쌍엽기 프로펠러 소리처럼 크게 들려왔다.

'내가 호락호락 당할 줄 알고?'

날아오는 도끼를 확인한 슬아가 공중에서 몸을 비틀며 면적을 최소화했다. 기계체조의 도마 점프 동작이었다. 도끼날이 위험천만하게 그녀의 옆을 스치고 지나갔다.

다시 균형을 잡은 그녀가 착지하는 곳은 슬라이머의 팔이 잘려 떨어진 곳. 적의 힘을 역이용해 빠르게 슬라이머의 팔을 되찾은 슬아가 다시금 공격을 준비했다.

그 순간,

"크르릉!"

그녀의 등 뒤로 빠르게 돌진해 오는 타우렌이 있었다. 다른 놈들과 달리 양쪽의 뿔이 모두 잘려나가 있었는데, 그 기세가 제법 흉흉해 보였다.

'뭐지? 이놈 약간 생김새가 다른데?'

"쿠어!"

놈이 두 팔을 깍지 껴 쳐들더니 느닷없이 바닥을 내리찍었다. 내리친 위치가 다소 거리가 멀어 방심하고 있던 슬아가 의아해하는 순간. 갑자기 운석이 떨어진 것처럼 거대한 충격파가 밀어닥쳤다.

쿵-!

누군가 낚싯대로 잡아챈 것처럼 슬아의 몸이 훅 공중으로 솟구쳤다.

'서, 설마 스킬?!'

스킬을 가진 타우렌. 놈은 보통 타우렌이 아니었다.

전사 중의 전사라 불리는 타우렌 치프턴. 바로 D등급 몬스터였다. 리져드 맨 상위에 리져드 워리어가 있고, 오우거의 위에는 트윈헤드 오우거가 있듯 놈들 중에도 더 강한 몬스터가 섞여 있었던 것이다.

타우렌 치프턴의 내리찍는 스킬은 반경에 있는 모든 것을 공중으로 띄워버리는 스킬.

충격파가 밀려오자 슬아의 몸이 경직상태에 빠지며 하늘로 떠올랐다. 뭔가 옭아맨 것처럼 몸이 말을 듣지 않았다.

이어 타우렌 치프턴이 머리를 앞세워 박치기를 시도했다. 이른바 쿵쾅! 이라고 불리는 콤보 스킬로, 적을 에어본 시킨 후 저항 불가 상태에서 밀쳐 버리는 연속기가 펼쳐진 것이었다.

이번 공격은 아까처럼 회피할 방법이 없었다.

'윽! 슬라이머의 팔에 집중하느라 방심하고 말았어!'

가녀린 슬아의 몸뚱이를 거대한 타우렌 치프턴이 들이받으면 그대로 납작포가 되어버릴 것이다.

끔찍한 예감에 슬아가 눈을 감는데 갑자기 탕-! 하는 총성이 들렸다. 불시에 기습을 받은 타우렌은 한쪽 눈을 붙잡고 그대로 주저앉고 말았다. 눈가 주위로 피가 철철 흘리는 것이 총탄에 피격된 모양이었다.

"샷!"

그것은 200m 밖에서 이루어진 안나의 저격이었다. 그녀는 슬아를 구하러 달려오던 중 그녀가 위기에 처한 것을 확인하고 곧바로 저격총으로 놈의 눈을 맞춘 것이었다.

그 사이 스턴이 풀린 슬아는, 슬라이머의 팔을 이용해 건물 위로 올라섰다. 닭 쫓던 개 신세가 된 타우렌이 높은 곳으로 도망친 슬아를 향해 포효했다.

"어이, 소머리 국밥. 놀아줄 사람이 필요한가?"

때맞춰 태랑이 좌우에 이정우와 고효상을 끼고 도착했다. 슬아는 태랑을 발견하고 옥상에서 크게 손을 흔들었다.

"마스터! 오셨군요!"

"슬아야, 다친 데 없지?"

"네! 아직은요!"

"위험하게 왜 혼자 다녀! 걱정했잖아!"

태랑의 말에 슬아의 가슴이 뭉클해졌다.

'마스터가…. 날 걱정했다고? 어쩜 좋아.'

태랑이 좌우에 선 고효상과 이정우에게 물었다.

"너희들 한 놈씩 맡을 수 있겠어?"

"네!"

"C급 몬스터 정도면 해볼 만합니다."

"그럼 처리해."

"넵. 근데 나머지는요?"

"나 혼자도 충분하다."

태랑이 양손에 무기를 쥔 체 자신만만하게 소리쳤다. 벌써 모든 전투 특성을 개방시킨 태랑은, 그 말이 떨어지기 무섭게 타우렌을 향해 달려나갔다.

"이것들이 감히 내 부하를 건드려?"

태랑은 거대한 덩치를 자랑하는 타우렌을 상대로도 거침이 없었다. 맨 먼저 달려드는 놈에게 도끼를 던져 뇌전강타를 먹인 태랑은, 바스타드 소드를 내리치는 놈의 공격을 사모창으로 빗겨내더니 그대로 가슴팍을 찔렀다.

빙결속성이 적용된 사모창이 가슴을 뚫고 들어가며 놈을 꽁꽁 얼렸다. 태랑은 창간을 두 손으로 붙잡더니 꼬챙이처럼 꿰인 놈을 위로 들어 반대편에 메다꽂았다. 포스로 강화된 신체가 놀라운 힘을 과시했다.

쿵─!

얽혀있던 놈의 몸뚱이는 머리부터 바닥에 처박히며 산산 조각났다. 태랑이 처음부터 전력을 다하자 타우렌은 감히 상대도 되지 못했다.

"마스터! 위험해요!"

그때 거대한 방패를 든 타우렌 하나가 차징을 시도해 왔다. 방패를 어깨에 붙이고 상대를 밀어붙이는 수법. 태랑은 뼈 갑옷을 장착하며 물러서지 않고 버텼다. 처음부터 피할 생각도 없어 보였다.

쾅─!

둘이 충돌하면서 묵직한 굉음이 울려 퍼졌다. 몸집의 차이가 상당했음에도 달려든 타우렌 쪽이 튕겨 나갔다.

들이밀던 방패는 쪼개지고 놈은 벽에 부딪힌 것처럼 정신을 못 차리고 한참 나뒹굴었다. 뼈 갑옷의 방호효과와 상향된 쉴드의 내구력이 태랑을 바위처럼 단단하게 만든 것이었다.

"그래 가지곤 어린 애도 안 밀리겠다. 내가 한번 보여주지!"

이번엔 태랑이 놈을 향해 뛰어갔다. 쓰러져 있던 타우렌이 몸을 일으켰으나 태랑의 움직임 훨씬 빨랐다. 발끝에 포스를 모아 가속과 비슷한 효과를 낸 것이었다.

태랑은 어깨를 들이밀어 타우렌의 몸뚱이에 부딪히자 놈의 몸이 트럭에 치인 것처럼 붕 떠오르더니 건물 벽에 날아가 처박혔다. 뼈 갑옷의 경이적인 내구성과 포스의 운용력이 융합되면서 말도 안 되는 몸통박치기가 시전된 것이었다.

'이 갑옷 진짜 단단하구만.'

순식간에 타우렌 셋을 처치한 태랑이 마지막 남은 놈을 창끝으로 가리켰다. 안나의 저격으로 한쪽 눈에 총알이 박힌 타우렌 치프턴이었다.

"어이, 애꾸. 이제 너만 남았다."

태랑이 여유 있게 타우렌을 박살 내는 것과 달리 구타유발자 이정우는 굉장히 애를 먹고 있었다.

그는 상대에게 둘러싸일수록 방어력이 올라가는 특성을 가지고 있었기 때문에 1:1로 상대하게 되자 방어력이 감소하는 문제가 발생했던 것이었다.

"효상! 차라리 둘 다 나한테 어그로 붙여봐! 이대론 죽도 밥도 안 되겠어!"

"오키. 그렇게 하자!"

고효상이 자신이 상대하던 타우렌을 유도해 이정우 쪽으로 몰고 갔다. 이정우는 적절한 거리에서 도발 스킬을 이용해 두 마리를 동시에 자신에게 끌어들였다.

"좋아! 이제 좀 힘이 나는데? 난 둘러싸일수록 강해진단 말씀이야!"

쉴드가 상승한 이정우는 방패로 타우렌의 공격을 막으며 버티기에 돌입했다. 오히려 하나보다 둘을 상대하니 탱킹이 더욱 강력해진 느낌이었다.

'으, 저 피학변태 같으니. 가끔 보면 맞는 걸 즐기는 것 같단 말씀이야. 방패 든 손목이 욱신거리면 쾌감이 느껴지나?'

한심한 표정으로 이정우를 바라보던 고효상이 슬슬 기회를 엿보았다. 놈들은 찰지게 얻어맞고 있는 이정우에 몰두한 나머지 자신의 존재를 까맣게 잊어버린 것 같았다.

'일타 이피가 뭔지 보여주지.'

"날으는 킥!"

고효상의 이단옆차기가 지면과 수평을 이루며 펼쳐졌다. 그의 몸이 우주에서 유영하는 우주인처럼 중력을 거부하며 날아갔다. 이정우가 그 모습을 보고 감탄했다.

"과연 지구적인 비호감! 중력마저 너를 싫어한다니까!"

화살처럼 쏘아진 그의 발끝이 타우렌의 옆구리를 걷어찼다. 고효상은 그 반동을 이용해 다시 공중으로 솟구치며 자신의 필살기를 선보였다.

"우다다다다! 선풍각이다!"

그의 몸이 공중에서 팽이처럼 돌아가며 타우렌의 얼굴을 수십 번 후려쳤다. 워낙 타우렌의 덩치가 큰 탓에 발등으로 걷어차는데도 흡사 뺨을 때리는 모양새였다. 얼굴이 곤죽으로 변한 타우렌이 쓰러지는 동안 이번엔 고효상이 몸을 비틀어 반대편에 있는 타우렌을 노렸다. 중력거부자라는 특성답게 한번 공중에 올라서자 내려올 줄 몰랐다.

"네놈은 무영각이다!"

고효상이 타우렌의 가슴팍을 향해 발길질을 날렸다. 두 발을 교차시키는 속도가 하도 빨라 차는 발이 보이지 않는 다 하여 붙은 자신의 세 번째 스킬이었다.

그러나 연속으로 포스를 소모한 게 화근이었을까?

마지막 기술의 위력은 생각만큼 강력하지 못했다. 가슴 팍을 얻어맞던 타우렌은 우악스럽게 고효상을 낚아채더니 땅바닥으로 패대기쳤다.

쿵-!

"으엇! 효상아!"

타우렌은 좌우로 한 번씩 고효상을 내리치더니 마지막엔 건물을 향해 집어 던졌다. 이미 쉴드가 잔뜩 손상된 고효상 은 벽에 부딪히는 순간 죽음을 피할 길이 없었다.

"안 돼!"

높은 곳에서 그 모습을 지켜보던 슬아는, 날아가는 고효 상을 향해 슬라이머의 팔을 내뻗었다. 그녀의 고무팔이 고 효상을 미라처럼 옭아매며 공중에서 붙들었다. 그러나 날 아가는 관성이 워낙에 강력했기 때문에 붙잡은 슬아마저 딸려갈 정도였다.

슬아는 가속과 도약으로 반대편으로 힘을 주어 간신히 그를 멈춰 세웠다. 효상이 안전한 것을 확인한 이정우가

142 폭식의
군주 7

크게 분노했다.

"이 소머리 새끼가 감히 내 친구를!"

이정우가 방패마저 내던지고 두 손으로 롱소드를 움켜쥐었다. 그는 공격 쪽으론 소질이 없었지만, 절친인 고효상이 다치는 것을 보고 완전히 흥분한 상태였다. 타우렌 또한 콧김을 내뿜으며 이정우를 노려보았다. 괴력을 자랑하는 타우렌이 돌진을 준비하던 찰나.

갑자기 탕-하는 총성과 울리며 타우렌이 가슴을 움켜쥐었다. 심장부에 총탄이 직격한 것이었다.

"안나?"

이정우가 고개를 돌리자, 멀리 있는 건물 위에서 스코프의 반사경 빛이 눈에 들어왔다. 높은 곳에 위치를 잡은 그녀가 본격적으로 지원사격에 나선 것이었다.

잠시 주춤하던 타우렌이 이정우를 향해 다시 걸어왔다. 급소를 맞았음에도 한 방에는 쓰러지지 않을 만큼 맷집이 끝내줬다. 그러나 한 걸음씩 내디딜 때마다 총탄이 날아와 박혔다.

탕-!

탕-!

탕-!

결국, 이정우 앞까지 당도했을 땐 제대로 일어서지도 못할 정도로 만신창이가 되어 있었다. 놈은 어쩌면 그때까지도 이정우가 마법을 발휘한다고 생각했을 것이다. 이정우가

143

부상당한 타우렌의 목을 썰어내며 놈의 숨통을 끊었다.

이제 남은 놈은 단 하나. 태랑이 상대하는 타우렌 치프턴뿐이었다.

태랑은 부상당한 타우렌 치프턴을 보면서 생각했다.

'하급 몬스터는 이제 시시할 정도군. 가만있자. 어차피 다른 타우렌 잡아서 특성도 포식한 마당에 저놈까지 내가 잡을 필요는 없겠어. 밑에 애들 경험치나 몰아 줘야지.'

태랑은 고효상을 돌보고 있던 슬아를 불렀다.

"슬아!"

"네."

"효상인 좀 어때?"

"기절했어요. 쉴드만 닳은 것 같아요. 큰 부상은 아니에요."

"다행이군. 그럼 이놈 마무리는 네가 해볼래?"

"제가요?"

"그래. 아까의 복수를 해야지."

"네."

태랑은 적당히 물러서더니 팔짱을 끼고 관전했다.

그 사이 슬아가 단검을 들고 걸어 나왔다.

'마스터를 실망시키지 않을 거야.'

슬아는 단검을 역수로 쥔 채 거대한 타우렌 앞에 섰다. 몸집의 차이가 엄청나 흡사 다윗과 골리앗을 대결을 보는 것 같았다.

폭식의
군주 7

"다시 해보자, 괴물!"

"크어어어엉"

큼직한 돌도끼를 든 타우렌 치프턴이 무기를 머리 위로 쳐들고 돌진해왔다. 단숨에 슬아를 찍어 누를 것처럼 위협적인 자세였다. 슬아 역시 물러서지 않았다.

그러나 누가 보아도 무기의 차이가 극명했다. 타우렌의 돌도끼는 어지간한 성인 남성의 키에 육박할 정도였다. 조그만 단검을 든 슬아는 도저히 상대가 안 돼 보였다.

"경호실장님이 위험하지 않을까요?"

어느새 태랑 곁으로 다가온 이정우가 조심스럽게 물었다.

"위험하다고?"

"아무래도 체급 차이가…."

"그런 건 중요한 게 아니지. 히드라가 우리보다 작아서 잡힌 게 아닌 것처럼. 그리고 한 가지 알아둬야 할 게 있어."

"무슨 말입니까, 마스터."

"슬아는 우리 클랜에서 유일하게 나를 이길 수 있는 사람이란 거야."

"…네?"

태랑의 말은 과장이 아니었다.

슬아의 특성은 침묵의 암살자.

상대의 쉴드가 아무리 단단해도 본인이 가진 트루 데미

지를 먹일 수 있는 존재. 설사 태랑이라도 그녀에게 기습을 허용한다면 꼼짝없이 당할 수 있었다. 그리고 타우렌 치프 턴을 상대하는 지금, 슬아가 자신의 특성을 개방했다.

타우렌을 향해 달려가던 슬아는 돌도끼가 내려 찍히기 직전 가속을 더 해 빠르게 앞으로 치고 나갔다. 마치 타우 렌의 품속으로 뛰어드는 모양새였다.

'우선은 다리부터!'

돌도끼가 부웅— 허공을 가르는 사이 슬아가 속도를 줄이 지 않고 슬라이딩으로 타우렌의 가랑이 사이를 빠져나왔 다. 반대편으로 건너간 슬아는 바닥을 손으로 짚어 자세를 반전시켰다.

타우렌 입장에선 순식간에 그녀가 사라진 것으로 보였을 것이다. 얼빠진 표정으로 좌우를 두리번거리던 타우렌은 갑작스런 공격에 괴성을 질렀다.

"끄으으으으!"

등 뒤를 점한 슬아가 발목의 아킬레스건을 끊어 버린 것 이었다. 그러나 발목이 잘려나간 타우렌은 쓰러지는 와중 에도 지면에 충격파를 퍼부었다.

쿵—!

'흥, 같은 수법에 두 번 당할 줄 알고?'

슬아는 충격파가 밀려오기 전 슬라이머의 팔을 뻗어 놈 의 목을 타고 올라갔다. 충격파는 한모의 대지격동 스킬 과 마찬가지로 지면에 발을 딛고 있지만 않으면 스킬이

포식의
군주 7

적용되지 않았다.

순식간에 거인의 목마를 탄 슬아는 두 손으로 단검의 손잡이 맞잡고 강하게 후두부에 찔러 넣었다.

푸욱-!

"끄으!"

뒤통수에 단검이 박힌 타우렌 치프턴은 혀를 쭉 내밀며 무릎 꿇었다. 슬아가 등을 발로 차 밀며 반달차기 자세로 뛰어내리자 거구의 타우렌이 철퍼덕 쓰러졌다. 놈의 뒤통수에는 그녀의 단검이 손잡이까지 박혀 있었다.

"우아! 대박! 엄청 빨라!"

"역시 내 경호실장답군."

순식간에 D급 몬스터를 해치운 슬아가 가볍게 손을 털면서 겸손을 표했다.

"아니에요. 고작 한 놈뿐이었는걸요."

치명상을 입고 즉사한 타우렌 치프턴은 조금 있다 차크라로 변해 사라졌다. 놈이 쓰러진 자리에는 투구가 하나 덩그라니 남았다.

"엇. 아티펙트다!"

[타우렌의 투구] 4등급 아티펙트.

-타우렌의 뿔을 잘라 만든 투구.

-쉴드 15% 상승.

+쉴드 방호량을 넘어서는 치명적인 공격을 받을 경우,

투구가 깨어지면서 데미지를 흡수함.

　+장착/해제 명령으로 인장에 담아둘 수 있음.

　"오. 이거 대박인데?"

　"방어력 향상은 평범한 편인데 옵션이 사기네요."

　어느새 저격을 풀고 달려온 안나나 기절에서 깨어난 고효상도 아티펙트의 성능에 군침을 흘렸다. 특히 투구는 방어구 계통 중에서도 자주 나오는 부위가 아니었기 때문에 등급에 비해 값어치가 높은 물건이었다.

　"슬아, 네가 잡은 것이니 저건 네 거야."

　"저요?"

　슬아는 황소 뿔처럼 뻗어 나온 투구를 머리에 한 번 써보더니 고개를 절래 저었다.

　"뿔 때문에 움직이기 거추장스러워요."

　"그래? 하긴 암살자에겐 너무 튀는 모양이군."

　"제가 주고 싶은 사람 주면 안 돼요?"

　"당연히 되지. 네가 사냥해서 얻은 건 네 물건이야. 마음대로 해."

　그 말에 고효상과 이정우가 기대에 찬 눈으로 슬아를 쳐다보았다. 주인 없는 아티펙트를 손에 넣을 수 있는 절호의 찬스. 더욱이 4등급 아티펙트라니…. 어중간한 헌터들은 손에 넣기도 힘든 물건이었다.

　"그럼 마스터 드릴게요."

"나를?"

의외의 선택에 태랑이 어깨를 으쓱했다.

"나는 아티펙트도 많은데 밑에 애들 주지 그러니."

"투구는 없잖아요."

"그래도…."

태랑이 머쓱한 표정을 짓자 슬아가 거듭 권했다.

"옵션이 괜찮아서 그래요. 혹시 나중에 위험한 일이 생겨도 한 번은 버틸 수 있잖아요."

"흐음. 그래…. 어쨌든 선물이니 고맙게 잘 쓸게."

"뭘요. 마스터가 저한테 챙겨준 게 얼만데…."

태랑은 투구를 한 번 써본 뒤 해제를 외쳤다. 그러자 목덜미 부근에 조그만 문신이 새겨지며 투구가 인장으로 들어갔다.

"아참. 근데 왜 혼자 여기까지 온 거야?"

태랑의 물음에 슬아가 보물 고블린을 발견한 얘기를 요약해서 전했다.

"…저기로 사라진 것까지 목격했어요. 타우렌 때문에 아쉽게 놓치고 말았지만요."

"아마도 고블린이 타우렌을 끌어들인 걸 거야."

"끌어들여요?"

"보물에 정신이 팔리게 한 뒤 몬스터가 있는 곳으로 유인하는 거지. 영악한 놈들이야."

"와, 그나저나 보물 고블린이라니…. 정말로 그게 실존

하는 거였군요. 저는 그냥 레이드 게시판에 떠도는 헛소문인 줄 알았어요."

태랑 역시 보물 고블린을 직접 본 기억은 없었다. 설정집에선 그것이 디멘션 워커처럼 차원을 넘나들며 랜덤하게 나타나는 것으로 알려져 있었다.

특히 반짝이는 것을 유난히 좋아하는 놈들은, 황금이나 아티펙트를 보따리에 수집해 다니는데 항상 종적 없이 자취를 감추는 이유는 놈이 차원을 넘어가 버리기 때문이었다.

"아깝다. 잡았으면 정말 로또 맞은 기분이었을 텐데…."

"아! 맞다. 어쩌면 흔적이 남아있을지도 몰라요."

"흔적이라고?"

"제가 투검을 날려 놈의 보따리를 살짝 찢어 놨는데 놈이 거기로 동전을 흘리면서 갔거든요."

"뭐?"

"엇! 혹시 저기 반짝이는 게!"

고효상이 손가락으로 땅바닥을 가리키자 모두 우르르 달려갔다. 그곳엔 정말로 황금색 동전이 바닥에 떨어져 있었다. 생전 처음 보는 형태였는데 지구의 것이 아닌 것처럼 보였다.

주변을 유심히 살피자 20m 앞에, 또 그 앞에도 계속 동전이 발견되었다. 슬아 말처럼 이동하는 동선을 따라 놈이 동전을 흘리고 간 모양이었다.

"방향을 보니 이쪽으로 간 모양인데요?"

"쫓아 볼까요?"

보물 고블린을 추적한다는 생각에 모두가 흥분한 기색을 보였다. 소문이 맞다면 보물 고블린은 아티펙트 한두 개가 아닌 엄청난 보물을 쏟아낼지도 몰랐다.

태랑은 잠시 고민했다.

'흠. 이번 여정은 강동지역의 동향을 살피는 게 목적이었는데 공연히 시간 낭비만 하는 게 아닐까?'

주객이 전도되어선 곤란했다. 벌써 부하들은 삼각동맹 플랜에 따라 각자의 위치에서 열심히 움직이고 있었다. 그 와중에 아티펙트를 얻으려 딴 길로 센다는 게 영 찝찝한 기분이 들었다.

하지만 보물 고블린과 조우하는 것은 정말로 희귀한 경우였다. 태랑의 기억에선 과거에 한 번도 놈과 만난 적이 없었다. 어쩌면 이번이 처음이자 마지막이 될지도 몰랐다.

혹시나 놈을 털어 전설급 아티펙트라도 구하게 된다면 전력 향상에 큰 보탬이 될 것이었다. 태랑이 고민 끝에 답을 내놓았다.

"좋아. 조금만 뒤쫓아 보자. 만약 흔적을 놓치게 되면 미련 없이 포기하는 조건으로. 모두 알았지?"

"네!"

태랑은 부하들을 이끌고 떨어진 동전들을 추적해 갔다.

다섯 명이 눈에 불을 켜고 찾다 보니 어떻게든 동전이 발견되었다. 도로를 따라 이어지던 동전은 5층짜리 쇼핑몰 건물로 이어졌다.

"안으로 들어간 모양인데요? 동전이 건물 입구에서 끊겨 있어요."

"혹시라도 몬스터들이 숨어 있을지 모르니까, 여기서부턴 다들 긴장해."

"혹시 이 건물도 타워인가요?"

"아니. 타워는 훨씬 높은 건물에만 형성돼. 그래도 몬스터들이 안에 숨어 있을지도 모르니까."

"넵."

쇼핑몰 내부는 엉망이었다. 누군가 한바탕 쓸고 갔는지 옷가지가 사방으로 흩어져 있었다. 쓰레기 처리장을 방불케 하는 모습에 더 이상 흘린 동전을 찾는 것은 불가능했다.

"도저히 못 찾겠는데요? 으헉! 여기 사람 시체가!"

"쫄지마! 병신아. 마네킹이잖아."

"어휴. 깜짝 놀랐네. 마스터 이제 어떡할까요?"

"아까 말했던 대로 더는 시간 낭비할 순 없어. 여기서 포기다."

"그래도 여기 건물까지만이라도 한번 둘러보는 게 어떨까요? 이미 도망쳐버렸다면 어쩔 수 없지만 그래도 여기까지 왔는데…."

폭식의
군주 7

"맞아요. 어디 나간 게 아니라면 여기 안에 있을지도 모르니."

부하들의 간청에 태랑도 결국 승낙했다.

"그래. 그럼 이 건물만 찾아보자."

"옙!"

쇼핑몰 건물을 수색해가며 일행은 어느새 5층까지 올라왔다. 보물 고블린의 흔적은 여전히 묘연한 상태.

"여기가 마지막 층이네요."

"젠장, 하늘로 솟은 거야 땅으로 꺼진 거야?"

"옥 근데 이게 무슨 냄새지?"

5층은 전체가 식당가였는데, 어디선가 음식 썩은 악취가 흘러나왔다. 냉장고에 저장된 음식이 전기가 끊기면서 부패하는 냄새였다.

"옥, 진짜 토할 것 같아."

"내가 매일 아침 니 면상을 보며 드는 느낌이랄까?"

"뭐? 고효상이 많이 컸네? 아까 덜 맞았지?"

"얌마! 그건 너 때문이잖아!"

"그게 왜 나 때문이야?"

"한 마리만 상대했음 충분했는데 니가 두 마리를 뭉치는 바람에 나만 처맞았잖아. 그러니 네 탓이지."

"어허, 입은 삐뚤어져도 말은 바로 해야지. 니가 과욕을 부리다가 그런 거 아냐. 꼭 싸움만 하면 흥분해서 앞뒤를 안 가리니까."

"이 자식 진짜 구타를 유발하네? 족발 당수 한 번 맞아 볼 테냐?"

고효상과 이정우가 또 티격태격하자 안나도 더 참견하기 귀찮은지 혼잣말을 중얼거렸다.

"어휴. 무슨 애들도 아니고. 지치지도 않나."

"이해해. 남자는 원래 나이 먹어도 애라잖아."

"앗! 마스터. 아니에요. 쟤들이 좀 이상한 거죠. 맨날 저 질스런 농담이나 하고. 다른 사람들도 다 짜증 내요."

"그래도 아까 보니 의리는 있더만. 난 이정우가 그렇게 흥분한 모습은 처음 봤어."

"그것도 문제죠. 탱커가 방패를 집어 던지다니. 생각이 없다니까 쟤들은…."

그때 앞서가던 슬아가 뭔가를 발견했다.

"엇, 마스터! 저쪽에!"

"뭐야? 찾았어?"

태랑은 재빨리 슬아가 있는 곳으로 달려갔다. 슬아는 모퉁이에 몸을 숨긴 체 통로 끝을 가리키며 말했다.

"아까 그 고블린이에요."

슬아의 말처럼 보따리를 짊어진 고블린 한 마리가 통로 끝자락에서 서성이고 있었다. 뭔가를 찾는 것처럼 부산하게 움직이는데, 정서불안 환자처럼 안절부절못하는 모양새였다.

어느새 옆으로 다가온 안나가 낮게 속삭였다.

"뭐하는 걸까요?"

"잘은 몰라도 계속 한쪽 방향으로 돌고 있는 거 같은데…."

"제가 가서 잡아 올까요?"

고효상이 자신감 넘치는 말에 슬아가 제동을 걸었다.

"안 돼. 놈은 무척 빨라. 내 가속 능력으로도 쉽게 따라잡을 수 없는 속도였어."

"정말요? 그럼 엄청 빠른 건데?"

"놈이 아직 눈치 못 챈 것 같으니 사방에서 포위하는 건 어떻습니까?"

이정우의 제안에 태랑이 고개를 끄덕였다.

"좋아. 그럼 두 사람이 우회해서 반대편의 퇴로를 막고 있어. 나랑 슬아가 유인해서 그쪽으로 몰고 가 볼게."

"넵"

고효상과 이정우는 빠르게 반대편으로 돌아갔다. 태랑은 두 사람이 퇴로를 차단할 때까지 계속 기다리는 수밖에 없었다.

그때 보물 고블린이 요란한 움직임을 뚝– 멈췄다.

"엇. 마스터 저기 저….!"

갑자기 고블린의 정면으로 보라색의 포탈이 생겨났다. 놈의 괴이한 움직임은 바로 포탈을 불러내는 의식이었다.

"젠장! 저러다 도망치겠다. 안나, 일단 놈을 맞춰!"

"예, 옛!"

안나가 조준경에 눈을 대고 호흡을 가다듬는 사이 태랑이 빠르게 고블린을 향해 뛰쳐나갔다. 놈이 이면세계로 넘어가 버리면 도저히 쫓을 길이 없었다. 그 전에 잡아야 했다.

숨어 있던 태랑이 불쑥 뛰쳐나오자 고블린이 태랑을 쳐다보고는 당황하는 표정을 지었다. 그러나 이미 차원 문이 열리는 중이었기 때문에 자리를 벗어날 수 없었다.

그사이 저격 준비를 끝낸 안나가 과감하게 방아쇠를 당겼다.

탕-!

그녀의 솜씨는 과연 일품이었다. 일격에 고블린의 머리에 총탄이 들이박혔다. 그러나 그 순간 차원 문이 완성되면서 고블린의 몸이 차원문 안쪽으로 무너졌다.

"안 돼!"

태랑은 쓰러지는 고블린을 붙잡기 위해 번쩍 몸을 날렸다. 여기서 놓치기엔 아티펙트가 너무 아까웠다.

4. 고블린의 왕

포식의
군주

4. 고블린의 왕

태랑이 고블린의 봇짐을 붙드는 순간 갑자기 차원 문이 블랙홀처럼 태랑을 집어삼켰다. 도저히 항거할 수 없는 압력에 태랑은 저항도 못하고 차원 문으로 빨려 들어가고 말았다.

그것은 순식간에 벌어진 일이라 슬아 마저 손을 쓸 도리가 없었다.

"마스터!"

허공에 물결처럼 출렁이던 차원 문은 고블린과 태랑을 집어삼키고는 거짓말처럼 자취를 감췄다. 뒤늦게 우회해서 돌아간 고효상과 이정우도 황당한 표정으로 소리쳤다.

"어엇!"

"마스터가 사라졌다!"

슬아를 비롯한 나머지 일행은 한참 동안 차원 문이 열린 주변을 서성거렸지만 두 번 다시 포탈은 열리지 않았다.

태랑은 그렇게 자취를 감췄다.

쿵-

태랑은 그대로 바닥에 곤두박질쳤다.

한참 동안은 상하좌우 분간이 안 갈 정도로 균형감이 돌아오질 않았다. 두 손으로 바닥을 짚으며 한참 심호흡을 한 뒤에야 겨우 의식이 돌아왔다.

'설마 보물 고블린과 함께 이면 세계로 떨어져 버린 건가?'

태랑은 서둘러 주변을 탐색했다.

그가 아는 바로는 이면 세계는 몬스터들의 땅. 적진 한가운데 낙오된 것이나 마찬가지였다.

다행히 주변은 울창한 숲밖에 보이지 않았다. 대기상태나 중력도 지구와 거의 흡사해 움직이는 데 큰 불편함이 없었다.

'고블린 시체는 어디 갔지?'

분명 마지막 순간 고블린의 봇짐을 붙잡은 기억이 났다. 하지만 고블린의 시체는 어디에도 없었다. 포탈을 넘나들

때 충격으로 놓쳐버린 모양이었다.

태랑은 히드라의 사모창을 두 손에 쥐며 생각했다.

'포탈에 그런 흡입력이 있는 줄 알았다면 가까이 가지도 않는 건데…. 일단 다시 지구로 돌아가는 데만 집중하자. 보물 고블린이 디멘션 워커와 유사하다면 분명 어딘가에 출구가 있을 거야.'

차원의 방랑자라 불리는 디멘션 워커는 지구와 이면 세계를 연결하는 가교 역할을 하는 존재였다. 디멘션 워커의 포탈에서 탈출하는 유일한 방법은 해당 이면세계의 지배자를 없애는 것뿐.

태랑은 조심스럽게 수풀을 향해 나아갔다.

'이곳이 고블린이 서식하는 이면세계라면 이곳을 관장하는 놈도 분명 같이 있을 거야. 지금으로선 놈을 없애는 게 최선이다.'

설정집에 따르면 이면세계는 하나의 독립된 섬과 같았다. 섬 바깥을 둘러싼 죽음의 바다는 결코 건널 수 없는 암흑 물질로 가득 차 있다고 했다.

누군가는 그곳을 심연이라 불렀고, 누군가는 우주의 일부라고 칭했다. 확실한 것은 인간이건 몬스터건 암흑 물질에 발을 딛는 순간 흔적도 없이 녹아버린다는 사실이었다.

"문제는 이 섬이 얼마나 크냐는 것인데…."

태랑이 숲속으로 진입하며 혼잣말을 했다.

디멘션 워커가 안내하는 이면 세계는 모두 제각각이었다.

어떤 섬은 제주도보다 컸지만, 어떤 섬은 뚝섬보다 작았다.

기후와 지형도 천차만별이었다.

모래뿐인 사막으로 이루어진 곳도 있었고, 뜨거운 열대 우림도 있었다. 마그마가 흘러내리는 화산지대도 있었으며, 혹한의 추위로 가득 찬 빙설도 존재했다.

'그래도 이곳은 생각보다 평범한 곳이군.'

기온은 적정한 편이었다. 너무 춥거나 덥지도 않았다. 당면한 문제는 지구로 통하는 차원 문을 찾기 전까지 식량을 해결하는 일이었다.

태랑은 숲에 열린 과실들에 주목했다. 지구의 식생과는 완전히 달랐지만 분명 뿌리와 줄기, 그리고 열매로 구분되어 있었다.

태랑은 한참을 찾다가 오렌지와 흡사하게 생긴 과일을 발견했다.

'저건 왠지 먹어도 될 것 같은데?'

창을 쭉 뻗어 가지를 후려치자 후드득 과일들이 떨어졌다. 태랑은 바닥에 떨어진 주황색 과일 하나를 집어 들었다. 겉은 망고처럼 물렁했다. 과일 특유의 향도 나쁘지 않았다.

'그냥 먹어도 되는 건가? 혹시 독이 있을지 모르니 한 입만 먹어봐야지.'

162 폭식의 군주 7

다행히 태랑의 아이템 주머니에는 면역의 팔찌가 들어 있었다. 혹여 중독되더라도 해독이 가능하리라 보고 과감하게 입을 벌리던 찰나.

갑자기 과일이 입을 쩍 벌리더니 태랑의 손가락을 깨물었다.

"으악!"

화들짝 놀란 태랑이 거칠게 손을 흔들었으나 놈의 톱니 같은 이빨이 태랑을 놓아주지 않았다. 장갑이 아니었다면 손가락이 떨어져 나갈 만큼 강한 악력이었다.

"이 과일 자식이!"

태랑은 다른 손으로 과일을 붙잡아 터뜨렸다.

푸헉-!

과즙이 터져 나오며 태랑의 전신에 튀었다. 그러자 이번엔 과즙이 닿은 자리에서 연기가 피어올랐다. 놈의 체액이 지독한 산성을 띄고 있었던 것이다.

"이런 젠장!"

태랑은 서둘러 몸에 묻은 과즙을 닦아냈다. 몸을 감싼 쉴드가 아니었다면 필시 화상을 입었을 것이다.

겨우 안도하는 찰나, 이번엔 함께 떨어진 다른 과일들이 입을 벌리고 태랑을 향해 통통 뛰어올랐다. 고무공같이 반동을 주어 뛰어오르는 놈들이 피라냐 떼처럼 태랑을 향해 엉겨 붙었다.

"가지가지 하는구나!"

태랑은 창을 휘둘러 놈들을 후려치려다 또다시 체액이 몸에 닿을 것을 우려해 빠르게 뒤로 물러났다. 다행히 놈들의 이동속도는 빠른 편이 아니었다.

거리를 벌린 태랑이 서리 화살을 뽑아 들었다.

"이 과일 괴물 새끼들! 모조리 얼려주마!"

태랑이 다발 사격을 날려 동시에 10여 개의 과일을 터뜨렸다. 직접 적중하지 않더라도 파편이 튀면서 놈들을 짓뭉갰다. 과일이 터진 자리는 토마토 축제라도 벌어진 것처럼 체액으로 범벅이 되었다. 체액이 떨어진 곳에선 불이라도 난 것처럼 연기가 피어올랐다. 놈들을 모조리 으깨진 후에야 태랑은 겨우 한숨을 돌렸다.

"으, 과일은 포기다. 안 먹어."

태랑은 이번엔 동물을 찾았다.

이 정도로 우거진 숲이라면 분명 서식하는 동물도 있을 터였다.

화살을 들고 조심스럽게 전진하던 태랑은 사냥꾼처럼 변한 자신의 모습에 실소했다.

'나참, 이게 무슨 꼴이람. 아무런 대비도 없이 이면 세계에 낙오되다니…. 애들이 걱정하겠는데.'

발소릴 죽여 조심스럽게 이동하는데 등 뒤로 검은 그림자가 드리워졌다.

'뒤?!'

태랑이 본능적으로 몸을 다이빙했다. 그 순간 등 뒤에서 거대한 갈색 곰이 태랑이 서 있던 자리를 후려갈겼다.

'버그 베어!'

등 뒤에서 귀신처럼 나타난 괴물은 바로 버그 베어였다. 블링크 기술을 가진 놈은 태랑을 헛방치고는 또다시 스르륵 모습을 감췄다.

"너 이놈 잘 만났다."

버그 베어는 C급 몬스터. 블링크 스킬을 쓴다는 점에서 상대하기 까다롭긴 했지만, 태랑의 적수는 될 수 없었다.

태랑은 광각의 심안을 동원해 놈의 위치를 찾았다.

'수풀에 숨어 있구나.'

태랑이 곧바로 화살을 갈기자 서리 파편이 폭발하며 놈에게 타격을 줬다. 버그 베어는 고통에 괴성을 지르며 달려들었다.

"쿠어어어!"

"오냐. 오늘 곰 발바닥 한번 먹어보자!"

태랑이 달려드는 놈을 향해 시위를 먹였다. 그 순간 놈의 몸이 흐릿해지더니 다시 모습을 감췄다. 태랑은 주저 없이 몸을 돌리며 화살을 날렸다. 그 순간 베그 베어가 등 뒤에서 나타나 화살에 적중했다.

푸욱-!

화살이 버그 베어의 몸에 박힌 상태에서 폭발했다. 서리 파편은 놈의 장기를 뒤집었다. 거대한 몸집의 버그 베어는 거목이 쓰러지듯 뒤로 나자빠졌다. 버그 베어의 블링크 위치가 항상 목표물 뒤로 나온다는 것을 역이용한 것이었다.

"미련한 놈. 공격 패턴이 너무 뻔해."

태랑은 쓰러진 버그 베어를 보고 입맛을 다셨다. 어차피 몬스터는 죽는 순간 차크라만 남기고 사라져 버린다는 사실이 떠올랐다. 그런데 한참을 지나도 버그 베어의 시체는 사라지지 않았다.

의아함을 느낀 태랑은 창을 들어 놈을 찔러 보았다. 창끝에 뭉클한 감촉이 전해졌다.

'사라지지 않는다고?'

연유는 모르지만 이면 세계에선 몬스터를 죽여도 차크라로 변하지 않는 듯했다. 스텟창을 열어 보니 놈을 죽인 만큼의 스텟이 상승해 있었다.

'경험치는 똑같이 올라가는 것 같은데…. 혹시 이면 세계에선 다른 법칙이 적용되는 건가?'

태랑은 과거의 기억이 지워진 후로 이면 세계에 대한 직접적인 기억이 남아있지 않았다. 모든 것을 새로 배운다는 기분이었다.

'확실히 뭔가 다른데. 멀티샷을 날리느라 소모된 포스가 벌써 차올랐어. 쉴드 회복속도 빠르고.'

태랑이 느끼기엔 복원력이 거의 두 배에 가까웠다.

그 말은 평소보다 똑같이 스킬을 써도 절반밖에 닳지 않는다는 의미였다.

"그렇구나. 이면 세계는 지구와 적용되는 룰이 다른 거야."

태랑은 혹시나 싶어 감식의 눈으로 버그 베어의 시체를 바라보았다. 역시나 지구와는 다르게 놈의 정보창이 망막에 떠올랐다.

[명칭 : 버그 베어, C급]

포스 : 30

쉴드 : 34

스킬 : '블링크'(1Lv)

특성 : '짙은 숲의 괴수'

ㅡ숲 지형에서 싸울 때 공격력이 20% 상승한다.

'세상에. 각성자도 아닌 몬스터의 상태 창을 엿볼 수 있다니.'

태랑이 더 놀란 것은 몬스터의 등급까지 표시된다는 사실이었다.

이제껏 지구에서의 등급 체계가 몬스터가 가진 포식력, 다시 말해 인간을 잡아먹는 정도에 따라 구분되는 것으로 알고 있던 태랑에게는 큰 충격이었다.

'가만있자, 그렇다면 몬스터 등급을 구분한 최초의 사람은 이면 세계를 둘러봤다는 소린가?'

궁금한 것이 많았지만, 태랑은 일단 버그 베어부터 해체하기로 했다. 식량을 해결하는 것이 가장 시급한 과제였다.

"일어나라. 나의 종들이여."

태랑이 뭔가를 뽑아내는 시늉을 하자 땅 밑이 들썩이며 해골 전사 5마리가 솟아 나왔다.

"너희 셋은 땔감 구해오고, 너네 둘은 저거 토막 내."

태랑의 말귀를 알아듣기라도 한 것처럼 해골 전사들이 신속하게 움직였다. 태랑은 소환수를 지시해 일을 맡기고는 주머니를 뒤져 담배를 꺼냈다. 담뱃갑에 든 담배는 10개비도 채 되지 않았다.

"혹시 몰라서 오토바이에 한 보루 실어놨었는데 아으!"

태랑은 이곳을 벗어나는 데 얼마나 걸릴지 모르니 최대한 아껴 펴야겠다고 생각했다. 돛대가 되기 전까지 탈출해야 한다.

안 그러면 금단현상으로 미쳐버릴지도 몰랐다.

태랑은 며칠간 숲 주변을 돌며 탐색했다.

짙은 숲이라 명명한 이곳은 안으로 들어갈수록 햇볕조차 들지 않을 정도로 우거진 곳이었다.

예상치 못한 곳에서 몬스터가 튀어나왔으며, 생전 처음보는 몬스터들도 있었다. 그러나 이미 충분한 레벨 업을 거친 태랑에게는 큰 위협이 될 수 없었다.

'안으로 들어갈수록 몬스터의 개체 수가 확실하게 늘어나고 있어. 숲 안쪽에 뭔가가 있는 게 분명해.'

탐색 결과 해당 이면 세계는 전체가 거대한 숲이었다.

태랑이 처음 불시착한 곳은 숲의 외곽지대 부근이었고, 이제 태랑은 중간 지점까지 당도한 상태였다.

한참 수풀을 해치고 들어가는 데 어디선가 목소리가 들려왔다.

"쿠갸갸갸갸!"

"우카쿠가."

태랑은 소리를 듣자마자 나무 위로 번쩍 뛰어올랐다. 포스를 응축해 지면을 박차자 거의 5M 높이를 한 번에 오를 수 있었다.

두꺼운 나뭇가지를 밟고선 태랑은 자세를 낮추며 소리가 들려온 곳을 살폈다. 곧이어 십수 마리에 달하는 몬스터들이 모습을 드러냈다. 붉은색의 몸체, 피노키오처럼 뻗어 나온 길다란 코와 노란색 눈동자. 태랑이 찾던 고블린 무리였다.

'드디어 찾았군.'

모든 이면 세계엔 그곳을 지배하는 지배자가 존재한다.

보물 고블린이 넘나드는 곳이니 분명 이 섬의 지배자 역시 고블린일거라 예상했던 태랑이었다.

'근데 설마 평범한 고블린 들인가?'

태랑은 혹시나 하는 마음에 감식의 눈으로 고블린 한 마리를 응시했다.

[명칭 : 고블린, A급]

포스 : 7

쉴드 : 5

스킬 : 없음.

특성 : '겁 많은 난쟁이'

–동료가 죽으면 사방으로 뿔뿔이 도망친다.

태랑에겐 간식거리도 안 되는 놈들이었다. 심지어 가진 특성마저 어이없을 정도.

'이놈들은 너무 약한데…. 죽이지 말고 뒤따라 가봐야겠다. 놈들의 부족이 사는 곳에 지배자가 있을지도 몰라.'

생각을 굳힌 태랑은 발소리를 죽인 채 나뭇가지 위를 넘나들며 고블린을 추적했다. 놈들은 자기들끼리 큰 소리로 떠드는 통에 태랑이 머리 위에서 뛰어다니는 것도 눈치채지 못했다.

'저 마을인가?'

어느새 고블린의 부족 마을에 도착했다. 마을은 숲 가운데 돌아 오른 구릉 지대에 펼쳐져 있었는데, 언덕마다 동굴이 패여 있고 동굴의 입구에는 조잡스러워 보이는 나무 문짝이 설치돼 있었다.

태랑은 나무 위에 서서 마을 전체를 한눈에 담았다. 규모로 봐선 거의 500마리 이상이 서식하는 것으로 추정되었다.

'고블린에게도 분명 지도자가 있겠지. 놈들을 족치다 보면 금방 고블린 왕이 튀어나올 거야.'

고블린 정도는 혼자 쓸어버릴 수도 있었지만, 동료가 죽으면 사방으로 흩어지는 놈들의 특성을 고려할 때 소환수를 통해 포위하는 편이 좋을 것 같았다.

태랑이 막 소환수를 부르려 할 때였다.

갑자기 마을 한가운데가 크게 흔들리더니 땅 밑이 꺼지기 시작했다. 싱크홀이라도 생긴 것처럼 밑으로 빨려 들어간 땅속에서 느닷없이 커다란 괴물이 튀어나왔다.

'두더지?'

괴물의 외형은 영락없는 두더지였다. 바깥으로 휘어지는 거대한 두 팔과 툭 튀어나온 앞니가 생쥐와 흡사했다. 그러나 무엇보다 놀라운 것은 거대 두더지의 위에 안장을 매고 올라탄 놈들이 있다는 점이었다.

자신보다 수십 배는 커 보이는 두더지를 거느린 고블린을 보자 태랑은 소환수를 불러들이는 것을 중단하고 사태를 관망했다.

'젠장. 저건 대체 뭐하는 괴물이야? 까딱 땅속으로 빨려 들어갔다간 산체로 매장되어 버리겠는데?'

몬스터 중에선 가끔 본연의 능력과 무관하게 테이밍이 뛰어난 종류가 있었다.

대표적으로 놀은 A급 몬스터에 불과하지만, C급인 회색 늑대를 수족처럼 부렸는데 이를 특별히 울브라이더라고 칭했다.

또 거대 멧돼지 기수인 야크라든지 목도리도마뱀을 타고 다니는 리져드 조키 등은 해당 몬스터에 대한 친화력을 바탕으로 자신보다 월등한 몬스터를 포섭한 경우였다.

태랑이 보기엔 고블린이 타고 있는 거대 두더지 역시 그런 식으로 테이밍 된 몬스터로 보였다.

'흠. 땅속에 몇 마리나 더 있는지 알 방법이 없군.'

적의 전력을 완벽히 알지 못한 상태로 무작정 들이 받을 순 없었다. 게다가 땅속으로 끌려들어 갈 경우엔 싸울 수 있는 방법이 마땅치 않았다.

태랑은 좀 더 상황을 지켜보기로 했다.

그때 반대편 숲에서 다른 고블린들이 몰려왔다. 먼젓번 자신을 안내한 고블린 무리처럼 대충 스무 마리가량이었다.

'혹시 정찰대 같은 개념인 건가?'

놈들은 자신들의 근거지를 중심으로 주변 숲을 순찰하고 있었다. 계속 지켜보니 그런 식으로 무리를 지은 고블린 무리가 자주 들락거렸다.

그때 어디선가 여자의 비명소리가 들렸다.

"놔! 이거 놓으라고 이 괴물 새끼들아!"

'사람 목소리?'

태랑은 놀란 표정으로 소리 나는 쪽을 쳐다보았다. 북쪽 숲에서 내려온 고블린 정찰대 한 무리가 내려오고 있었다.

놈들은 식인종처럼 포로들을 나뭇가지에 매달아 이고 오는 중이었다. 방금 전 비명을 지른 여자도 나무에 대롱대롱 매달려 있었다. 그러나 고블린의 키가 워낙 작았던 탓에 바닥에 질질 끌려오다시피 했다.

잡혀 온 사람은 모두 셋. 남자 둘과 여자 하나였는데, 입고 있는 차림새로 보아 헌터로 보였다. 태랑은 숨죽인 채 상황을 주시했다.

어떻게 차원 너머에 사람들이 있는 것일까?

"양혜원! 불침번 서는 동안 대체 뭐한 거야! 이게 다 너 때문이잖아!"

"안 졸았다고! 놈들의 마비 침에 당한 거라니까! 너라고 별수 있었을 것 같아?"

"그만 좀 해! 어차피 다 죽게 생긴 마당에 뭔 네 탓 내 탓이야!"

세 남녀의 대화로 미루어 볼 때 그들은 잠을 자던 중 기습을 당해 붙들려 온 모양이었다.

'마비 침이라고? 저 난쟁이 놈들에게 별의별 무기가 다 있구나.'

확실히 놈들은 지구에 소환된 고블린과는 많이 달랐다.

지구에 있는 고블린은 그야말로 허접한 몽둥이나 들고 다니는 하급 몬스터에 불과했다. 평범한 각성자도 쉽게 잡을 수 있는 수준.

하지만 이곳의 고블린들은 군인처럼 체계가 잡혀 있었다.

게다가 거대 두더지를 끌고 다니는가 하면 마비침 같은 위협적인 무기도 가지고 있었다. 우습게 보고 방심했다간 큰코다칠지도 몰랐다.

'근데 저자들은 어떻게 여기까지 온 거지?'

추측 가능한 상황은 한 가지뿐이었다.

저들 역시 디멘션 워커를 쫓아 차원 문을 넘어왔으나 순찰 중인 고블린 정찰대에게 붙들렸다는 것. 디멘션 워커가 연결시킨 포탈이 태랑이 건너온 곳과 우연히 맞아 떨어졌던 모양이었다.

정찰대가 포로를 끌고 오자 나머지 고블린들이 중심부에 쌓아놓은 장작에 불을 지폈다. 바짝 말라 있던 장작은 금세 활활 타올랐다. 포박된 헌터들은 불구덩이에 던져질 자신의 신세를 한탄하기 시작했다.

"젠장 여기까지 와서 화형을 당하다니! 애초에 여길 오는 게 아니었어."

"말 똑바로 해! 건형이 니가 제일 적극적이었잖아. 포탈 너머에 엄청난 아티펙트가 쌓여있다고 꼬드긴 게 누군데!"

"나라고 이리 될 줄 알았냐? 레이드 게시판에 어떤 클랜이 포탈 털고 나서 완전 대박 쳤다고 하니까 그런 거지."

"하아. 우리 피닉스 클랜도 여기서 끝인 건가. 제길."

태랑은 고민에 빠졌다.

가만히 냅두면 저들이 산채로 태워질 상황이었다. 그러나 지금 나섰다간 기습의 효과가 퇴색할 것이다. 놈들을 일망타진하려는 계획이 수포가 될지도 몰랐다.

'에잇. 뭘 망설이는 거야. 일단 사람부터 구하고 봐야지.'

태랑은 망설이지 않고 서리 화살을 잡아당겼다. 목표는 화형식을 집행하려는 고블린이었다.

피슉-

나무 위에서 날아간 빙궁이 고블린을 맞추자 놈의 머리통이 단번에 터져나갔다.

"우캬캬캬캬!"

갑작스레 날아온 화살에 고블린들이 일제히 태랑이 숨어 있던 나무쪽을 쳐다보았다. 태랑은 나뭇가지를 지지대 삼아 공중으로 뛰어오르며 다시 활줄을 잡아당겼다.

'에라이 모르겠다. 이판사판이다!'

수십 발로 갈라진 다발 사격이 펼쳐졌다. 부채꼴로 퍼진 서리 화살들이 산탄처럼 퍼져나가며 고블린을 쓰러뜨렸다. 그 틈에 포로에게 접근한 태랑이 도끼를 이용해 포박을 끊어냈다.

"누, 누구시죠?"

"대답할 시간 없어. 도끼 줄 테니 나머진 네가 풀어."

"네!"

혜원이라 불리는 여자 헌터가 도끼로 나머지 동료를 구출하는 동안 태랑은 몰려드는 고블린을 향해 소환수를 불러들였다. 서른 마리에 가까운 해골 병정들이 바닥을 헤치고 기어 나왔다.

"놈들을 쓸어 버려라!"

해골 전사들이 몰려드는 고블린을 향해 달려들었다. 후방에선 해골 궁수와 마법사들이 지원사격을 날렸다. B급 몬스터에 근접하는 태랑의 소환수과 A급에 불과한 고블린은 현저한 차이가 있었다.

그러나 고블린들은 의외로 완강히 버텼다. 태랑이 유심히 보니 고블린 중에서도 제법 뼈대가 굵고 단단한 놈들이 드문드문 섞여 있었다. 태랑이 빠르게 놈을 스캔했다.

[명칭 : 고블린 대장, C급]

포스 : 28

쉴드 : 25

스킬 : '임전무퇴'(1Lv)-사기를 북돋아 부하 고블린의 전장이탈을 차단한다.

특성 : '야전 사령관'

-주위 고블린들의 전투력을 100% 상승시킨다.

'젠장, 저놈들 때문이군! 어쩐지 해골 병사들이 힘을 못 쓰더라니!'

태랑은 리치킹의 분노와 군단의 깃발 특성을 열어 소환수의 전투력을 끌어 올렸다. 놈들에게 고블린 대장이 있다면 태랑은 본인 스스로가 지휘관이었다.

176 포식의 군주 7

"방원진으로!"

태랑이 진형을 전개하자 스켈레톤 전사들이 스퀘어로 대형을 이루며 뭉쳐졌다. 몰려드는 적이 수배는 많았지만 방원진 특유의 방어력 버프 200% 증가 효과가 발동하면서 무쇠처럼 단단해졌다.

'좋아. 중간중간 섞여 있는 고블린 대장만 해치우면 충분히 제압할 수 있겠어.'

그러나 그 순간 밀집되어 있던 해골 병사들 주위로 수십 발의 불 폭탄이 낙하했다.

콰광-!

대포알처럼 포물선을 그리며 날아온 불 폭탄이 터져나가자 뭉쳐 있던 해골 병사들이 허공으로 튀어 오르며 산산조각 났다.

"뭐야?"

불 폭탄이 날아온 지점을 보니 지팡이를 든 고블린이 눈에 들어왔다. 마법을 사용하는 홉 고블린 부대였다.

'아주 고블린 군단이구나! 혼자 다 상대하는 건 무리겠다.'

태랑이 포박을 풀린 헌터들에게 물었다.

"너희들 싸울 수 있겠어?"

"아, 네 근데 무기가 없이 맨손이라…."

"전 마법사라서 괜찮아요."

"이 도끼로 싸워도 되겠습니까?"

"그래. 넌 뭐가 필요해?"

"전 궁숩니다. 혹시 화살이 있으시면…."

"이거 써."

태랑이 서리 궁수의 활을 건넸다.

"화살은요?"

"시위 당기면 포스가 응축돼서 발사될 거야. 저기 살짝 키 큰 놈들 보이지? 고블린 대장만 노려."

"넵! 해보겠습니다."

"마법사, 넌 어떤 게 가능하지?"

"주로 방어 마법 쪽이에요. 공격마법 약간이랑."

"홉 고블린이 날리는 불 폭탄을 막아 줄 수 있겠어?"

"네. 마법방어 매트릭스를 이용하면…."

"그럼 해. 그리고 도끼 전사."

"저요?"

"그래. 넌 나랑 같이 홉 고블린부터 처리한다. 내 뒤를 엄호해. 알았지?"

"알겠습니다."

태랑이 빠르게 지시를 내리는 동안 전황은 더 악화되어 있었다. 고블린 대장이 이끄는 수백 마리의 고블린들이 인해전술을 펼치며 해골 병정을 압박했다.

두기의 골렘에겐 벌떼같이 달라붙어 옴짝달싹 못 하게 만들었으며, 좀비 들개는 진즉 죽어 나자빠진 상태였다.

'이놈의 난쟁이 새끼들이!'

태랑은 부족한 소환수를 재소환하여 채우고 불 폭탄을 쏟아내는 홉 고블린 무리를 향해 뛰어갔다. 그의 뒤를 도끼든 헌터 김건형이 따라붙었다.

"근데 어떻게 여기 계시는 거죠? 분명 디멘션 워커를 잡고 나서 저희 피닉스 클랜만 넘어왔는데…."

"그런 건 나중에 물어! 왼쪽!"

"네!"

김건형이 도끼를 들어 단숨에 고블린의 목을 쳐냈다. 생각보다 깔끔한 솜씨였다.

'완전 초보들은 아닌가 보군.'

태랑은 뒤를 완전히 그에게 맡기고 앞으로만 달려나갔다.

홉 고블린을 처리하지 않고서는 해골 병사들의 타격이 너무 컸다. 특히 방원진은 물리 방어력은 뛰어나지만, 특유의 밀집대형으로 인해 마법에 취약했다.

접근하는 태랑을 향해 홉 고블린 무리가 나란히 지팡이를 들어 올려 화염 마법을 쏟아부었다. 하지만 C급 몬스터의 마법 정도론 태랑에게 어떤 타격도 줄 수 없었다.

마법이 태랑에게 적중하는 순간 레그나돈의 견갑이 빛을 발했다. 수십 방의 화염구가 튕겨 나가며 고블린 무리를 덮쳤다.

퍼버버버벙-!

"꾸엑-!"

"크아아아"

마법을 돌려보낸 태랑은 당황하는 홉 고블린에 근접해 '신월' 특수기로 놈들을 후려쳤다. 히드라의 사모창이 한 순간에 홉 고블린들을 쓸어냈다. 사방으로 튕겨 나간 홉 고블린이 그대로 두 동강이 났다.

"조심해요!"

김건형의 경고에 태랑이 반사적으로 창을 뒤로 돌려쳤다.

챙-

등 뒤에서 몰래 접근하던 고블린 대장의 가시 몽둥이가 창날이 맞부딪히자 상대적으로 무게가 적은 고블린 대장이 뒤로 튕겨 나갔다. 그러나 놈은 잽싸게 균형을 잡더니 다시 덤벼왔다. 겁 많은 고블린이라고 볼 수 없을 만큼 근성이 넘치는 놈이었다.

'꼴에 대장이라 이거냐?'

고블린 대장의 움직임은 살쾡이처럼 날렵했다. 몸집이 다소 작지만, 과연 C급 몬스터라 할 만한 수준이었다. 공격은 날카로웠고, 치명적인 급소만 노리고 있었다.

"깝치지 마!"

태랑이 정신 사납게 날뛰는 고블린 대장을 향해 일격을 날렸다. 강화된 포스로 엄청난 속도로 뻗어 나간 창끝이 고블린 대장의 복부를 단번에 뚫고 들어갔다. 히드라의 사모창은 치명타를 발휘하는 검은색 오라로 감싸져 있었다.

그때 고블린 대장이 갑자기 창대를 두 손으로 움켜잡더니 자기 쪽으로 바짝 끌어당겼다. 날카로운 창끝이 등 뒤까지 뚫고 나올 때까지 놈이 무모한 전진을 시도했다.

"뭐, 뭐야?"

이해할 수 없는 행동에 태랑이 당황하는 사이 다른 고블린들이 태랑을 향해 몰려들었다. 놈은 마지막 순간마저도 태랑의 무기를 봉쇄하기 위해 자결한 것이었다.

"이 지독한 놈!"

몬스터가 죽어도 차크라로 변하지 않는다는 것이 이번엔 단점으로 작용했다. 창대 중간에 고블린 사체가 걸리자 쉽게 휘두를 수가 없었다.

태랑을 향해 달려드는 고블린들은 기회를 놓치지 않으려는 듯 필사적이었다. 그중에는 고블린 대장도 몇 마리 섞여 있어 태랑도 쉽사리 물리칠 수 없었다.

"바닥으로 엎드리세요! 리버스 그래비티!"

다급한 경고성에 태랑이 바짝 엎드렸다.

양혜원이 역중력 마법을 시전하자 공중으로 둥근 마법장이 펼쳐지면서 주변의 모든 것들을 위로 들어 올렸다. 중력을 거꾸로 발휘하는 리버스 그래비티 마법이었다.

태랑은 자신의 몸도 들뜨는 것을 느끼고 바닥을 붙잡고 버텼다.

상대적으로 몸무게가 가벼운 고블린들은 진공청소기에 빨려들어 가는 것처럼 중력장 속으로 끌려갔다. 그 순간 서리 화살이 날아들어 중력장에 뭉쳐진 고블린들에게 서리 파편을 뿌렸다.

퍼벅-!

'제법 센스가 있는데?'

곧 역중력 마법이 풀리자 허공에서 고블린들이 쏟아져 내렸다. 고도가 높지 않았기 때문에 멀쩡한 놈들이 태반이었다. 그러나 이미 창대에 꿰인 고블린을 치워 낸 태랑은, 인정사정없이 창을 휘둘러 놈들을 쓸어 버렸다.

태랑과 세 헌터들의 활약으로 전세가 슬슬 기울어졌다.

태랑의 해골병사들은 차근히 전진하며 고블린 무리를 밀어붙였다. 고블린도 분전하며 맞섰으나 태랑의 강력한 소환수를 막아낼 방법이 없었다.

'방심하긴 아직 이르다. 아까 그 두더지 기수가 보이지 않아.'

태랑이 그 생각을 하는 순간 갑자기 화살을 날리던 헌터가 바닥으로 쑤욱 빨려 들어갔다.

"으어억! 살려줘!"

"젠장 뒤에서!"

놈들이 해골 병정들의 지키는 방어라인을 지나 후방에서 급습한 것이었다. 태랑은 전열을 유지한 채 황급히 뒤로 달려갔다. 그러나 두더지에게 붙들린 헌터는 벌써 목까지 흙 속에 파묻혀 손만 내밀고 있었다.

"금호야!"

혜원이 그의 손을 붙잡았으나 워낙에 당기는 힘이 강력해 그녀까지 함께 땅속으로 빨려 들어갈 처지였다.

"그 손 놔!"

"그, 그치만!"

"너까지 죽을 셈이야!"

혜원은 울먹이면서 손을 놓을 수밖에 없었다. 잠시 후 땅속 깊은 곳에서 비명이 들려왔다. 허무한 죽음이었다.

"이 빌어먹을 두더지 새끼들이!"

그러나 아무리 태랑이라도 땅속에 숨은 놈들을 끄집어낼 순 없는 일이었다.

"으악!"

이번에는 도끼를 든 건형이 두더지에게 붙들렸다. 태랑은 두 번 당하지 않겠다는 듯 재빨리 달려가 땅속으로 사모창을 찔러 넣었다.

푹ㅡ!

창끝에 뭔가 걸리는 느낌이 났다. 그러나 지면을 관통하느라 힘이 분산된 상황에서 치명상을 입힐 방법이 없었다.

겨우 풀려난 건형은 두더지 괴물에 붙들린 발목에 잔뜩 피를 흘리고 있었다.

"크흑. 부상을…."

땅 밑은 지진이라도 난 것처럼 끊임없이 흔들렸다. 바로 밑에서 두더지 괴물들이 호시탐탐 기회를 노리고 꿈틀거리고 있었다.

'놈들을 땅 위로 끄집어내지 않고선 방법이 없는데…. 이럴 줄 알았으면 마법이라도 배워놓을걸.'

그때 태랑의 눈에 양혜원이 들어왔다. 마법을 꼭 자신이 쓸 필요는 없었다.

'그래! 그 마법이 있었지?'

"이봐. 그 역중력 마법 땅바닥에도 쓸 수 있나?"

"이봐 아니고 양혜원인데요."

"그래. 혜원씨."

"위치야 지정하기 나름이죠."

"그럼 그 마법을 바닥으로 펼쳐봐."

"그게 무슨…. 아! 그렇군요!"

혜원은 뒤늦게 태랑의 의도를 이해했다. 역중력 마법은 보통 공중에 펼쳐 대상을 띄워 올리는 수법으로 쓰지만, 반대로 땅속에 숨은 놈들을 솟아오르게 할 수 있었다.

'응용력이 발군인데? 대체 누구지?'

혜원은 태랑의 뛰어난 임기응변 능력에 감탄했다.

해골 병사를 부리는 걸 봐선 소환사 같으면서도 놀라운 근접전 능력을 보유한 헌터. 분명 어디선가 들은 것 같은데 기억이 날 듯 말 듯 했다.

"땅속으로 잡혀가기 싫으면 빨리해!"

"네, 네! 리버스 그래비티!"

혜원이 마법의 위치를 조종해 바닥으로 넓게 중력장을 시전했다. 지면에 펼쳐진 중력장이 중력의 방향을 거꾸로 뒤집어 놓았다.

지하에서 기회를 엿보고 있던 거대 두더지들이 자석에 이끌리듯 하나둘 지상으로 끌어 올라왔다. 위에 올라탄 고블린 라이더들은 통제 불능에 빠진 두더지를 보며 어쩔 줄 몰라 하며 당황해했다.

"어디 한 번 두더지 잡기나 해볼까!"

때마침 오색의 순환고리와 사모창의 랜덤 속성이 전격 마법으로 일치되었다.

'나이스 타이밍이군!'

오색의 순환고리는 12초 간격으로 다섯 가지의 속성마법을 40%씩 증폭시키는 마법 반지. 그것이 사모창의 전격 속성과 맞물리면서 공격력이 배가 되었다.

파지직-!

영문도 모른 채 지상으로 강제 소환된 두더지들은 번개가 흐르는 벼락 창에 찔려 한 방에 즉사했다. 또한, 뇌전의 기운이 전도되면서 위에 탄 라이더들도 무사하지 못했다.

"끄엑!"

"원 샷 투 킬이다, 이놈들아!"

태랑은 순식간에 다섯 마리의 두더지를 해치웠다. 이내 부글거리던 땅 밑의 진동도 멈추었다. 다행히 남김없이 소탕한 모양이었다.

"대단해요!"

혜원이 엄지를 치켜들었지만, 태랑은 시크하게 받아넘기고 도끼를 든 헌터에게 물었다.

"더 싸울 수 있겠어?"

"움직이긴 불편하지만, 아직 싸울 순 있습니다."

"그럼 후방에서 마법사 아가씨를 호위해. 난 저것들 마무리 하러 갈 테니까."

호기 넘치는 태랑의 발언에 혜원이 놀라며 만류했다.

"지금이라도 도망치는 게 낫지 않을까요?"

"도망친다고? 왜?"

"곧 고블린 군주가 나타날 거예요."

"혹시 그놈이 이곳의 지배자인가?"

"네. 아마도요. 여기 도착한 첫날 클랜원 5명을 한순간에 쓰러뜨린 놈이에요. 저희 마스터까지 놈에게 당하고 말았어요."

"여길 탈출하려면 어쨌든 놈을 해치우는 수밖에 없어. 나 혼자서라도 해볼 테니 겁나면 빠져있어."

태랑은 바닥에 떨어진 서리궁을 집어 들었다. 아까 전 지하로 끌려들어 간 헌터가 떨어뜨린 것이었다. 태랑의 단호한 반응에 두 헌터가 서로를 쳐다보며 난처한 표정을 지었다.

지금이라도 도망치면 살 수 있다.

하지만 영원히 이곳을 배회할 순 없었다. 어쩌면 태랑의 등장이 기회일지도 모른다고 판단했다.

"아닙니다. 저희도 돕겠습니다."

"어차피 언제까지 도망 다닐 순 없으니…."

그때 스켈레톤과 고블린 군단이 격전을 벌이는 곳에서 기성이 울렸다. 간담이 서늘해지는 음성.

"나, 나타난 것 같습니다!"

"저놈이에요! 저 시뻘건 놈!"

피닉스 클랜의 두 헌터들이 떨리는 목소리로 소리쳤다. 그들이 가리키는 곳으로 거대한 괴물이 위풍당당하게 서 있었다.

놈의 신장은 2m에 육박하고 전신은 피처럼 붉은색을 띠고 있었다. 어깨에 이고 있는 베틀엑스는 단숨에 사람을 두 동강 낼 것처럼 번쩍였다.

'저놈이 고블린 군주인가….'

태랑이 감식안으로 놈의 정보를 읽었다.

[명칭 : 고블린 군주, G급]

포스 : 106

쉴드 : 118

스킬 : ?

특성 : ?

'응? 왜 스킬과 특성이 보이질 않지?'

이제까지완 다르게 고블린 군주는 스킬과 특성이 물음표로 가려져 있었다. 어쩌면 강한 상대일수록 단순한 감식만으론 확인이 불가능할 수 있겠다는 생각이 들었다.

어쨌든 확실한 건 놈의 무력이 레그나돈에 필적한다는 사실이었다.

'곤란하게 됐는데…. G급 몬스터라니.'

태랑은 과거 G급 몬스터 레그나돈을 해치운 적이 있었다. 하지만 당시는 200명이 넘는 헌터가 함께 레이드를 벌인 결과였다.

이번엔 그걸 혼자서 해내야 한다. 그때에 비하면 많이 성장했다고 하더라도 G급 몬스터는 여전히 부담스러운 존재였다.

게다가 더 큰 문제는 놈의 스킬이나 특성을 전혀 짐작할 수 없다는 점이었다. 태랑은 항상 공략대상의 스킬과 특성을 미리 알고 대비함으로써 최상의 결과를 이뤄냈다. 그러나 이번에는 정보가 전무했다. 등급 외에는 완벽하게 베일에 싸인 상대였다.

'어쩔 수 없군. 치사하긴 해도 기습을 해야겠어.'

상대는 아직까지 자신의 존재를 모르고 있었다. 눈앞의 골렘과 해골 전사와 싸우는데 정신이 팔려있었다. 태랑은 조용히 활시위를 당겼다. 먼 거리긴 했지만 분대시야의 도움을 받자 놈의 얼굴이 또렷하게 눈에 들어왔다.

'일격에 적중시킨다.'

태랑은 신중하게 과녁을 조준한 뒤 놈의 머리를 향해

화살을 날렸다. 오랜 기간 충전된 얼음 화살이 가공할 힘을 발휘하며 빠른 속도로 날아갔다.

슈숙—

그러나 놀라운 일이 벌어졌다.

고블린 군주가 얼굴로 날아오는 화살을 피하지도 않고 그대로 손으로 낚아채 버린 것이었다. 놀라운 반사신경이었다. 화살을 무기로 쳐내는 것보다 맨손으로 잡는 것이 몇 배는 어려운 기술인데 그걸 해낸 것이다.

고블린 군주는 화살이 날아온 방향을 확인하더니 다시 태랑을 향해 화살을 되돌렸다. 맨손으로 던지는데도 활줄에 놓고 쏜 것처럼 빠르게 날아왔다.

"다들 엎드려!"

파바박—

서리 파편이 공중으로 비산하면서 헌터들을 덮쳤다. 태랑은 뼈 갑옷을 장착하며 얼굴을 가렸고, 남은 둘은 혼비백산하며 사방으로 몸으로 날렸다. 난장판이 따로 없었다.

"제기랄!"

자신의 기술을 고스란히 되돌려 받은 태랑은 흥분을 감추지 못했다. 기습을 실패한 것도 모자라, 역공을 당하고 말았다.

고블린 군주는 어느새 태랑에게 다가오며 또 다른 스킬을 날렸다.

놈이 베틀 엑스를 들어 지면을 내리찍자 그 방향으로 땅이 깊숙이 파이며 강한 충격파가 밀어닥쳤다. 노도와 같이 몰려드는 기세를 보며 태랑이 지면을 박차 솟구쳤다.

고블린 군주가 쏟아낸 충격파는 태랑이 서 있던 자릴 지나 계속 뻗어 나가더니 거목과 충돌하면서 커다란 나무를 완전히 두 동강 냈다. 수직으로 쪼개진 나무가 좌우로 쓰러졌다.

'무시무시한 스킬을 가지고 있군.'

태랑이 지면에 착지하자 고블린 군주 역시 태랑 근처로 바짝 다가섰다.

지금도 스켈레톤과 고블린들은 첨예하게 대립하고 있었다.

그러나 태랑과 고블린 군주는 다른 것은 안중에도 없는 사람처럼 무섭게 상대에게 집중했다. 모든 물리적 공간이 사라지고 오로지 둘만 이 세상에 존재하는 느낌이었다.

'역시 만만한 놈이 아니다. 섣불리 껴들다간 오히려 저들이 다치겠어.'

"거기 두 사람은 내 해골 병사들과 함께 고블린들을 맡아줘. 잘못 껴들었다간 괜히 위험해."

"네!"

두 헌터를 물러 세운 태랑이 고블린 군주를 노려보며 말했다.

"고블린 주제에 제법 하는구나."

폭심의
군주 7

"크르르…"

가까이서 보니 키가 부쩍 크고 근육질이긴 했지만, 놈의
생김새는 보통의 고블린과 다를 바 없었다. 이제껏 고블린
을 하급 몬스터로만 취급하던 태랑에게 이는 새로운 충격
이었다.

고블린, 고블린 대장, 고블린 군주…. 만약 이런 식의 수
직적인 진급이 가능하다면, 다른 저등급 몬스터들도 충분
히 상위 몬스터로 올라설 수 있다는 의미였다.

성장은 인간만 하는 게 아니다. 몬스터들도 자신들의 세
계에선 꾸준히 발전할 수 있다. 이는 태랑의 도전의식을 더
욱 불러일으켰다.

'재밌군. 몬스터마저 진화하는 세상이라니….'

"캬오!"

팽팽한 긴장을 깨고 고블린 군주가 번쩍 뛰어오르며 도
끼를 내리쳤다. 장작을 쪼개는 동작. 태랑은 창간을 두 손
으로 벌려 잡고 창대를 수평으로 들어 막았다.

챙-!

공격을 받아낸 태랑의 무릎이 굽혀지며 발이 지면으로
움푹 들어갔다. 무지막지한 파워였다. 자세가 흐트러진 태
랑은 반격할 틈도 없이 곧장 수세에 몰렸다. 놈의 도끼 공
격은 한방 한방이 묵직한 필살기나 다름없었다.

상하좌우 폭풍처럼 몰아치는 공격에 창신을 움켜진 태
랑의 손아귀에 강한 충격이 밀려왔다. 히드라의 사모창이

6등급 아티펙트가 아니었다면 진즉 무기가 박살이 났을 정도였다.

'젠장, 한 방이라도 맞으면 골로 가겠는데….'

태랑은 뒤로 물러서는 와중에도 반격을 개시했다.

"삼조격!"

그의 사모창이 매섭게 찌르고 들어갔다.

눈에 보이지도 않는 스피드로 빠르게 세 번을 찌르는 창술 특수기에도 고블린 군주는 침착하게 고개를 비트는 것만으로 공격을 무마시켰다.

화살을 맨손으로 잡을 때도 느꼈지만, 반응 속도가 상상을 초월하는 수준이었다.

'뭐야? 공격을 눈으로 보고 다 피해버리잖아? 설마 이게 놈의 특성인 건가?'

태랑의 예상대로 고블린 군주가 가진 특성의 이름은 '예리한 반사신경'. 순간적으로 동체 시력을 극대화함으로써 1/100초까지 판별할 수 있는 능력이었다.

이대로라면 어떤 공격도 통할 수 없었다. 과장되어 말하면 날아오는 총알도 눈으로 보고 피할 수준.

'젠장. 회피능력 하나는 만랩인 놈이구나!'

싸움이 거듭될수록 태랑의 패색이 뚜렷해졌다. 공격이 통하지 않는 상대로 백병전은 더 이상 가망이 없었다.

'극점을 노리는 창술로는 절대로 놈에게 타격을 줄 수 없어. 광범위 마법을 펼쳐야 하는데….'

그러나 자신에겐 당장 쓸 수 있는 마법이 없었다.

'하지만 마법사를 부릴 순 있지.'

이에 생각이 미친 태랑은 아까 전 자신이 해치운 홉 고블린을 찾았다. 광각의 심안으로 확장된 시야가 멀리 떨어진 홉 고블린의 시체를 찾아냈다. 태랑은 놈의 공격을 막아내며 몰래 홉 고블린을 부활시켰다. 지팡이를 짚고 선 홉 고블린들이 태랑의 명령을 받들어 불 폭탄을 쏟아부었다.

퍼버벙-!

갑작스레 날아든 화염 폭탄에 고블린 군주가 황급히 몸을 굴렸다. 태랑에게 온통 신경을 집중하고 있던 터라 등 뒤에서 날아온 마법에 제대로 대처를 못 한 것이었다.

'흥, 아무리 네놈이라고 뒤통수에 눈이 달려있진 않겠지.'

기회를 잡은 태랑이 연이어 불타는 좀비를 세워 일으켰다. 온몸이 타오르는 좀비는, 불의 고리 특성 탓에 근처에만 가도 뜨거운 열기가 일어났다.

"이것도 한번 막아봐라!"

공중에서 불 폭탄이 쏟아지는 동시에 불타는 좀비 두 마리가 고블린 군주를 향해 달려들었다. 놈이 아무리 뛰어난 반사신경을 갖고 있다고 해도 사방에서 폭발하는 불구덩이 속에선 피할 공간이 없었다.

퍼벙-!

불꽃의 향연 속에서 허둥대던 고블린 군주는 끝내 불타는 좀비의 폭발에 휘말렸다. 태랑이 가진 가장 강력한 스킬이 들어간 것이었다.

"걸렸어!"

고블린 군주는 막대한 타격을 입었다. 몸통이 새까맣게 그을려 눈썹이고 머리털이고 성한 데가 없었다. 아직 숨통이 붙어 있긴 했지만 더 이상 쉴드는 남아있지 않아 보였다.

'좋아. 여기서 끝장내주마.'

그때 고블린 병사 일부가 시체 부활로 일어난 홉 고블린을 해치우고 전투에 합류했다. 자신들의 군주가 위기에 처하자 끼어든 모양이었다.

"조무래기들은 빠져있어!"

태랑은 창을 휘둘러 고블린들을 물리쳤다.

그 와중에 부상을 입었던 고블린 군주가 갑자기 자신을 도우러 온 고블린 하나를 움켜잡았다. 놈은 그대로 고블린의 머리통을 뜯어내더니 자신의 입에 밀어 넣었다.

꿀꺽-

"뭐야 저 미친놈은!"

동족을 집어삼키는 역겨운 모습에 태랑은 구역질이 날 것 같았다. 그러나 고블린의 머리통을 씹어 먹은 고블린 군주는 서서히 부상을 회복하기 시작했다. 힘을 차린 놈은 이제 닥치는 대로 주변의 고블린을 잡아먹었다.

'설마 다른 몬스터를 먹으면 회복하는 건가!'

이는 고블린 군주가 가진 뜯어 먹기 스킬. 상대를 잡아먹음으로써 생명력을 회복하는 기술로, 급한 데로 자신의 부하들을 희생시킨 것이었다.

태랑이 나머지 고블린을 물리친 사이 고블린 군주는 완벽하게 체력을 회복한 상태였다. 검게 그을렸던 피부가 허물처럼 떨어져 나가고 불타버렸던 머리털도 다시 자랐다. 단순히 쉴드만 회복한 게 아니라 부상마저 원상 복구된 상황.

한번 호되게 당한 터라 분명 같은 수법에는 두 번 당하지 않을 것이다. 이제는 다른 방법을 생각해야 했다.

'그래. 어디 한번 끝을 봐보자.'

태랑이 이글이글 타오르는 눈으로 고블린 군주를 응시했다. 오랜만에 피가 끓게 하는 호적수였다.

"이제 어떡하죠, 경호실장님."

"일단 기지로 돌아가는 게 어떨까요? 무작정 여기서 기다릴 수도 없는데⋯."

태랑이 차원 문으로 빨려 들어간 지 벌써 이틀째.

지구에 남겨진 슬아 일행은 계속 그 자리서 대기하는 중이었다.

"조금만 더 기다려 보자."

"하지만 부마스터나 다른 간부님들도 이 소식을 알아야 하지 않을까요?"

"맞아요. 대책을 세워야 합니다. 자칫하면 클랜이…."

"클랜이 뭐?"

고효상을 노려보는 슬아의 눈빛이 싸늘해졌다. 그녀에게 있어 클랜은 중요한 게 아니었다. 태랑이 없다면 클랜은 아무 의미가 없었다.

침묵의 암살자가 쏟아내는 기도에 눌려 고효상이 깨갱하며 꼬리를 내렸다.

"죄송합니다. 제가 실언했습니다."

감정적으로 대응하는 슬아에게 직언을 하는 것은 멍청한 방법이었다. 불난 집에 기름을 붓는 격이랄까?

안나는 그녀의 마음부터 달래야겠다고 생각했다.

"경호실장님. 마스터께서 그리되셔서 저도 정말 마음 아파요. 실장님은 마스터랑 각별한 사이였으니 더 그렇겠네요."

안나의 위로에 슬아가 끝내 고개를 떨궜다.

마스터의 호위무사.

태랑을 보필하는 것은 그녀의 유일한 임무였다.

중책을 맡은 다른 멤버들과 달리, 그녀는 오로지 김태랑을 호위하는 일만 전담했다. 이는 사람들과 관계가 서투른 그녀를 위한 태랑의 배려였다.

솔직히 말해 클랜의 최강자인 태랑에게 경호임무란 구색 맞추기에 불과했을지도 모른다. 그의 수발이나 들고, 비서 역할만 해도 충분한 것이었다. 그러나 슬아는 그 임무를 진지한 태도로 임했고, 태랑이 다소 부담을 느낄 정도로 그의 곁을 지켰다.

하지만 정작 필요한 순간이 되자 그녀는 아무것도 할 수 없었다. 태랑이 포탈로 빨려 들어가는 걸 눈 뜨고 지켜보는 게 전부였다.

마스터를 제대로 보필하지 못했다는 생각에 그녀는 깊은 자책감을 느꼈다. 태랑이 다시 돌아올 때까지 그 자리에서 몇 달이고 죽치고 있을 셈이었다.

"모두 나 때문이야. 내가 보물 고블린을 쫓자고만 안 했어도…."

"그렇지 않아요. 그것은 사고였어요. 설마 마스터가 거기로 빨려 들어갈 거라 누가 예상이나 했을까요."

"맞습니다. 경호실장님은 최선을 다했어요."

"저도 그렇게 생각합니다."

모두가 슬아를 격려했다. 슬아의 기분이 조금 누그러졌다고 판단한 안나가 본격적으로 그녀를 설득했다.

"마스터가 돌아온다는 확신만 있다면 저 역시 여기서 한 발자국도 움직이지 않겠어요. 하지만 벌써 마스터가 사라진 지 이틀이 넘었어요. 제 생각엔 다른 간부님들도 지금 상황을 알아야 할 것 같아요. 혹여 마스터가 없는 동안 클랜에 무슨 일이라도 벌어진다면, 마스터가 나중에 귀환했을 때 뭐라 말하겠어요."

"……"

"차원 문을 넘나든 헌터의 이야기는 저도 몇 번 들은 적 있어요. 그곳은 절대 원웨이 티켓이 아니에요. 남들도 거길 무사히 빠져나왔다면 마스터도 분명 할 수 있을 거예요. 마스터는 누구보다 강한 사람이잖아요. 안 그래요?"

"정말 그럴까?"

안나가 과장되게 고개를 끄덕였다.

"물론이죠! 저라고 마스터를 찾는 걸 포기하자는 게 아니에요. 일단 클랜의 간부들에게도 현 상황을 알리고 대책을 마련하자는 거죠. 분명 머릴 맞대 의견을 모으다 보면 좋은 아이디어가 날 거예요. 그게 좋지 않겠어요?"

안나의 끈질긴 설득에 슬아가 마침내 고집을 꺾었다.

그들은 다시 기지로 복귀하여 태랑의 실종 경위를 보고했다. 클랜이 발칵 뒤집혔다.

태랑은 냉정하게 상황을 분석했다.

'놈의 스킬과 특성은 이제 어느 정도 파악했어. 문제는 공격을 회피하는 놀라운 순발력과 몬스터를 잡아먹으며 금방 체력을 회복해버린다는 점인데….'

쉽지 않은 상대였다. 주변의 도움 없이 오롯이 1:1로 놈을 잡아야 한다는 것이 가장 큰 부담이었다.

스스로를 몬스터에 비견한다면 태랑은 '군단 지휘자' 타입. 놈은 전형적인 백병전 전문가 스타일이었다. 애초에 상성이 맞질 않았다. 같은 G급이라도 래그나돈보다 빡세게 느껴지는 이유였다.

'정석적인 방법으론 놈을 잡을 수 없어. 다소 무리수를 두더라도 도박을 걸어봐야 해.'

태랑은 모든 특성을 일시에 쏟아부을 결심을 세웠다. 특히 아껴두었던 '광폭화' 특성을 활용한다면 일시적으로 두 배에 달하는 공격력 상승을 기대할 수 있었다.

'좋아. 살을 주고 뼈를 취한다.'

태랑은 타우렌의 투구를 장착했다. 불멸자의 해골 갑옷에 뿔 달린 투구까지 풀 세팅되자 전신이 완벽하게 무장된 모습이었다. 노출된 부위라곤 이제 투구 전면에 뚫린 십자 모양의 틈새밖에 없었다.

고블린 군주는 중무장한 태랑을 한참 쳐다보았다.

그것은 두려움보다는 호기심에 가까운 시선이었다. 그래봐야 자신의 상대가 될 수 없다는 눈빛. 태랑은 그 눈빛이 전혀 마음에 들지 않았다.

"덤벼, 이 빨갱이 새끼야!"

태랑은 아까보다 훨씬 공격적으로 바뀌었다. 태랑의 과감한 전진에 고블린 군주도 살짝 당황한 듯 한동안 수비에 치중했다. 그러나 매섭게 급소를 노리는 공격에도, 간발 차로 회피해 내는 솜씨엔 태랑도 혀를 내두를 수밖에 없었다.

심지어 어떤 공격은 겨우 김 한 장 차이로 빗겨나갔다.

완벽한 투로 예측과 최소한의 절제된 움직임.

'대단하군. 마치 전성기의 무하마드 알리를 보는 기분이
야.'

뛰어난 복서들은 날아오는 주먹을 눈으로 보고 고개를
살짝 흔들어 피해낸다. 놈의 움직임은 전형적인 복서의 그
것이었다.

곧 공격의 흐름이 끊기며 놈이 반격을 시도했다. 평소라
면 태랑은 이제부터 수세에 몰릴 차례였다.

'아니. 물러서지 않는다.'

태랑은 날아오는 도끼날에도 아랑곳 않고 똑같이 창을
내질렀다. 그것은 마치 자폭을 불사하는 동귀어진의 자세
였다.

고블린 군주는 태랑의 무모함에 일순 당황하는 듯했으나
공격을 멈추지 않았다. 똑같이 타격을 받는다면 '뜯어먹
기'라는 회복 스킬을 가진 자신이 유리하다고 판단했다.

쾅-!

"커헉-"

"크오!"

태랑의 창끝이 놈의 어깨를 찌르는 사이, 고블린 군주의
도끼가 태랑의 가슴팍을 내리쳤다. 강력한 쉴드가 보호하
고 있었음에도 엄청난 데미지가 밀려왔다.

'아직이다!'

태랑은 죽기를 각오한 사람처럼 한 번 더 달려들었다. 일격으로 쉴드가 반절 가까이 증발하면서 괴수 특성과 전투 각성 특성이 자동 발동되었다.

"끄윽"

"큭!"

두 번째 교환은 훨씬 데미지가 컸다. 고블린 군주의 도끼 날이 옆구리를 후려쳤고, 태랑의 창끝은 놈의 복부를 관통했다. 뼈 갑옷으로 보호되지 않았다면 이미 허리가 절단될 수준의 공격이었다. 이제 쉴드는 거의 바닥까지 떨어졌다. 다음번 공격을 허용한다면 도저히 버틸 재간이 없었다.

쉴드가 거의 바닥에 이르자 전투 각성이 최대효과를 발휘했다.

태랑은 무기에 '분노의 일격' 스킬을 걸며 광폭화 특성을 개방했다. 여기에 마법의 순환고리와 히드라의 사모창이 화염 속성으로 일치되면서 태랑의 공격력이 한계치까지 끌어 올라갔다.

'한 방. 딱 한 방이면 충분하다!'

드디어 마지막 공격이 서로 교환되었다.

태랑은 창을 가로로 크게 휘젓는 '신월'을 날렸고, 고블린 군주 역시 맨 처음 거목을 쪼갤 때 선보였던 '파공참'을 갈겼다.

그야말로 건곤일척의 승부수였다.

둘의 스킬은 거의 동시에 충돌했다. 고블린 군주는 태랑이 마지막 일격을 못 버틸 거란 확신이 있었다. 앞서 두 번의 공격이 제대로 들어갔고, 그의 쉴드는 이제 바닥까지 떨어졌다. 반면 자신은 태랑의 공격을 허용하더라도 죽진 않을 거라 생각했다. 숨만 붙어 있으면 체력을 곧바로 회복할 수 있다.

그러나 태랑이 놈의 스킬에 적중되는 순간. 갑자기 투구가 번쩍 빛을 뿜더니 모든 데미지를 흡수해 버렸다.

쉴드량을 초과하는 공격에 한해 딱 한 번 데미지를 흡수하는 특성이 발동된 것이었다. 타우렌의 뿔 투구가 양쪽으로 쩍 갈라지며 그 생명을 다했다.

반면 태랑의 공격은 완벽하게 들어갔다.

불꽃을 일렁이는 사모창이 초승달처럼 휘어지며 놈의 허리를 가르자 고블린 군주의 복부가 벌어지며 내장을 쏟아냈다.

"끄에에엑!─"

놈의 쉴드가 완전히 벗겨졌다는 증거.

고블린 군주는 갈라진 배를 움켜쥐고는 황급히 뜯어먹을 고블린을 찾았다. 그러나 그것을 잠자코 지켜볼 태랑이 아니었다.

"어딜 도망쳐!"

태랑은 사모창의 창대 중간을 잡더니 과감하게 고블린 군주를 향해 내던졌다. 이미 부상을 입은 놈은 태랑의 투창을 피해낼 방법이 없었다. 태랑의 창이 놈을 완전히 꿰뚫었다.

"흐끄으으윽."

마침내 고블린 군주가 무릎을 꿇고 쓰러졌다. 화염 속성
의 창이 놈을 불태우며 전신에 불을 붙였다.

화르륵—

놈은 무릎 꿇은 자세로 분신을 시도한 것처럼 생을 마감
했다. 마지막 죽는 순간까지도 태랑이 어떻게 마지막 공격
을 막아낸 것인지 못 믿는 눈치였다.

"휴—. 돌아가서 슬아에게 뭐라고 말하지."

태랑은 반으로 쪼개져 버린 타우렌 투구를 보며 난처한
표정을 지었다. 그래도 이 투구가 아니었다면 절대 성공하
지 못했을 무모한 전략이었다.

'역시 내 호위무사…. 끝까지 나를 지켜준 셈이군.'

태랑이 고블린 군주를 쓰러뜨리자 갑자기 모든 고블린들
이 혼비백산하며 달아나기 시작했다. 과연 겁 많은 난쟁이
다웠다.

태랑은 더 이상의 추격을 접고 불타 죽은 고블린 군주를
살폈다. 바람이 불자 놈의 시체가 재처럼 바스러지며 엄청
난 양의 차크라가 태랑에게로 흡수되었다.

'혼자서 G급 몬스터를 잡아서 그런지 차크라를 엄청 주
는구나.'

스킬 포인트도 거의 절반 넘게 차올라, 다음번 스킬 레벨
업을 기대하게 했다.

태랑은 놈이 쓰러진 자리에 놓인 아티펙트를 확인했다.

놈이 사용하던 베틀엑스와, 한 권의 스킬 북, 그리고 영롱한 빛을 뿜는 조그만 돌이 놓여 있었다.

태랑은 하나하나 천천히 아티펙트를 감식했다.

[고블린 군주의 전투도끼] 7등급 아티펙트

-고블린 군주가 사용하는 무기.

+ '파공참(4lv)' 스킬을 펼칠 수 있음.

+포스 30% 상승효과(해제 시에도 유효)

+ '해제/장착' 명령으로 인장에 소지할 수 있음.

"확실히 7등급 아티펙트라 다른데? 무기인데도 장착할 수 있다니. 게다가 4레벨 스킬까지 담겨 있어."

배틀 엑스는 땅바닥에 수직으로 세우니 자루가 태랑의 가슴께에 이를 만큼 컸다. 어떻게 들고 다녀야 할까 고민했는데 인장에 소지할 수가 있어서 참으로 다행이었다.

태랑은 주저 없이 고블린 군주의 전투 도끼를 왼팔에 새겨 넣었다. 이제껏 무기가 없었던 불카투스의 도끼술 역시 제대로 활용이 가능해졌다.

태랑은 두 번째로 스킬 북을 확인했다.

[난쟁이 마술사] 6등급 스킬북

-스킬북 소모 시 다음의 3가지 스킬을 배울 수 있음.

+파이어 볼(3Lv)

폭식의
군주 7

-강력한 화염구를 집어 던질 수 있음.
+위압의 함성(2Lv)
-스킬을 발휘 시 15%의 추가 데미지가 들어감.
+대혼란(2Lv)
-일정 범위에 혼란을 일으켜 진형을 무너뜨림.

하나같이 쓸모가 많은 스킬이었다. 특히 파이어 볼은 홉
고블린이 사용하던 것으로 원거리 범위 공격마법으론 탁월
한 효과를 가지고 있었다. 그렇잖아도 원거리 마법이 아쉬
웠던 태랑에겐 무척 반가운 스킬.

'나머지 두 개도 활용도가 높겠어.'

태랑은 마지막으로 조그만 돌을 감식했다.

[귀환석] 소모성 아이템.
-사용 시 최초의 출발 지점으로 게이트를 생성함.

태랑이 귀환석을 확인한 사이 피닉스 클랜의 두 헌터가
태랑에게로 달려왔다.

"세상에! 놈을 어떻게 혼자서 잡은 거죠? G급 몬스터였
는데…."

"방해될까 봐 돕지 못하고 멀리서 응원만 했습니다. 대
단하세요."

"아니야. 다들 수고했어. 너희들이 고블린들을 잘 막아

줘서 놈에게 집중할 수 있었다."

"그 돌이 혹시 귀환석인가요?"

"그래. 이것만 있으면 지구로 돌아갈 수 있다."

"우아! 정말요? 감사합니다! 여기서 갇혀 죽는 줄 알았는데…."

태랑의 경우 보물 고블린이 연 포탈을 타고 왔기에 최초 출발 지점은 아마도 피닉스 클랜이 포탈을 생성한 지점일 가능성이 컸다.

"너희들 혹시 어디서 포탈을 열었지?"

"강남 부근입니다."

"강남이라…. 다행이군. 멀진 않겠어."

"근데 다른 포탈을 타고 오신 건가요? 디멘션 워커가 여는 포탈이 같을 수도 있는 모양이군요."

태랑은 굳이 보물 고블린 얘기를 꺼낼 필요는 없다고 생각했기 때문에 대충 얼버무렸다.

"그런가 보지. 나는 어쩌다 보니 혼자 이곳에 떨어졌다. 너희들 혹시 다른 동료가 있나?"

태랑의 물음에 양혜원의 안색이 급격히 어두워졌다.

"아니요. 아까 셋이 살아남은 전부였어요. 8명이 넘어왔다가 둘만 남았어요."

"아티펙트는커녕 겨우 목숨만 건졌습니다. 그래도 살아서라도 가니 다행이죠."

"딱하게 됐군. 어쨌든 지구로 귀환하자. 여기엔 잠시도 있고 싶지 않아."

"네."

태랑은 섬 전체를 뒤져 보물 고블린의 시체를 찾을까 생각했지만 그것은 욕심이라고 생각했다. 무엇보다 자신이 사라져서 걱정하고 있을 클랜원들을 떠올리자 하루라도 빨리 기지로 돌아가는 것이 맞을 것 같았다.

어쨌든 보물 고블린을 털진 못했지만, 고블린 군주를 해치우며 7등급 무기와 스킬북을 얻었다. 그리고 무엇보다 값진 소득은 고블린 군주가 가진 특성을 포식한 것이었다.

'예리한 반사신경…. 동체 시력과 반응 속도를 극한으로 끌어 올리는 특성. 이것으로 나는 더욱 강해졌다.'

태랑이 귀환석을 사용하자 눈앞으로 포탈이 생성되었다. 잔물결처럼 표면이 일렁이는 포탈은 푸른빛을 내뿜고 있었다.

'드디어 지구로 귀환인가. 몇 일간 제대로 된 음식도 못 먹었는데 기지로 돌아가면 실컷 먹어야지.'

세 사람이 차례로 포탈을 넘어 가자 포탈이 점점 쪼그라 들었다. 종래엔 손거울 크기까지 작아진 포탈은 이제 아무것도 없었던 것처럼 자취를 감췄다.

그리고 포탈이 사라진 자리론 다시 영롱한 빛을 뿜는 귀환석이 덩그러니 떨어졌다.

얼마나 시간이 흘렀을까?

아수라장으로 변한 이곳에 고블린들이 다시 몰려들었다.

우연히 귀환석을 발견한 고블린 한 마리가 몰래 그것을 집어삼켰다.

그것은 다른 진화의 시작이었다.

포식의 군주

5. 서울 삼분지계

긴급회의가 열렸다.

삼각동맹을 위해 출타한 유화와 수현을 제외한 모든 간부들이 회의장으로 속속들이 모여들었다.

"뭐시여? 태랑이가 어찌케 됐다고?"

문을 박차고 들어온 한모는 잔뜩 흥분한 상태였다. 어찌나 급히 달려왔는지 손에는 아직도 무쇠를 담금질하던 망치가 들려 있었다.

회의장에 먼저 기다리고 있던 은숙이 눈치를 줬다.

"한모씨. 손에 그거 치우고 좀 말해."

"워메, 내 정신 좀 봐."

한모는 망치를 아무 곳에나 집어 던지고는 슬아에게

물었다.

"먼일이여, 싸게 말해 보랑게. 태랑이가 사라져 브렀다는 게 뭔 소린디?"

"일단 좀 앉아. 왜 그렇게 급해. 애 놀라겠어."

"그라믄 안 급하게 생겼냐잉!"

"민준이도 곧 올 거야. 다 오면 얘기해 줄게."

은숙은 흥분한 한모를 억지로 의자에 앉혔다. 잠시 후 민준이 도착하자 간부들이 모두 한자리에 모이게 되었다. 은숙은 부마스터의 자격으로 회의를 주재했다.

"유화랑 수현이는 연락이 닿질 않아 아직 전달 못 했어. 일단 우리끼리라도 대책을 세워야 할 것 같아. 이미 들은 것처럼 마스터가 포탈로 빨려 들어갔어."

민준이 신중한 표정으로 슬아에게 물었다.

"좀 더 상세한 내용을 들을 수 있을까?"

"네."

슬아가 침착하게 당시의 상황을 설명했다.

민준은 최대한 감정을 절제하며 묵묵히 귀를 기울였고, 대조적으로 한모는 귀밑까지 뻘게져 씩씩거렸다.

"그럼 인자 어쩌케 되는 거여? 태랑이 다신 못 오는 거여?"

"혹시 보물 고블린이 생성한 포탈을 타고 넘어간 사례가 또 있을까? 그것부터 알아봐야 할 것 같은데."

"한모씨 조금만 목소리 낮춰. 부하들한텐 아직 알리지

않았으니까. 그리고 다른 사례는 찾아봤는데 보물 고블린을 목격했다는 사람은 있어도 놈이 만든 포탈에 들어간 경우는 없었어. 보물 고블린이 포탈을 넘나든다는 사실도 대부분 모르더라고."

은숙의 답변에 민준이 깊은 한숨을 내쉬었다.

그야말로 초유의 사태.

최근 몇몇 길드에서 디멘션 워커를 잡고 타 차원으로 넘어갔다는 소식은 접했지만, 이처럼 강제로 포탈에 빨려 들어간 경우는 전례 없는 일이었다.

"어쨌든 마냥 손 놓고 있을 순 없어. 태랑이 없더라도 클랜은 계속 돌아가야 해."

"애들 입단속은?"

"벌써 일러뒀지. 애들이 동요하는 건 둘째 치고 다른 길드에서 이 사실을 알아채선 곤란하니까."

"그렇겠지. 마스터의 전력이 절대적이었는데 그가 실종된 걸 알면 세력 간 힘의 균형이 완전히 무너져 버릴 거야. 맨이터들이 준동할지도 모르고."

"허참, 이거시 뭔 일이여 대체…"

"당장 태랑을 찾을 방법은 없어. 포탈의 출구는 반대편에서 열어야 열리니까. 우리가 할 수 있는 최선은 그가 돌아오길 기다리면서 계획된 일을 차근히 진행하는 것 뿐야."

그녀의 차분한 설명에 모두가 귀를 기울였다. 마스터가 실종된 상황에서 이제 클랜의 리더는 박은숙이었다.

213

"태랑이 맡았던 일은 슬아가 이어받도록 해. 나머지도 절대 흔들리지 말고. 알겠지? 마스터가 잠시 없더라도 별 탈 없는 모습을 보여줘야 해. 원 맨 클랜이라는 소린 사양하고 싶으니까."

"그려. 태랑이는 분명히 돌아올 거여. 갸가 어떤 앤디."

"믿고 기다려 봐야지."

은숙의 빠른 수습으로 마스터 부재로 인한 전력 누수는 최소화되었다. 그러나 기약 없는 기다림이 언제까지 지속될 수 있을지는 모를 일이었다.

'…되도록 빨리 돌아와. 태랑, 내가 할 수 있는 건 이것뿐이야.'

자신 있게 말하던 은숙이었지만 속으로 걱정을 그칠 수 없었다.

"우엑─"

포탈을 통과한 혜원은 곧바로 구토를 시작했다. 차원 게이트를 지나칠 때의 느낌은 안전벨트 없이 시속 300km로 달리는 자동차를 탄 것과 흡사했다. 갑자기 관성이 풀리면서 몸의 감각기관이 완전히 따로 놀았다.

건형 역시 어지러움을 느끼고 바닥에 주저앉았다. 태랑은 벽을 짚은 채 한참을 기대 서 있었다.

곧 정신을 차린 태랑은 이곳이 고층 건물의 일부라는 것을 인식했다. 통유리 밖으로 멀리 확 트인 시야가 비춰지고 있었다.

"여긴 어디지?"

"구, 국산 빌딩요. 잠시만요, 지금 너무 어지러워서…."

"국산 빌딩? 설마 너희들 타워를 공략했던 건가?"

국산 빌딩은 강남에 자리한 30층짜리 빌딩으로 최하급 타워에 속했다.

"아니요. 공략은 실패했어요. 20층에서 포기했거든요. 여긴 16층이구요. 다른 길드랑 연합해서 왔는데 저희 클랜이 우연히 디멘션 워커를 발견해가지고…."

혜원의 설명에 따르면 모두 4개 클랜 연합이 타워 공략에 나섰다. 최종공략에는 실패했지만, 디멘션 워커를 발견한 피닉스 클랜의 마스터가 욕심을 냈다고 한다.

─이건 다른 클랜에 말하지 말고 우리끼리 해치우자.

─위험하지 않을까요?

─최하급 타워에서 발견된 포탈인데…. 설마 별일이야 있으려고. 괜히 다른 길드에게 알렸다 아티펙트를 뺏길 수도 있잖아. 내가 책임질게.

"…저희 클랜원 스무 명 중 정예 멤버 여덟 명을 추려 넘어갔어요. 하지만 아시다시피 결과는…."

"흠. 그렇게 된 거군."

"근데 헌터님은 어디서 넘어오신 거죠? 혹시 부메랑 길드 소속이신가요?"

부메랑 길드는 이번 타워 공략을 주도했던 대형 길드였다. 태랑이 알기론 강남 부근에선 막고라 길드 다음으로 꼽힌다고 했다.

"아니야."

"그럼 아쳐스?"

"아쳐스? 아쳐스 클랜이 이번 공략 전에 참여했었나?"

"네. 부메랑 길드를 주축으로 GG 클랜이랑 우리 피닉스, 아쳐스 클랜 동참했어요."

'아쳐스라면 곽시은이 마스터로 있는 곳이잖아? 참으로 부지런한 여자야. 안 끼는 데가 없구만.'

"어쨌든 난 이쪽에서 넘어간 건 아냐. 타워 공략도 전혀 모르던 사실이고."

"아…. 네."

"너희들은 그럼 소속 클랜으로 복귀할 예정인가?"

"그래야죠. 근데 마스터가 없어서 큰일이에요. 클랜이 와해될지도 모르겠어요."

그때 배낭을 뒤져 핸드폰을 켜던 건형이 놀란 목소리로 소리쳤다.

"어엇, 진짜였잖아? 아인슈타인이 옳았어! 상대성 이론이 증명됐다고!"

"너 갑자기 무슨 뜬금없는 소리야? 아직 어지러워?"

"아니, 내가 여기에 배낭을 놔두고 넘어갔단 말이야. 누가 저번에 그러더라고. 포탈을 넘어가면 지구의 시간과 다르게 흐른다고. 근데 그 말이 진짜였어."

"응?"

"우리가 분명 거기 일주일쯤 있었잖아."

"그렇지."

"근데 지구 시간은 2주가 지나가 있어. 그러니까 시간이 두 배로 빨리 지나가 버린 거지."

"뭐라고? 그게 정말인가?"

태랑이 당황한 목소리로 소리쳤다.

시간이 두 배로 빨리 흘렀다는 말이 사실이라면 자신이 거의 10일가량 실종되었다는 소리였다. 생각보다 긴 시간이 지나버렸다.

'그렇군. 어쩌면 포스랑 쉴드가 더 빨리 차던 이유가 그것이었나? 두 배로 시간이 빨리 흐르니 리젠율도 두 배로 증가했던 거군.'

포탈 너머는 미지의 영역.

태랑의 설정집에도 그 부분의 설명은 명확하지 않았다. 어떤 식으로 만들어진 것인지, 왜 지구랑 연결되는 것인지…. 확실한 것은 아무것도 없었다.

다만 디멘션 워커를 통해 랜덤한 위치로 포탈이 소환되고, 그곳의 지배자를 잡으면 다시 지구로 귀환할 수 있다는 점만 알려져 있었다.

"일단 이쯤에서 헤어지자. 나도 가봐야겠다."

작별을 고하는 태랑에게 혜원이 물었다.

"헌터님. 그래도 생명의 은인이나 마찬가지인데 존함이라도 알려주시면…."

"나 역시 그곳을 빠져나오고 싶었을 뿐이야. 고마워하지 않아도 괜찮아."

셋은 계단을 통해 지상으로 내려왔다. 그래도 20층 까진 클리어가 된 상태라 몬스터를 만나거나 하는 일은 없었다.

문제는 지상에 내려와서 시작되었다.

"내 이럴 줄 알았지. 거기 멈춰!"

건물 사이에 매복해 있던 궁수들 십 수명이 세 사람을 둘러쌌다. 가운데 석궁을 여자가 한 발 나섰다.

"피닉스! 이 비열한 새끼들, 너네끼리 디멘션 워커를 해처먹어? 너네 클랜원들이 이미 다 불었으니까 발뺌할 생각 말라고! 이거 명백한 협정 위반인 거 알고 있지?"

"아, 아쳐스 클랜!"

부채꼴로 둘러싼 헌터들은 금방이라도 활을 쏠 것 같은 분위기였다. 혜원과 건형은 자기도 모르게 두 손을 들고 항복을 선언했다. 태랑 혼자 뚱한 표정으로 응시할 뿐이었다.

"야! 넌 뭔데 손 안 들어? 엉덩이에 화살 한 방 박아줄…. 어? …김태랑?"

예상치 못한 태랑의 등장에 곽시은은 자기도 모르게 석궁을 떨어뜨리고 말았다.

피닉스 클랜이 디멘션 워커를 통해 몰래 포탈로 넘어갔

다는 첩보를 접한 지 일주일.

건물 밑에서 밤낮으로 매복한 마침내 그 결실을 맺으려던 찰나, 전혀 생각지도 못한 인물이 피닉스 클랜과 함께 나타난 것이었다.

태랑은 골치 아픈 상황에 직면하자 머리가 지끈거렸다.

다시는 만나고 싶지 않았던 여자가 그곳에서 자신을 이름을 부르고 있었다.

"…오랜만이군. 곽시은씨."

아쳐스 클랜의 기지로 인도된 세 사람은 자초지종을 설명했다.

협정을 어기고 몰래 전리품을 꿀꺽하려 했으나 마스터를 비롯한 대부분이 죽고 겨우 둘만 살아 돌아왔다는 것과 클랜이 와해될 상황이니 이번 일은 그냥 넘어가 주면 고맙겠다 등등….

"귀환 포탈은 어떻게 다시 연 거야? 분명 거기 지배자를 죽이고 아티펙트를 손에 넣었을 거 아냐?"

"그건 저기…. 김태랑 헌터분이."

상황 설명을 위해 동석한 태랑이 어깨를 으쓱했다.

"난 나대로 헌팅을 한 거야. 설마 내가 얻은 아티펙트를 내놓으란 소린 아니겠지?"

"흠. 그건 어쩔 수 없지만…."

"어쨌든 저들은 이제 상관없으니 풀어주는 게 어때?"

"안 돼. 본래 타워 공략 전리품은 명시된 협약에 따라 배분하기로 했어. 저들은 비겁하게 디멘션 워커의 존재를 숨겼고."

"하지만 이 사태를 책임져야 할 피닉스의 마스터는 이미 죽어버렸잖아. 저들은 그저 마스터의 명령을 따랐을 뿐이야."

"흥! 이건 나 혼자 결정할 수 있는 게 아니야. 연합을 주도한 부메랑 길드 마스터에게 두 사람의 신병을 인도하겠어. 그들이 적절한 처분을 내리겠지."

곽시은이 제법 고자세로 나오자 중재에 나선 태랑도 살짝 난처해졌다.

사실 두 사람이 어떻게 되든 관여할 바는 아니었지만, 그래도 같이 싸운 정이 있어 딱한 처지를 도와주고 싶었다.

동료도 모두 잃고 클랜도 반 토막 난 상황이니 이미 그 대가를 충분히 치렀다 여긴 것이다.

"흠, 잠시 둘이서 얘기 좀 할 수 있을까?"

태랑의 제안에 곽시은이 살짝 머뭇거렸다. 래그나돈 레이드에서 그와 둘만 있던 밤이 떠오른 것이다.

'…미쳤어. 갑자기 왜 두근거리는 거야?'

곽시은은 살짝 얼굴을 붉히더니 피닉스 클랜의 헌터를 내보냈다.

"할 얘기란 게 뭔대?"

"나라면 저 두 사람을 영입하겠어."

"영입?"

"저 둘은 생각보다 실력이 괜찮아. 그냥 버리기엔 아까운 카드라고. 부메랑 길드로 보낸다고 했나? 너희가 안 받아 주면 오히려 부메랑 길드에서 저들을 포섭하려 들걸?"

시은은 한동안 생각에 잠겼다.

태랑의 말도 일리는 있었다. 협정을 어기고 단독으로 포탈을 독차지하려 한 피닉스의 마스터는 이미 죽었다.

또한, 그곳의 전리품은 생뚱맞게도 태랑이 독차지했다. 그들을 처벌한다 해서 얻을 수 있는 실익은 아무것도 없었다. 오히려 부메랑 길드의 전력만 강화시켜 주는 꼴이 될지도 몰랐다.

"흐음…. 그 부분은 생각 좀 해보도록 하지. 일단은 이 사실을 아는 것은 우리뿐이니까."

"그리고 한 가지 더 부탁해도 될까?"

"뭔데?"

"인터넷 좀 잠시 쓸 수 있을까?"

"그런 거야 뭐."

"그리고 이동수단이 좀 있으면 빌려주면 고맙겠어. 오토바이라든지…."

잠자코 듣고 있던 시은은 갑자기 심통이 났다.

다짜고짜 나타나 사람을 흔드는 것도 맘에 안 드는데, 부

221

탁이랍시고 원하는 것만 잔뜩 늘어놓고 있었다.

자기가 원하는 건 하나도 들어주지 않았던 사람이.

"마치 나한테 맡겨놓은 것처럼 말하네?"

"그래서 부탁이라고 했잖아. 사례는 넉넉히 할게."

"흥! 난 아직도 그 날 밤의 굴욕을 잊지 못한다고."

술에 취해 태랑의 텐트로 난입했던 시은은 끝내 마나 번 체인에 두 팔이 묶인 채 쫓겨났다. 여자로서 자존심을 완전히 짓밟혔던 순간이었다.

시은이 굳이 그 얘기를 끄집어내자 태랑이 얼른 사과했다.

"그 날 밤 너에게 심하게 대한 건 미안해. 하지만 너도 알다시피 레이드 출정 전날이었고, 가뜩이나 예민한 상태였어."

"…치."

태랑의 말 한마디에 시은의 쌓인 감정이 눈 녹듯 사라져 버렸다. 자신을 매몰차게 거절했던 태랑이지만, 그에 대한 원망보다 연모하는 마음이 더 강했다.

'하아…. 그런 일까지 당하고도….'

시은은 자신이 왜 그렇게 태랑 앞에서 약해지는지 알 수 없었다. 여장부라는 소릴 들을 정도로 모진 성격이었지만, 그 앞에선 순한 양처럼 고분고분해졌다.

처음엔 그를 이용해 클랜의 세를 불릴 생각밖에 없었지만, 이제는 순전히 그의 여자가 되기만 해도 좋을 것 같았다.

그녀는 태랑에게 휘둘린다는 것을 알면서도 거절하지 못하는 자신을 이해할 수 없었다.

"그나저나 넌 왜 혼자 포탈을 넘어간 거야? 다른 클랜원들은 어쩌고?"

"그게 좀 상황이 복잡해. 아, 맞다 우선 컴퓨터 좀 쓸게. 클랜들에게 빨리 알려줘야 해서."

E메일을 통해 자신의 귀환 소식을 알린 태랑은 곧바로 떠날 채비를 했다.

'수현이가 바로 메일을 확인하면 좋겠는데….'

"혹시 오토바이는 준비됐나?"

"뭘 그렇게 서둘러? 오랜만에 봤는데 떠날 생각부터 하네. 정찰조 애들이 타고 나갔는데 오후쯤에나 복귀할 거야. 주고 싶어도 없어."

'흠. 걸어가긴 너무 먼 거린데…. 기다리는 수밖에 없겠군.'

"그럼 어쩔 수 없지."

그때 시은은 코를 집게 손으로 잡더니 인상을 찌푸렸다.

"야. 너 근데 아까부터 말 안하려 했는데 몸에서 냄새 심하게 나."

태랑은 포탈에 갇혀있는 동안 전혀 씻지 못했다. 스스로 느껴질 만큼 악취가 심했기 때문에 염치 불구하고 시은에게 부탁했다.

"포탈에 너무 오래 있었어. 미안하지만 샤워할 데가 있을까?"

"쳇. 가지가지 하는구나. 따라와."

시은은 겉으론 틱틱 거리면서도 태랑의 요구를 모두 들어주었다. 그녀를 뒤따르던 태랑은 조금은 미안한 기분이 들었다.

'그냥 미친 여잔 줄 알았는데 의외로 고분고분한 구석이 있단 말이지. 그땐 너무 심하게 대했을까?'

"공용 샤워장은 현재 배수관이 터져서 공사 중이야. 여길 써."

"여긴 어딘데?"

"내 전용."

그녀가 안내한 곳은 샤워부스 설치된 개인 화장실이었다. 조그만 방을 지나 있는 걸 보니 혼자 쓰는 공간인 것 같았다.

"수건은 선반 서랍장에 있어."

"고맙군. 신세는 꼭 갚을게."

"됐거든?"

시은이 나가자 태랑은 오랜만에 뜨거운 물로 샤워했다. 기름기로 뻑뻑해진 머리를 감고 몸에 비누칠을 하자 새로 태어난 기분이었다.

'다음번에 혹시나 포탈을 넘어가게 되면 준비를 철저히 하고 가야겠어. 무인도에서 서바이벌하는 것도 아니고 의식주가 전혀 해결되진 않으니 원….'

한참 기분 좋게 샤워를 하고 있는데 갑자기 문이 벌컥 열렸다.

"뭐, 뭐야!"

당황한 태랑은 손으로 중요부위를 가린 체 몸을 웅크렸다. 뿌연 수증기 사이로 시은이 자신을 빤히 쳐다보고 있었다.

"화장실 좀 쓰려고."

"안 나가? 지금 이게 무슨 짓이야?"

"뭐래? 볼 것도 없구만…. 그리고 여긴 내 화장실이거든? 내가 화장실 급해서 쓰겠다는데 니가 왜 나가라 마라야?"

그녀는 막무가내였다.

태랑은 그녀를 때려눕힐까 하는 충동을 느꼈지만 당장 신세를 지는 처지였기 때문에 함부로 할 수 없었다. 더욱이 알몸으로 싸운다는 것은 너무나 부끄러운 일이었다. 쉴드가 몽땅 벗겨져도 이보다는 낫겠다는 생각이 들었다.

'역시 미친년이었어! 한번 미친년은 영원히 미친년이지. 믿은 내가 병신이다.'

다행히 샤워부스 유리창이 불투명했으므로 나신이 노출되거나 하진 않았다. 다만 입구로 나가기 위해선 좌변기에 앉아 있는 시은을 지나쳐야 하는 게 문제였다.

결국, 태랑은 그녀가 용무(?)를 보고 나갈 때까지 샤워부스에 갇힌 신세가 되고 말았다. 좌변기에 앉은 시은은 아무것도 안 하고 태랑을 빤히 쳐다보기만 했다.

"내가 저번에 했던 제안 기억나지? 그거 아직 유효해."

"아 쫌! 얼른 나가라고!"

"이상하게 갑자기 쉬가 안 마렵네? 남자랑 같이 있어서 긴장해서 그런가 봐."

'완전히 돌았구만. 저건 또라이가 틀림없어.'

"수건이라도 줘. 내가 나갈 테니까."

"마저 씻지그래?"

"나갈 거야!"

"수건? 알았어."

시은은 선반에서 수건을 꺼내 샤워부스로 가까이 갔다. 태랑이 급히 그녀를 저지했다.

"오지 마! 그냥 거기서 던져."

"흥, 쫄보 같으니. 누가 잡아먹냐?"

시은이 수건을 던지자 태랑은 몸도 닦지 않고 중요부위부터 둘렀다. 그는 그대로 후다닥 화장실을 빠져나왔다.

'아오, 저년을 믿은 내가 병신이지. 저 지랄 할 줄 진작 알았어야 했는데….'

그런데 밖에 벗어 놓은 옷가지가 보이지 않았다. 샤워하는 사이 누군가 치워버린 것이었다. 이런 짓을 벌일 사람은 한 명밖에 없었다. 태랑이 화장실 문을 쾅- 두드리며 소리쳤다.

"야! 곽시은! 내 옷 어디 숨겼어?"

"더러워서 세탁해놨어."

"누가 빨래해 달래? 이게 진짜."

그때 다시 화장실 문이 열리며 곽시은이 걸어 나왔다. 당황한 태랑은 뒷걸음질 치며 물러났다.

"참나, 빨아줘도 지랄이야? 냄새가 그리 나는데 그럼 그냥 두니? 팬티가 썩을 것 같았다고."

"아니, 그럼 다른 입을 거라도 줘야 할 거 아냐?"

"나한테 남자 옷이 어딨어?"

"남자 부하들한테 받아오면 되잖아!"

"미쳤어? 변태 소리 듣게? 아니면 내 속옷이라도 입던가?"

"진짜 이게!"

졸지에 중요부위에 수건만 두른 신세가 된 태랑은 옴짝달싹할 수가 없었다. 하필 수건도 폭이 좁고 길이가 짧아 손으로 잡고 있지 않으면 금방이라도 흘러내릴 분위기였다.

시은은 안절부절못하는 태랑을 보며 통쾌하게 웃었다.

"그러니까 무슨 똥 마려운 강아지 같네. 부끄럼도 많아, 남자가 되어서."

"넌 이게 재밌냐? 웃겨?"

"그때의 복수야. 너도 어차피 내 가슴 봤잖아?"

"그건 니가 벗은 거지!"

"너도 지금 니가 벗었지, 내가 벗겼니? 혹시 벗겨주길 바라는 거야?"

"됐어! 얼른 내 옷이나 가져와."

"이제 막 세탁기 돌렸어. 두 시간은 더 돌아야 할 거야. 흐음…. 두 시간 동안 뭘 하면 좋을까?"

시은이 야시시한 포즈로 윗입술을 핥았다. 그녀의 노골적인 유혹에 태랑은 넌덜머리가 났다.

'왜 사람이 사람을 죽이는지 알 것도 같군. 잘하면 오늘 맨이터도 될 수 있을 거 같아.'

태랑은 분노가 치밀었지만 애써 침착을 유지했다.

"이런다고 너와 자진 않아. 꿈도 꾸지마."

"한 번 맛보면 멈출 수 없을 텐데?"

"아니! 전혀! 난 그런 거 정말 별로야. 관심도 없고."

"너 설마 고자야?"

"그냥 그런 거 싫어한다고!"

"흥. 줘도 못 먹는 거 보니까 고자 맞네. 쓰지도 않을 거 뭐하러 달고 다닌담?"

태랑의 인내심이 점점 한계치에 이르렀다. 여자라고 봐주는 것도 더 이상 불가능한 지경에 이르렀다.

'오냐. 맨이터가 되더라도 이건 정당방위야.'

태랑이 막 주먹을 움켜쥐었을 때,

"사례 한다며."

"…뭐?"

"니가 분명 그랬잖아. 이번에 도와준 거 사례할 거라고. 지금 사례해."

"이게 어떻게 사례야? 내가 무슨 호스트바 선수냐?"

"니 얼굴에 선수가 가당키나 하니? 듣다 보니 어이없네 진짜."

그녀의 팩트 폭행에 태랑이 할 말을 잃고 입을 다물었다. 확실히 그의 외모는 호스트바와는 거리가 멀었다.

시은이 다시 물었다.

"그럼 어떻게 사례하겠다는 건데?"

"이런 거 말고! 다른 부탁을 하라고, 아무거나!"

"아무거나?"

"그래."

"좋아. 그럼 몬스터 좀 잡아줘."

"몬스터라니?"

"아무거나 부탁하라면서. 이제 와서 말 돌릴 생각이야? 분명 약속했다?"

태랑은 왠지 작전에 말려든 기분이었지만, 당장의 난처한 상황을 벗어날 수 있다면 뭐라도 괜찮을 것 같았다.

"그래! 까짓거 몬스터 잡아줄게. 됐냐?"

"흠. 아쉽지만…. 그럼 그걸로 퉁치는 걸로 해."

시은은 그렇게 말하며 방을 나섰다. 그녀는 나가기 전 태랑에게 말했다.

"옷은 빨래 도는 대로 건조시켜서 줄게. 이 방에서 좀 쉬고 있어. 많이 피곤해 보이더라. 눈이 빨게."

"당장 나가!"

시은이 나가자 태랑은 방문부터 걸어 잠겄다.

"아오! 저 미친년 진짜!"

❖   ❖   ❖

다시 옷을 받은 태랑은 그녀를 패 죽이고 도망쳐 버릴 생각까지 했다. 하지만 이런 일로 맨이터가 될 순 없었다.

'완전 낚였어. 애초부터 상종을 말았어야 했는데…. 내가 왜 따라와 가지고.'

이미 엎질러진 물이었다. 태랑은 시은에게 물었다.

"대체 무슨 몬스턴데?"

"실은 최근에 클랜원이 많이 늘어서 새 아지트를 물색 중이야. 보다시피 여긴 너무 건물이 낡아서 말야. 배수관은 맨날 터지고 가끔씩 전기도 끊겨. 그래서 적당한 건물을 찾았는데, 근처에 몬스터가 많아서 정리가 안 돼."

"그건 너네 클랜원끼리 처리해도 되잖아?"

"그게…."

시은의 설명에 따르면 몬스터의 등급은 높진 않은데 상성이 전혀 맞질 않는다고 했다.

"…아이언 골렘?"

"응. 너도 알다시피 우리 클랜원들의 절반 이상은 궁수란 말이야. 근데 그 괴물은 도저히 화살이 박히질 않아. 지난번에 한 번 소탕작전을 펼쳤다가 화살만 잔뜩 날리고 왔어. 답이 없어. 도와줄 동맹도 없고."

아이언 골렘은 C급 몬스터였다. 그러나 물리 방어력이 뛰어나 어지간한 원거리 무기는 모두 튕겨버리는 특성이 있었다. 놈을 잡기 위해선 적절한 마법을 쓰거나 직접 때려 부수는 방법밖에 없었다.

고까운 마음으로 받아들인 요청이었으나 상대가 아이언 골렘이라는 말에 태랑의 표정이 달라졌다.

"좋아. 놈을 부셔줄 순 있어. 대신 아이언 골렘을 잡고 나온 전리품은 내가 갖는 걸로 해."

"그건 네가 알아서 해. 우린 단지 아지트가 필요할 뿐이니까."

태랑이 시은의 요청을 선뜻 받아들인 것은 다름이 아니었다.

아이언 골렘을 잡으면 '강철의 심장'이라는 아이템이 나온다. 그것을 재조합하면 스톤 골렘을 아이언 골렘으로 업그레이드시키는 토템을 만들 수 있었다.

'차라리 잘된 일이군. 그렇지 않아도 스톤 골렘이 점점 약해지는 게 고민이었는데….'

아티펙트나 토템에 걸려있는 스킬은 레벨 업을 못 시킨다는 단점이 있었다. 게다가 조던 링의 스킬레벨 +1 효과도 받지 못했다. 처음엔 태랑이 가진 소환수 중 가장 강력했던 스톤 골렘이지만, 점점 다른 소환수들에 비해 밀리는 형편이었다. 하지만 아이언 골렘으로 업그레이드된다면 지금보다 훨씬 강해질 것이다.

"레이드 준비하는 데 얼마나 걸리지? 난 시간이 얼마 없어."

"내일이라도 당장 갈 수 있어. 네크로마스터께서 친히 도와준다는데 어떻게든 맞춰 봐야지."

시은의 입발린 소리에 태랑이 인상을 찌푸렸다.

'도와주기는 개뿔. 팬티 숨겨놓고 반협박이나 마찬가지였으면서….'

"곽시은. 솔직히 지난번에 좀 심하게 대한 것도 있으니 이번 일은 넘어간다. 하지만 한 번만 더 그런 장난치면 정말 가만 안 둬. 알아들어?"

"알았어. 미안하고 고마워. 근데…. 아니다."

"무슨 말을 하다가 말아?"

"아냐 아무것도."

얼버무린 시은은 속으로 생각했다.

'…장난이라고? 난 장난 아니었어. 다음번엔 꼭 자빠뜨려 버릴 거야. 김태랑.'

다음날. 아쳐스 헌터 스무 명과 태랑은 아이언 골렘 레이드를 나섰다.

아쳐스의 헌터들 가운덴 어제부로 합류한 양혜원과 김건형도 포함되어 있었다. 혜원이 태랑에게 다가와 말했다.

"고맙습니다. 김태랑 마스터님."

"뭐가?"

"저흴 아쳐스 클랜에 받아 주라 했다고…."

"별게 다 고맙네. 야, 너네 마스턴 미친 여자야."

"…네?"

태랑의 막말에 혜원이 눈을 동그랗게 떴다.

"그나저나 원소속 클랜이랑은 어떻게 됐어?"

"마스터가 죽었다는 소식을 전하니 뿔뿔이 갈라지기로 했데요. 어차피 저희 클랜은 포탈을 넘어간 사람들이 주력 멤버였거든요. 그들이 다 전멸한 이상 더는 클랜으로서 가치가 없는 거죠. 제 갈 길 가는 거죠 이제."

"어엇. 김태랑 마스터님 몰라 봬서 죄송했습니다!"

건형도 태랑에게 인사를 건넸다.

"해골 병사를 볼 때도 설마했는데, 그 유명한 세이버 클랜의 네크로마스터님이셨군요."

"다리는 좀 괜찮아?"

"네. 힐러에게 치료를 받았습니다. 아쳐스 클랜은 조만간 길드로 올라설 것 같아요. 저희까지 마흔 명이 넘었더라구요."

'마흔 명? 곽시은 이 요망한 년이 클랜 운영은 열심히 하는 모양이군.'

"예전 피닉스 클랜에는 힐러가 한 명도 없었거든요. 저흴 이곳에 추천해 주셔서 다시 한 번 감사드립니다."

'나중에 곽시은의 본색을 알게 되면 나를 원망하게 될 걸.'

태랑이 속으로 그렇게 생각하는데, 척후로 나섰던 이들이 급히 되돌아와 시은에게 보고했다.

"마스터, 저 앞에 아이언 골렘이 있습니다."

"얼마나 되는데?"

"일곱 마리 정돕니다. 건물 주변으로 진을 치고 있어서 안에는 미처 확인 못했습니다."

곽시은은 김태랑을 급히 불렀다.

"들었지?"

"그래. 일단 궁수부대는 뒤로 물리고 버프나 디버프를 걸 수 있는 서포터들 앞에 세워. 근접 전사들 가드 시키고."

"마법사는 어떡할까?"

"속성 마법사야?"

"응, 전격계."

"무쇠 덩어리로 이루어진 놈이라 높은 레벨의 마법이 아니면 안 통할걸. 괜히 스파크만 튀어서 다른 사람 다칠라."

"참, 이번에 들어온 혜원이도 제법 실력 있던데?"

"걔가 가진 역중력 마법으론 놈들에게 어림없을 거야. 워낙 무거워서 들리지도 않을 테니까. 마법사들은 그냥 후방으로 빼."

"그럼 네 소환수로만 상대할 거야?"

태랑이 고개를 저었다.

"아니."

"그럼?"

태랑이 왼 팔목에 새겨진 인장에서 베틀 엑스를 꺼내 들면서 말했다.

"내가 직접 때려 부술 거야. 이걸로."

"어엇! E, E메일이!"

오후에 메일함을 확인한 수현이 펄쩍 뛰면서 소리쳤다. 그는 곧바로 정보참모실을 빠져나가 후다닥 은숙에게 달려갔다.

"누, 누나! 아니 부마스터님!"

"왜 그렇게 호들갑이야? 무슨 일 있어?"

"E메일! E메일이 왔어요!"

"뭐야? 설마 검은 별 이것들이 동맹을 깨뜨리겠다는 건 아니지?"

"아뇨! 태랑이 형이요! 태랑이 형한테 메일이 왔다구요!"

"뭐!"

태랑이 실종된 지 열흘째.

마침내 마스터의 생사를 확인한 은숙이 안도의 한숨을
내쉬었다.

고블린 군주의 베틀엑스는 그 크기가 어마어마했다.

보통 사람이라면 제대로 들고 서 있기도 벅찰 정도였다.

태랑이 거대한 전투도끼를 들고 불멸왕의 뼈 갑옷까지
받쳐 입자 게임에나 등장할 법한 전사가 튀어나온 것 같았
다.

"크, 크고 아름다워….”

시은은 태랑의 박력 있는 모습에 넋이 나갔다.

'점점 터프해 지는구나, 저 남자는….'

태랑이 굳이 도끼를 꺼내든 데는 두 가지 이유가 있었다.

우선 극점을 찌르는 창술을 가지곤 단단한 아이언 골렘
에게 데미지를 입히기 어렵다는 점이었다. 놈에게 타격을
주려면 날카로운 무기보다 둔기 같은 종류로 두들겨 패는
편이 효과적이었다.

또 불카투스의 도끼술이 어느덧 다음 특수기까지 개방될
정도로 숙련도가 누적되어 있었다. 사용빈도에 따라 숙련
도가 올라가는 무기술의 특성상, 특수기를 개방하기 위해
선 최대한 골고루 사용해 줘야 했다.

'잘하면 싸우는 도중에 두 번째 특수기가 열리겠군.'

현재 태랑의 특수기는 창술 2개, 궁술 2개가 각각 개방되어 있다. 이번에 도끼술의 특수기가 하나 더 열리고 나면 모두 6개의 기술을 손에 넣는 것이나 마찬가지였다.

"나한테 모든 버프를 걸어!"

대기하고 있던 아쳐스 클랜 버퍼들이 태랑을 향해 일제히 버프마법을 시전했다.

각각 이동속도 증가와 방어력 증가, 마지막으로 포스 리젠률 상승의 버프가 태랑에게 펼쳐졌다. 또 적에게는 슬로우와 방어력 감소의 디버프가 걸렸다.

"덤벼라, 깡통 괴물!"

태랑이 도끼를 들고 접근하자 적을 인지한 아이언 골렘들이 태랑을 향해 묵직한 몸체를 일으켰다.

놈들의 외양은 아이언 맨에 등장하는 헐크 버스터를 연상시켰다. 사람으로 치면 승모근 자리가 지나치게 솟아있었고, 머리는 계란을 옆으로 엎어 놓은 것처럼 납작한 타원형을 이뤘다. 붉은색의 레이저를 쏟아내는 눈빛이 강한 적의를 드러냈다.

'흥, 니가 꼬나 보면 어쩔 건데?'

"으압!"

태랑은 최근에 얻은 '위압의 함성' 스킬을 발동해 공격효과를 극대화했다. 그의 주변으로 넓게 빛의 파동이 퍼져나가며 스킬의 범위가 표시되었다. 이제 범위 안에서 이루어지는 공격은 15%의 추가 데미지를 줄 수 있었다.

가장 먼저 달려든 골렘 한 기가 태랑을 향해 주먹을 내질
렀다. 그러나 디버프가 걸린 데다 예리한 반사신경 특성을
가진 태랑에겐 놈의 공격이 너무나 느리게 느껴졌다. 주먹
이 날아오는 장면이 슬로우 모션처럼 보였다.

'굼벵이나 다를 바 없군.'

태랑은 고개 숙여 가볍게 공격을 피하더니 도끼를 크게
휘둘러 놈의 옆구리를 후려쳤다. 강철로 벼려진 골렘의 표
면이 알루미늄 호일처럼 찢겨나갔다.

그 장면을 본 아쳐스의 헌터들은 경악을 금치 못했다.

수십 발의 화살을 쏟아부어도 기스조차 안 나던 강철 괴
물이었다. 그런데 태랑의 평범한 도끼질 한방에 김밥처럼
옆구리가 터져버린 것이었다. 눈으로 보고도 믿을 수 없는
압도적인 무력에 아쳐스의 헌터들이 찬사를 쏟아냈다.

"우아! 김태랑 마스터는 지난번 래그나돈 때보다 훨씬
세졌구나!"

"대박이야. C급 몬스터를, 그것도 방어력 최강이라는 아
이언 골렘을 우습게 찢어버렸어!"

태랑이 두 마리의 아이언 골렘을 쓰러뜨리자 스텟창에
변화가 감지되었다. 태랑은 빠르게 스텟을 스캔했다.

'불카토스의 화신' (3Lv)

+1Lv 랜스 마스터(숙련도 : 67%)

−특수기 개방(2/4) : 삼조격, 신월

포식의
군주 7

+2Lv 아처리 마스터(숙련도 : 60%)

−특수기 개방(2/4) : 다발 사격, 분대 시야

+3Lv 엑스 마스터(숙련도 : 50%)

−특수기 개방(2/4) : 뇌전 강타, 혹한의 일격

엑스 마스터 숙련도가 절반에 이르면서 새로운 특수기, 혹한의 일격이 개방되어 있었다.

'혹한의 일격? 도끼술 특수기는 속성마법을 따라가는 모양이군.'

1단계에서 배운 뇌전 강타는 투척한 자리에 번개를 내리꽂는 기술이었다. 2단계는 아마도 빙결계 마법과 관련된 것으로 보였다.

'어디 한번 위력을 시험해 볼까.'

태랑이 혹한의 일격 기술을 발휘하자 도끼에 적중한 아이언 골렘의 표면이 급속도로 얼어붙기 시작했다. 하얗게 서리가 낀 놈은 점점 느려지더니 잠시 후 동태처럼 꽁꽁 굳었다.

'오호라. 발 빠른 놈들을 잡기에 안성맞춤인 기술인데?'

태랑은 남은 골렘들을 순차적으로 때려눕히며 빠르게 전장을 마무리했다. 그토록 단단해 보이던 아이언 골렘도 태랑 앞에선 연습용 허수아비만도 못한 존재처럼 느껴졌다. 아쳐스의 헌터들은 입을 쩍 벌리며 태랑의 도끼춤을 감상할 뿐이었다.

"이제 다 처리한 것 같군. 약속대로 아이언 골렘에게서 나온 강철 심장은 내가 챙겨간다."

도끼를 인장에 갈무리한 태랑이 시은에게 말했다.

"언제 이렇게 세진 거야? 강한 줄은 알고 있었지만 이 정도 일 줄은…."

"너만 열심히 하는 건 아니니까, 곽시은. 이만하면 사례는 충분히 치렀다고 보는데?"

"알았어. 성격도 급하긴. 오토바이는 저기 준비해 놨어. 어쨌든 고마워."

태랑에 오토바이에 오르며 곽시은을 따로 불렀다. 시은은 혹여 작별의 키스라도 해주는 줄 알고 쫄래쫄래 다가갔다.

태랑이 시은의 귀에 대고 말했다.

"다음부터 이런 부탁 하려거든, 그딴 식으로 유치한 장난 치지 마라. 정중하게 부탁했어도 충분히 들어줬을 거야."

"쳇. 고작 그 말 하려고 불렀어?"

"그럼 뭘 말해?"

"아냐. 됐어. 얼른 꺼져버려, 이 눈치 없는 자식아!"

태랑은 확 쥐어박을까 하다 보는 눈이 많아 그대로 돌아섰다.

'역시 쟤는 이 구역의 미친년이야. 다음부턴 그냥 상종을 말아야지.'

떠나가는 태랑을 보며 시은은 입술을 깨물었다.

'유치한 장난? 난 진심이었단 말이야, 이 바보 자식아!'

그러나 차마 부하들 앞에서 그 말을 꺼낼 순 없었다.

"자자. 아이언 골렘도 마무리됐으니 이제 이사 준비해야지? 뭣들 하고 있어. 서둘러 움직여!"

"넵!"

태랑이 돌아왔다.

입구에서부터 마중 나와 있던 슬아가 제일 먼저 뛰쳐나갔다.

"마스터!"

"잘 있었어?"

"죽은 줄 알았어요!"

슬아의 눈에는 눈물이 그렁그렁했다. 그가 사라진 이후로 얼마나 마음고생이 심했는지 훤히 보였다. 태랑이 그런 슬아의 머리를 헝클어트리며 말했다.

"내가 죽긴 왜 죽어."

"정말 죄송해요. 저 때문에…."

"아니야. 나도 그럴 줄 예상 못 했으니까. 신경 쓰지 마. 어쨌든 무사히 돌아왔잖아."

다른 부하들은 그가 인천에서처럼 먼 곳을 다녀온 것으로만 알고 있었기 때문에 태랑을 보자 반갑게 안부 인사를 건넸다.

"오랜만입니다, 마스터."

"오셨군요."

"그래. 수고가 많다."

태랑이 복귀 소식에 다른 간부들도 하던 일을 중단하고 모두 모였다. 유화는 태랑을 보자마자 와락 안겼다.

"오빠! 엄청 걱정했잖아!"

"고생 많았습니다, 마스터."

"어제 E메일 받고 얼마나 놀랐는지 몰라요."

"내가 돌아올 거라고 그랬제? 암만 태랑이 어떤 놈인디!"

다들 마스터의 무사귀환을 격렬하게 환영했다.

"근데 어떻게 된 거야? 왜 이렇게 오래 걸렸어?"

태랑이 그간의 자초지종을 설명했다.

포탈 너머의 생소한 세상을 얘기할 땐 다들 호기심 어린 표정으로 귀를 기울였고, 고블린 마을을 습격하고 고블린 군주와 싸우는 장면에선 침을 꼴깍 삼켰다.

"그나저나 신기하네요. 어떻게 시간의 흐름이 다르게 흘러가는 거죠?"

"내 생각에 포탈 너머는 지구와 다른 법칙이 적용되는 거 같았어. 죽은 몬스터가 시체도 남기고, 감식의 눈으로 놈의 정보도 확인할 수 있었거든."

"그 말을 들으니 어쩌면 포탈마다 조금씩 법칙이 다를 수도 있겠다는 생각이 드네요."

"그것도 가능하지. 예를 들어 시간이 지구보다 훨씬 느리게 흐른다던가…. 참, 내가 떠나기 전에 맡겼던 일들은 어떻게 됐어?"

그간 태랑의 대리로 클랜을 총괄하던 은숙이 대표로 보고했다.

"삼각동맹은 잘 체결됐어."

"패왕이 고분고분 따르던가?"

"아니요. 별의별 조건을 다 갖다 붙이길래 절대로 안 된다고 했죠."

검은 별 클랜에 사절로 다녀온 수현이 말했다.

"무슨 조건?"

"우려하셨던 데로 정원민이 꼼수를 쓰더라구요."

"꼼수?"

"이왕 동맹을 맺을 거면 상호방위조약까지 함께 걸자구요. 자기들이 다른 클랜에 공격당하면 무조건 도와주러 와야 한데요. 어이가 없잖아요."

"그래서?"

"확 세게 나갔죠. 그런 식이면 동맹 자체를 다시 고려하겠다. 강북 쪽에 너희들 말고도 다른 길드도 많다며. 그러니까 끝내 꼬리를 내리더라구요."

"잘했어. 수현이가 의외로 배짱이 좋네."

"아니에요. 마스터께서 미리 주의를 주셔서 처음부터 말리지 않으려고 했던 게 컸어요."

"거주지 프로젝트는 어때?"

은숙이 이어서 보고했다.

"일단 100여 명 정도 정착민들을 받았어. 소문이 났는지 인근에서 점점 더 몰려드는 중이야. 일단 거주지는 500명까진 수용 가능하고."

"쓸 만한 남자들로 자경단을 구성하고, 근처로 안상훈을 비롯한 순찰 조원들이 경계를 서고 있습니다. 몬스터가 오면 곧바로 이쪽으로 연락할 수 있도록 통신체계를 마련해 놨구요."

"다들 수고했어. 내가 직접 챙겼어야 했는데 부마스터가 특히 고생 많았겠다."

"아니야. 참, 전에 알아보던 정보상 접선은 슬아가 대신했어."

"오케이. 그건 나중에 듣기로 하고 일단 다들 남은 일들 봐. 가뜩이나 인원도 부족한데 여기서 이러고 있으면 안 되겠다."

태랑은 간부들을 다시 돌려보내고 한모를 따라 공방으로 향했다.

"형님, 아이템 좀 만들까 하는데 남은 에테르가 좀 있을까요?"

"에테르? 블랙마켓에서 물량 좀 확보한 게 있긴 헌디…."

"블랙마켓 다녀오셨어요? 돈은 어디서 나서요?"

"간간히 레이드 했잖여. 아이템 나오는 데로 필요한 건 챙기고 씰데 없는 건 다 팔아 넘겼제."

"아하. 잘됐네요. 없으면 새로 구해야 하나 했는데."

"근데 에테르는 뭣허게?"

태랑이 이번에 구한 강철 심장을 꺼냈다.

"이번 기회에 골렘 좀 업그레이드 하려구요."

공방에 도착하니 다른 부하들이 열심히 작업 중이었다. 사방에서 뚝딱뚝딱 망치질 소리가 요란했다. 그라인더 돌아가는 소리가 귀를 울렸고, 용접봉이 타는 냄새는 코를 찔렀다. 최근 정착민을 위한 농기구 제작으로 인원을 보강해서 그런지 넓은 작업 공간이 비좁게 느껴질 정도였다.

"아앗, 오셨네요. 마스터."

용접 마스크를 쓰고 있던 윤정민이 태랑을 보더니 반갑게 뛰어왔다. 바이저를 들어 올리자 머리칼이 땀에 젖어 이마에 눌러 붙어 있었다.

"정민이는 항상 열심이구나. 고생 많아."

"아니에요. 감사합니다."

"아따 요새 잡일이 많아져가꼬 정착민 중에서 경력 좀 있는 사람들 불러다 같이 일하고 있다잉. 정신 없제?"

"잘하셨어요. 단순히 도구 만드는 일을 헌터들이 직접 하는 건 인력 낭비죠. 정착민 중에서 기술이 있는 사람들은 언제든 같이하세요."

태랑은 분주한 분위기를 깨뜨리고 싶지 않아 조용히 재료만 챙겨 들고 밖으로 나왔다. 아이템 제작 능력을 갖춘 정민이 그를 뒤따랐다.

"특성은 많이 개발했니?"

"네. 이제 2/3의 재료만 가지고도 똑같은 아이템을 만들 수 있어요."

그녀가 가진 제작공방 특성은 숙련도에 따라 아이템 제작에 드는 코스트를 줄여주었다. 태랑은 어렵게 구한 강철 심장을 낭비하지 않기 위해 윤정민에게 제작을 부탁했다.

스톤 골렘의 소환석을 꺼내고 에테르와 강철 심장을 결합하자 토템이 빛을 뿜었다.

잠시 후 업그레이드가 완료된 토템의 형상이 바뀌었다. 돌 조각 같았던 표면이 스테인리스처럼 번들거렸다. 태랑이 변화된 소환석을 확인했다.

[아이언 골렘의 소환석] 4등급 토템

-아이언 골렘을 소환할 수 있는 신비의 돌조각.

+포스의 15%를 사용해 아이언 골렘(1Lv)을 소환할 수 있음.

+활성화되어 있는 동안 포스가 소모됨.

+아이언 골렘은 최초 소환자에게 귀속.

+ '귀환/소환' 명령으로 불러들이거나 돌려보낼 수 있음.

"우엇! 이게 골렘 소환 토템이군요!"

"한번 보여줄까?"

"네!"

태랑이 아이언 골렘을 소환하자 허공으로 쇳뭉치 하나가 떠오르더니 이내 살을 붙여가며 거대한 형상으로 뭉쳐지기 시작했다. 처음엔 어설픈 찰흙 인형 같던 생김새가 점점 깎여지며 우람한 체구의 골렘이 눈앞에 우뚝 섰다.

"이게 아이언 골렘이에요?"

"응. 골렘 계열 중에선 가장 단단한 놈이지."

정민은 처음 보는 동물을 보는 것처럼 유심히 골렘의 외양을 관찰했다. 전투에 나가본 적이 없던 그녀로선 눈앞의 쇳덩이가 살아 움직인다는 사실이 무척이나 신기하게 느껴졌다.

"와, 이걸 제가 만들었다니…. 믿기지 않아요."

"덕분에 아이템 재료도 많이 아꼈어."

"마스터. 혹시 이거 몇 개 더 만들어도 되나요?"

"재료만 있다면 얼마든지. 근데 이건 스톤 골렘에서 업그레이드한 거라서 재료가 덜 필요했지만, 처음부터 만들려면 다른 아이템도 필요해. 이건 만들어서 뭐하게?"

"저처럼 전투력이 부족한 사람들에게 하나씩 주면 좋을 것 같아서요."

'흠. 괜찮은 아이디언데? 수비용으로 쓰기엔 골렘만 한

게 없지. 정착지에 박아 놓으면 쓸데가 많겠어.'

"그래. 다음번에 재료 구하게 되면 가져다줄 테니 마음껏 만들어봐."

"감사합니다!"

골렘을 완성한 태랑은 숙소로 돌아가 슬아를 불러들였다.

"나 대신 정보상에 다녀왔다고 했지? 강동지역 동향 보고 해봐."

슬아가 전해 준 얘기는 이랬다.

현재 서울 동부지역은 천마산 일대에 자리 잡은 '천마' 길드와 하남시 부근에서 세력을 확장 중인 '미사리' 길드가 양강을 다투고 있었다.

"두 길드 모두 강동을 발판삼아 서울 입성을 노리고 있다고 해요. 특히 미사리 길드는 과거 '미사리파'라는 조직 폭력 단체가 주축이 돼서 성장한 길드라 매우 호전적이라고 하더라구요."

"그럼 둘 다 강동을 노린다는 말인가?"

"맞아요. 또 천마 길드 역시 그전부터 다른 클랜을 강제 합병시킨 전적이 있어요. 정보상 얘기로는 서울 외곽에 근거지를 둔 길드 중에선 천마길드가 가장 규모가 클 거라 했구요."

우후죽순으로 생겨났던 클랜들은 시간이 지나면서 약육강식의 논리에 따라 통합되고 해체되어 갔다.

슬아가 언급한 두 길드는 그 과정을 거쳐 탄생한 거대 길드였다. 그들에게 있어 세이버 클랜은, 노른자 땅에 자릴 잡은 소규모 클랜에 불과했다.

"결국, 두 세력을 제압하는 수밖에 없겠군."

"명분이 설까요?"

꼭 맨이터가 아니더라도 클랜전은 비일비재하게 벌어졌다. 더 강한 클랜이 약한 클랜을 잡아먹는 것은 일상적인 일이 되었다.

"명분이야 우리가 안 만들어도 그쪽에서 만들겠지. 아무튼, 나 대신 수고했다, 슬아야."

"아니에요. 그냥 가서 물어보기만 한 건데요."

"우리가 물어봤다면 그쪽에도 우리 정보가 넘어갔다고 봐야 해."

"네?"

슬아가 깜짝 놀라 눈을 크게 떴다.

"정보상이란 자들은 중립을 지키는 척 한 발 빼고 양쪽에서 이문을 챙기는 놈들이거든."

"아…. 그 생각까진 못했어요. 입단속 단단히 시킬 걸. 죄송해요."

"아니야. 차라리 잘 됐어."

"잘 돼요?"

"놈들도 우리 존재를 알아야 미끼를 던질 수 있을 테니까."

태랑이 머릿속으로 주판알을 튕겼다.

태랑은 이후에도 수현을 시켜 두 길드의 세부 사항에 대해 좀 더 조사했다. 수현은 인터넷 정보를 이용해 길드의 사정을 전해왔다.

태랑은 수현이 뽑아온 보고서를 상세하게 읽었다.

[천마 길드]
인원 : 헌터 120여 명
구성 : 특급 1명, 상급 5명, 중급 24명, 그 외 기타
특징 : 길드 마스터 '천마'는 아트샤의 무술을 익힌 것으로 알려짐. 아트샤의 무술은 에픽 스킬로서 권, 각, 장법을 비롯한 보법 및 내공심법 등이 망라되어 있음. 천마의 특성 '초월'은 스킬 발동 시 포스의 리젠속도를 3배로 상승시켜 장시간 전투에도 포스 활용을 용이케 함.

'음. 아트샤의 무술이란 게 불카토스의 무기술과 비슷한 스킬인가 보군.'

불카토스의 무기술은 5가지 서로 다른 무기술을 익히는 스킬. 태랑의 추측대로면 그는 아트샤의 무술에 포함된 5가지의 스킬을 모두 개방해 각각의 숙련도를 끌어올린 것으로 추정되었다. 그렇다면 적어도 5레벨까지 레벨링을 거친 각성자라는 말이었다.

"여기서 특급이라고 표시된 자는 길드 마스터인 천마를 말하는 건가?"

수현이 대답했다.

"네. 뭐 딱히 등급 구분에 명확한 기준이 있는 건 아닌데, 통상적으로 F급 몬스터를 단신으로 잡을 정도면 특급 헌터라 부른다 하더라구요."

"F급 몬스터라…."

태랑은 최근 G급 몬스터 고블린 군주를 단신으로 사냥한 적이 있었다. 이에 비추어 볼 때 천마라는 자는 최소 자기와 비슷하거나 살짝 아래의 수준인 것 같았다.

"그럼 상급이나 중급은 그보다 밑의 몬스터를 의미하나?"

"네. 대충 E까지를 상급, C까지를 중급이라고 해요. 근데 거기서 또 세분화한 사람들은 상급을 상상, 상중, 상하로 구분하기도 하고…. 뭐 하여튼 복잡해요."

태랑은 천마 길드의 인원 구성을 보던 중 갑자기 세이버 클랜의 수준이 궁금해졌다.

"혹시 우리 클랜 헌터들도 등급이 매겨져 있을까?"

"네. 저도 궁금해서 저희 자료도 뽑았거든요. 한 번 보실래요?"

[세이버 클랜, 주요 헌터]

김태랑–특

이유화–상상

김민준–상상

구한모–상중

이슬아–상중

레이첼–상하

이수현–상하

"우리 클랜은 그럼 특급 한 명에 상급이 6명 정도군."

"네. 외부 평판은 그렇더라구요. 근데 어차피 이 정보는 부정확할 수밖에 없어요. 아무리 빠르게 정보를 수집해도 레이드 결과를 갱신하는 데 시차가 존재하잖아요. 심지어 사망한 헌터도 버젓이 등록되어 있기도 하구요. 그냥 참고할 정도죠."

"하긴. 다소 부정확하긴 한 것 같기도…."

"그렇죠? 제가 아무리 그래도 상하는 좀 아니죠. 상중은 될 것 같은데…."

수현이 제 입으로 말하면서도 머쓱한지 뒤통수를 긁적였다. 태랑이 웃으며 말했다.

"아니. 내 등급 말이야. 초특급은 잡아줘야 하는 거 아냐?"

"네?"

태랑의 과한 자신감에 뻘쭘해진 수현이 서둘러 화제를 바꿨다.

"아무튼, 천마라는 자는 좀 특이한 사람이에요. 스스로 교주라 칭하고 부하들을 신도라고 부르는데, 이상한 강령 같은 것을 만들어서 매일 외우게 한데요."

"강령?"

"새로운 시대가 도래했다. 천마신도의 세상이 열릴 것이다. 뭐 이런 기도문 같은 거요."

"상 또라이군. 무슨 사이비 종교야?"

"왜 그런 소문도 있어요. 옛날에 유명한 이단 종교에서 활동했다는 얘기도 있고. 특히 밤마다 여신도들을 불러서 는…."

수현은 차마 말하기 부끄러운지 잠시 말을 멈췄다.

"아무튼, 끊임없이 교세를 확장하는 이유도 하렘 왕국을 건설하기 위한 목적이라는 소문이 있더라구요. 부하들도 모자라 거주민들에게까지 손을 댄다나…. 강령 중에 초야 권까지 있데요."

"초야권이면 결혼 전에 영주가 처녀를 범하는 그거 말이야? 중세시대에나 있던 거잖아?"

"네. 맞아요. 자기에게 은총을 입으면 극락왕생을 누릴 수 있다면서…."

"하ㅡ! 혹세무민하는 자로군. 살려둘 필요가 없겠는데?"

"하여튼 미친놈이에요. 근데 워낙 강해서 주변에서 어쩌 질 못하는 거죠."

"미사리 길드 파일도 가져 왔지? 줘봐."

"네, 마스터."

[미사리 길드]

인원 : 헌터 90여 명

구성 : 상급 10명, 중급 15, 그 외 기타

특징 : 과거 하남시 일대를 주름잡던 '미사리파'의 보스 은양길을 주축으로 결성. 미사리파는 전국구급에 들지 못하는 지방 조직이었으나, 몬스터 인베이젼 이후 급격하게 세력을 확장하여 하남시를 통일하기에 이름. 특급 헌터는 없지만, 단합력이 우수하고 수단과 방법을 가리지 않는 잔인함으로 인근을 굴복시킴.

"흠, 미사리파라…."

"저번 흑랑 길드도 그러더니 왜 이렇게 조폭들이 활개를 치죠?"

"물 만난 거지. 모든 일을 힘으로 해결하는 놈들에게 힘이 최고인 세상이야말로 완벽히 꿈꾸던 이상향일 테니까."

"그렇게 치면 경찰이나 군인들도 있잖아요."

"법이 기능하는 사회라면 군경도 조직을 꾸릴 수 있겠지. 하지만 무법천지인 판국에 공무원들이 무슨 사명감으로 뭉치겠어. 그렇다고 월급을 주는 것도 아니고."

"하긴…."

"근데 이것들 맨이터 아냐?"

"알아봤더니 맨이터는 아니에요. 나름 선을 지키더라구요. 하지만 하는 짓은 깡패나 다름없죠."

"깡패가 맞긴 맞잖아."

"아, 그렇구나."

"어쨌든 정보 수집하느라 고생했어. 나중에 간부회의 때 보자."

"넵."

저녁이 되자 태랑이 간부들을 소집했다.

"슬아랑 수현이를 통해서 강동 인근의 길드 현황을 확인해 봤어. 결론부터 얘기하면 협상의 여지가 전혀 없는 놈들이야. 외교적으로 해결할 방법은 없겠어."

"그 말은…."

"놈들을 쳐부숴야 한다는 소리지."

"클랜전을 벌이자는 얘깁니까, 마스터?"

"어차피 우리가 움직이지 않아도 놈들이 먼저 우릴 노릴 거야. 둘 다 서울 진출을 노리고 있거든."

"서울은 왜요? 경기도도 충분히 서울이나 마찬가진데…."

"여러 이유가 있지. 가장 중요한 건 거주민 확보와 사냥터 때문이겠지."

피난을 갔다곤 하지만 아직도 서울엔 많은 사람들이 남아 있었다.

최근 길드들은 경쟁적으로 거주민을 받아들여 세력을

키우는데 혈안이 되어 있었다.

또 던전이나 타워가 많은 것도 서울을 노리는 결정적인 이유가 되었다. 아이러니하게도 헌터의 성장을 위해선 몬스터라는 존재가 필수적이었다.

"지방에서 뛰어난 헌터들이 나오기 힘든 건 레벨링 할 몬스터가 부족한 탓이기도 해. 어쨌든 그런 면에서 서울은 최고의 사냥터나 마찬가지지. 두 길드 모두 자기 지역을 평정하고 서울을 노리는 이유지."

"그렇다면 우리가 걸림돌이겠군요."

"바로 맞췄어. 천마산이나 하남 모두 서울로 들어오려면 강동을 지나쳐야 해. 강동에 자릴 잡으면 서쪽으로는 강남이, 위로는 천호대교나 올림픽 대교를 넘어 동대문구까지 노려볼 수 있거든. 둘 다 던전이나 타워가 밀집된 곳이라 최고의 사냥터지."

태랑이 테이블에 펼친 지도엔 각 길드의 근거지가 표시되어 있었다. 천마와 미사리 두 길드 사이에는 남한산이 자리 잡고 있었다.

"두 길드는 남한산을 경계로 완전히 나뉘어 있어. 그러니 서로를 견제할 필요가 없었지. 그래서 세력을 확장하려다 보니…"

태랑은 두 길드를 시작점으로 하여 세이버 클랜이 있는 위치로 화살표를 그었다.

"우리가 타겟이 될 수밖에 없는 거지."

256

"정말 그렇네요?"

"흠…. 그럼 수비전을 준비해야 하나?"

"수비는 뭔 수비여? 별 시덥잖은 것들헌테 선빵 맞을 순 없지. 우리가 확 먼저 쳐 불장께? 미사리파, 요 족보도 없는 새끼들이 감히…. 나가 영등포 바닥 주름잡을 적만 혀도 고개도 못 들고 다니던 놈들인디."

"과거야 어쨌건 현재는 무시할 수 없는 규모에요. 두 길드 모두 헌터 수만 100여 명에 이르거든요. 저희 클랜의 3배는 넘죠."

"만약 두 길드가 합세해서 우릴 공격하면 도합 200명은 넘는다는 소리잖아? 생각보다 너무 많은데?"

"그렇지. 하지만 놈들이 쉽게 힘을 합치진 못할 거야. 이성적으로 협상이 가능한 놈들이었다면 굳이 싸울 생각도 안 했을 거거든."

"그럼 어떻게 할까요?"

태랑이 손가락으로 지도 한 곳을 짚었다. 세 길드가 위치한 트라이앵글의 중심부 지점이었다.

"여기는…. 남한산성?"

"그래. 여기서 담판을 지으려고."

"어떻게요?"

"놈들은 강동 진출이라는 똑같은 목표를 가지고 있어. 그것은 힘을 합칠 수 있는 명분이 되기도 하지만 반대로 놈들을 분열시킬 수 있는 갈등의 원인이 될 수도 있겠지."

눈치 빠른 은숙이 태랑의 의도를 간파했다.

"아하! 이이제이(以夷制夷)전략이구나!"

"이이제이? 그게 뭐에요?"

한자에 약한 슬아가 물었다.

"오랑캐로 오랑캐를 제압한다. 쉽게 말해 둘을 싸움 붙여서 어부지리를 얻자는 거야."

"바로 맞혔어. 역시 은숙이 똑똑한데."

"나 이과 나온 여자라니까."

"근데 어떻게 둘을 싸움 붙일 거죠?"

"남한산성엔 싸이클롭스라는 D급 몬스터가 살고 있어. 돌덩이 던지는 걸 좋아해서 거기 있는 돌을 죄다 뽑을 때까지 있을 놈들이지."

"싸이클롭스라면 외눈박이 괴물 말이야?"

"맞아. 나는 두 길드에 레이드를 제안할 거야."

"아하, 거기서 싸움을 붙이시겠다?"

"그렇지. 시비를 붙이고 우린 뒤로 빠지면 돼. 둘이 치고받고 나서 누구 이기든, 우린 만신창이가 된 길드를 접수하는 거지."

수현이 우려를 표했다.

"근데 생각대로 잘 될까요? 놈들도 바보가 아니면 죽을 만큼 싸우려고 들진 않을 텐데…."

"아까 말했지만 두 길드는 목적이 같아. 달리 말하면 경쟁상대라는 소리지. 그 점을 집중적으로 공략해야 돼."

"오케이. 그럼 이번 레이드는 어떻게 구성할 건데?"

"싸이클롭스는 D급 몬스터라서 부하들을 경험 삼아 데려가긴 너무 위험해. 게다가 검은 별하고 막고라가 북쪽과 서쪽을 커버한다고 해도 거주민 보호와 기지 방어도 소홀히 할 순 없고. 은숙이는 저번에 말한 대로 참여하고, 이번엔 유화랑 한모 형이 남아."

"네. 알았어요."

"아따, 아쉽구만. 근디 나도 농기구 만들게 많아가꼬 차라리 남는 편이 낫겠다."

태랑은 은숙과 수현, 민준과 슬아 모두 다섯 명을 레이드에 참여시키기로 했다.

또 천마 길드와 미사리 길드에도 연락을 취해 연합 작전에 대해 제안했다.

D급 무리 사냥은 단독으로 진행하기엔 큰 희생이 뒤따랐기 때문에 모두들 연합 레이드를 찬성하는 분위기였다. 얻을 수 있는 전리품을 감안한다면 양질의 헌터로 연합을 구성하는 편이 효과적이었다.

길드 규모에 비례해 천마 길드에선 길드 장을 포함한 12명의 헌터가, 미사리 길드에선 8명의 헌터가 각각 차출되었다.

그렇게 도합 25인의 헌터가 남한산성 아랫자락에서 모였다.

❖ ❖ ❖

"그대가 세이버의 마스터 김태랑인가?"

말을 건 사람은 온통 하얀색의 옷을 입은 사내였다. 눈에는 꼴사납게 스모키 화장을 하고 있어 다소 거북한 느낌이 들었다.

"…천마님?"

"그렇다. 내가 천마신교의 교주다."

"여어, 다 모였네?"

또 다른 사내가 건들거리는 폼으로 걸어왔다.

"은양길 마스터시군요. 반갑습니다."

"마스터가 뭐꼬? 마, 그냥 행님이라 케라. 내 형님 맞제?"

과한 경상도 억양에 다짜고짜 반말을 내뱉은 은양길은 천마 쪽을 쓰윽 쳐다보더니 못 볼 꼴 본 사람처럼 혀를 끌끌 찼다. 천마의 표정이 순간적으로 경직되었으나 곧 굳은 얼굴을 풀고 말했다.

"어쨌든 세 마스터가 다 모였으니 작전 계획이나 들어보지."

마스터들은 남한산성 공략전에 대비해 임시 회동을 가졌다. 부하들을 각기 대기 장소에서 기다리게 하고 대표들만 모인 자리였다.

태랑은 두 사람을 번갈아 쳐다보며 차분한 목소리로 말했다.

"저희 클랜의 정찰 결과 남한산성 전역에 싸이클롭스들이 포진되어 있습니다. 산 위에 자리 잡고 있어 상대적으로 고지대인 데다 놈들의 투석 실력이 몹시 매섭기 때문에 가까이 접근하기 위해선 방어 마법이 필요합니다."

"우리 천마 길드가 보유한 마법사 셋이 방어 매트릭스를 펼칠 수 있다. 그 정도면 낙석 정도는 피할 수 있을 것 같지 않은가?"

"근데 형씨는 말투가 와그라는데?"

"무엇이 말이냐?"

"그 사극 톤으로 말하는 거 안 하믄 안되나? 아까부터 듣기 싫어 죽겠네."

"내 말투를 지적하기 앞서 그대의 시건방진 태도부터 개선해야 하지 아니한가?"

"뭐라꼬? 니 지금 뭐라고 했노?"

천마와 양길은 성격이 완전히 상극이었다.

천마는 차분하지만, 눈빛에 음험한 기운이 가득해 속내를 짐작키 어려웠고, 양길은 거친 상남자답게 단순 무식하면서도 지나치게 솔직했다.

'완전히 물과 기름 같은 놈들이구나. 굳이 시비를 붙이지 않아도 알아서 사단이 나겠는걸?'

태랑은 속으로 흡족해하며 짐짓 겉으로는 두 사람을 만류했다. 목적은 분명했지만 드러내놓고 속내를 드러낼 필욘 없었다.

"오늘 처음 본 사인데 그러지 마시고 레이드 계획이나…."

"마, 동생. 니가 대장이가?"

"네?"

"니가 대장도 아니믄서 와 우리한테 명령질인데? 누가 시키드나?"

태랑은 양길의 예의 없는 언사에 어이가 없었지만, 속으로 적절한 타이밍라고 생각하고 말문을 열었다.

"아! 아닙니다. 제가 이번 레이드를 주도하긴 했지만 아무래도 세력이 가장 큰 천마님께서 임시 공대장을 맡아 주는 게 모양새가 좋을 것 같군요."

"역시 그대가 사람을 보는 눈이 있군."

천연덕스런 태랑의 말에 양길에 버럭 화를 냈다.

"그란 법이 어딨는데? 쪽수만 많이 대꼬오믄 다가?"

"그러면 은양길 마스터께서 지휘하시겠습니까?"

"내는 시켜주면 하지. 그기 뭐라고."

연합 레이드에서 임시공대장을 맡은 길드장은 아티펙트 배분 시 우선권을 가지는 게 통상의 관례였다. 양길은 이번 레이드에 전리품이 많이 나온다는 것을 확신하고 있었고, 따라서 임시공대장 역시 양보할 생각이 없었다.

"벌써 다수결로 결정이 난 것 같은데? 셋 중 둘이 찬성이니 내가 맡겠다."

천마의 태도에 태랑이 갑자기 말을 바꿨다.

"앗. 제가 경솔했습니다. 생각해 보니 미사리 길드 마스터 의견도 일리가 있는 것 같습니다. 숫자를 많이 데려왔다고 공대장을 맡길 거라면 누군들 더 데려오고 싶지 않았겠습니까?"

"하모. 내 말이."

"애초 길드 규모에 따라 인원을 맞춘 게 아니더냐?"

"맞습니다. 하지만 사전에 이 부분을 협의하지 않았기 때문에 그 기준으로 임시 공대장을 정하긴 논란이 있을 수 있습니다."

"크흠."

"캬, 니 억수로 말 잘하네."

양길의 노골적인 태도에 천마의 표정이 더욱 굳어졌다.

태랑은 둘의 갈등을 적당히 유발시킨 후 이쯤에서 사태를 수습하기로 했다. 여기서 더 틀어지면 레이드마저 망칠 우려가 있었다.

"이러는 건 어떻습니까? 두 분은 서로 양보를 못 하겠다 하고, 저 역시 한쪽 편을 들기는 곤란하니 차라리 제가 임시공대장을 맡겠습니다."

"으잉? 그기 뭐꼬?"

"결론이 왜 그렇게 되는가?"

"물론 임시공대장이 전리품 우선권을 갖는 건 압니다. 하지만 저는 그 권리를 포기하겠습니다. 두 길드 중에서 레이드 전과가 뛰어난 길드에 우선권을 양보하는 조건으로 하면 어떻습니까?"

태랑의 제안에 두 사람이 서로의 눈치를 보더니 고개를 끄덕였다.

"나도 그편이 합리적이라고 생각한다."

"그라모 몬스터 많이 잡은 쪽에 우선권을 준다 이 말이제?"

"네, 맞습니다. 다들 양식 있는 분들이니 충분히 이해하셨을 거라고 믿습니다. 그럼 계속 작전회의를 진행해도 되겠습니까?"

둘의 자존심을 건드려 실리를 챙긴 태랑은, 작전에 대해 보다 심도 있는 논의를 거쳤다.

두 사람은 일개 클랜장에 불과한 태랑이 레이드 전체를 지휘하는 게 마뜩치 않았지만 상대편에 권한을 넘겨주는 것보다는 낫겠다 판단했다. 능수능란한 태랑의 언변에 둘다 완전히 주도권을 뺏긴 셈이었다.

"…그러면 이 작전대로 진행하겠습니다. 30분 뒤 남문 방향으로 모여 주십시오."

"알겠다."

"있다 보제이."

두 사람을 물린 후 태랑은 대기하던 부하들 곁으로 갔다.

"어떻게 됐어요?"

"응. 작전대로야. 살짝 거들기만 했는데, 양길이가 판을 크게 만들어 주더군."

포식의
군주 7

"양길이? 아, 미사리파 은양길요?"

"미사리파가 아니고 미사리 길드."

"앞으로 메치나 뒤로 엎으나 뭐."

"아무튼, 성격이 완전히 지랄 맞더라고. 조폭 시절 버릇이 고스란히 남아있어."

"천마 쪽은? 좀 음침하게 생겼던데⋯."

"그쪽도 정상은 아니야. 어떻게 저런 자들이 마스터가 됐지?"

"왜, 아쳐스의 곽시은인가? 걔도 좀 이상했잖아. 마스터라고 해서 모두가 너 같진 않더만 뭘."

은숙의 말에 태랑이 속으로 생각했다.

'곽시은은 좀 이상한 게 아니라 완전 미친 여자지. 은숙이 네가 실상을 잘 몰라서 그렇지⋯.'

"일단은 갈등의 불씨는 만들어 놨어. 이제 불쏘시개로 찔러주기만 하면 활활 타오를 거야."

"설마 레이드 중에 싸우지는 않겠죠? 그러면 우리도 완전 나가린데⋯."

"그렇게는 안 되게 해야지. 일단 내가 연합 레이드의 지휘권을 가지고 있으니 적당히 저지할 거야. 어쨌든 다들 몸 사려. 전에도 얘기했지만 싸이클롭스는 만만한 몬스터가 아냐."

"알죠. 그래도 D급인데⋯."

"놈은 원거리 공격이 주특기야. 집채만 한 바위를 집어 던지는데 정확도 또한 일품이거든. 근데 문제는 잘 알려지지 않은 근접전 능력도 의외로 발군이라는 거야."

"정말요?"

"놈의 가죽은 무척 질겨서 도검이 잘 박히질 않아. 게다가 힘도 장사지. 어설프게 접근했다간 크게 낭패를 볼 거야."

"그럼 어떡하죠?"

태랑은 손가락을 들어 자신의 눈을 가리켰다.

"약점은 이거야."

"머리요?"

"아니. 눈."

"아하, 외눈박이라서?"

"맞아. 눈만 날리면 말 그대로 장님이나 마찬가지거든. 공격목표를 눈에다 집중해야 돼."

"알겠어요."

"그리고 한 가지 더. 아마 싸이클롭스 중에선 놈들을 이끄는 대장이 있을 거야. 싸이클롭스 칸이라고 불리는데 F급 몬스터지."

"싸이클롭스 칸? 싸이클롭스 상위호환인가요?"

"응. 근데 놈은 눈이 약점이 아냐. 오히려 눈에서 레이저 같은 걸 쏘아대는데, 그 광선에 맞으면 신체가 절단될 정도로 강력해."

"와, 위험하네요."

"어떻게 알아보죠?"

"싸이클롭스 칸의 거죽은 노란색이 아니라, 약간 푸른 빛을 띄고 있어. 놈을 만나거든 무조건 뒤로 빠져. 알았지?"

"네."

태랑은 몇 가지 주의사항을 더 일러준 뒤 부하들을 이끌고 집합 장소로 향했다. 천마 길드와 미사리 길드의 헌터들도 모두 모여 있었다.

태랑이 연합 레이드의 공대장 자격으로 앞에 섰다.

"다들 부상자가 발생하지 않도록 최선을 다합시다. 모두 건투를 빕니다."

"가자!"

"몬스터 놈들 때려 눕혀주마!"

연합팀은 자신만만하게 남한성 능선을 올랐다. 다들 중급 헌터 이상의 정예로 구성되어 경사가 급한 지형을 오르는데도 숨소리 하나 들리지 않았다.

은숙이 태랑 뒤를 따라 오르며 그에게 말했다.

"오랜만이라 너무 신나. 역시 난 야전 스타일인가 봐."

"여기서부턴 긴장해야 돼."

"아직 남문이 보이지도 않는데?"

"싸이클롭스는 비홀더라 불리는 애완 몬스터를 키워."

"비홀더?"

"응. 커다란 왕눈이 괴물인데 나무 같은데 매달려 있다가 싸이클롭스 눈으로 직접 감시정보를 전달하지. 그래서 놈들은 원거리에 있어도 바위를 던질 수 있는 거야."

"가만, 혹시 비홀더라는 몬스터가 얼굴 전체가 커다란 눈알로 되어 있고 다리는 문어처럼 촉수로 되어 있어?"

"응? 그걸 어떻게 알았어?"

"저기 저거 아냐?"

은숙이 손을 들어 가리키는 나무줄기에 정말로 비홀더가 붙어 있었다. 눈알을 통째로 밖으로 끄집어낸 것처럼 징그럽게 생긴 놈이 커다란 눈알을 끔뻑이며 연합 팀을 주시하고 있었다.

"젠장! 들켰다! 포격에 대비해!"

태랑이 소리치는 순간 하늘 위에서 수십 개의 돌무더기가 쏟아지기 시작했다. 아직 남한산성 남문까지는 1km 이상 떨어져 있어 방심했던 태랑에겐 뼈아픈 실책이었다.

'놈의 정찰병이 생각보다 멀리 나와 있구나! 그래도 1Km 밖에서 저만한 돌을 집어 던지다니! 괴물 같은 놈들!'

하늘을 뒤덮은 낙석에 천마가 급히 명령했다.

"마법사! 방어 매트릭스 준비!"

천마 길드 소속의 마법사가 지체 없이 스킬을 펼쳤다. 방어 매트릭스는 시전자를 중심으로 반구형 배리어를 씌우는 기술로 공중에서 낙하하는 마법을 막기엔 최적이었다.

헌터들은 서둘러 매트릭스 안으로 들어와 포격에 대비했다.

콰쾅—!

매트릭스에 수십 개의 돌덩이가 부딪히자, 배리어가 출렁거리며 흐릿해졌다. 강력한 위력에 버려가 깨지기 시작한 것이다.

"한 번 더!"

곧 대기하던 다른 마법사가 또다시 방어 매트릭스를 펼쳤다. 매트릭스를 두들기는 돌덩이들은 남한산성을 이루던 성벽 돌이었다.

"멀쩡한 산성 돌을 왜 뽑아 던지는 거야?"

"돌 던지길 좋아하는 놈들이라 남한산성이 천국처럼 느껴질걸?"

"이대로 계속 방어하는 건 무리야."

"있어 봐."

태랑은 다리 춤에서 서리 화살을 뽑아 들더니 나무에 매달려 있던 비홀더를 맞췄다.

"지금이다! 전원 전진하라!"

태랑의 명령이 아니더라도 헌터들은 벌써 득달같이 달려나가고 있었다. 연속해서 매트릭스가 깨지는 바람에 더 이상 버티고 있다간 돌에 맞아 죽을 판이었다.

"세이버! 최대한 빠르게 움직여!"

"옙, 마스터!"

헌터 스물다섯 명이 빠르게 산길을 타고 올랐다. 커다란 바윗덩어리가 쉴 새 없이 날아들며 헌터들을 위협했지만,

아슬아슬 빗겨나갔다.

비홀더가 죽으면서 정확한 좌표를 잃어버린 탓이었다.

그러나 성벽에 근접해 가자 싸이클롭스의 육안에도 헌터
들이 노출되었다.

"커헉-!

소속을 모르는 헌터가 바윗덩어리를 얻어맞고 형편없이
튕겨 나갔다. 이제껏 등 뒤로 떨어져 내리던 돌덩이들이 그
물망처럼 촘촘하게 쏟아지고 있었다.

"놈들이 예측 포격을 한다! 미리 판단하지 말고 끝까지
보고 움직여!"

이제 헌터들은 뿔뿔이 산개한 채 전진을 거듭했다. 근거
리에선 방어 매트릭스 마법만 가지곤 집중 포격을 견뎌낼
수 없었다.

태랑은 날아오는 돌덩이를 눈으로 보며 가볍게 피해냈
다. 최근에 포식한 예리한 반사 신경 특성 덕분이었다.

슬아나 민준 역시 워낙 민첩했기 때문에 바위를 피하는
것은 어렵지 않았다. 은숙은 배리어 마법을 갖추고 있어 만
약의 경우라도 대비가 가능했다.

하지만 수현은 아니었다. 동작이 굼뜬 그에게는 가까이
갈수록 점점 더 직사각으로 날아드는 바위를 피하는 게 불
가능에 가까웠다.

"으아아! 돌 날아온다!"

"위험해!"

민준이 급히 수현 앞을 막아서며 바람의 벽을 펼쳤다. 물리 공격을 막아내는 그의 바람 장벽에 바윗덩어리가 튕겨나갔다. 머리를 웅크리던 수현에게 민준이 소리쳤다.

"조금만 힘내! 거의 다 왔다."

"네, 형!"

성벽 가까이 접근하는 데만 5명의 헌터가 부상을 입고 쓰러졌다. 그중 둘은 부상의 정도가 심각해 완전히 전장을 이탈해야 했다.

'젠장! 예상은 했지만 포격이 너무 강력하군. 그래도 이제부턴 육탄전이다!'

"전원, 돌격!"

태랑의 돌진 명령에 헌터들이 죽기 살기로 달려들었다. 그동안 돌덩이를 피하느라 잔뜩 독이 오른 헌터들이 성벽에 바짝 붙으며 근접전에 돌입했다.

단연 눈에 띄는 사람은 백의를 입은 천마였다.

그는 아트샤의 무술을 발휘해 순식간에 성벽 위에 올라섰다. 마치 있지도 않은 발판을 딛고 공중으로 날아오르는 모습에 다른 헌터들이 입을 쩍 벌렸다.

"에, 에어워크다!"

"멍청아, 저건 허공답보라는 스킬이야!"

놀라운 경신술로 성벽 위에 올라선 천마를 향해 거구의 싸이클롭스 두 마리가 동시에 공격했다. 천마는 가소롭다는 표정으로 가볍게 주먹을 피하더니 한 놈을 걷어차고는 이내 몸을 반전하여 다른 놈의 가슴팍에 손끝을 세워 찔렀다.

푸욱—

그의 수도가 싸이클롭스의 몸통에 깊이 박혔다. 이윽고 빠져나온 그의 손에는 싸이클롭스의 심장이 들려 있었다.

"과연 천마님! 심장 뽑기 스킬이야!"

"대단해! 한방에 놈을 보내버렸어!"

천마의 활약을 지켜본 양길은 조바심이 났다.

'흥, 네놈 따위에 질 수 없지!'

"애들아! 타구진이다!"

"예, 형님!"

양길의 명령에 미사리 길드 소속 헌터들이 동시에 싸이클롭스를 둘러쌌다. 이는 양길이 가진 특성 '결속의 힘'을 이용한 전술이었다.

결속의 힘이란 주변 헌터들이 받는 피해를 고스란히 나눠 받는 것으로 한 번에 8명까지 묶을 수 있었다. 즉 한 명의 쉴드가 깎이더라도 그것을 여럿이 나누어 순간적으로 쉴드를 뻥튀기시키는 셈이었다.

"콱마 조져삐라!"

결속의 힘으로 묶인 미사리 길드의 헌터들은 싸이클롭스의 매서운 공격을 온몸으로 버티면서 하나하나 차근히 쓰러뜨렸다.

양 길드의 활약 앞에 성벽 위에 진을 치던 싸이클롭스가 빠르게 정리되었다. 이를 지켜보던 태랑도 클랜원들 독려했다.

"우리도 질 수 없지. 가자!"

태랑은 본인이 먼저 나서기보다 서리 궁수의 활을 통해 후방을 지원하는 역할을 맡았다. 다른 동료들의 성장세를 눈으로 확인하고 싶었기 때문이었다.

'역시 민준이 가장 믿음직스럽군.'

단연 돋보이는 사람은 민준.

철혈도를 들고 적진을 휘젓는 솜씨는 거침이 없었다. 그는 싸이클롭스를 상대로 한 치도 물러서지 않고 검을 휘둘렀다. 그의 검이 지나갈 때마다 싸이클롭스의 두터운 가죽이 쩍쩍 갈라지며 피를 뿜었다.

'그 사이 포스를 많이 끌어 올렸나 보군.'

그가 가진 소드마스터 특성은 자신보다 포스가 약한 상대를 무조건 밸 수 있게 했다. 이제 D급 몬스터 정도는 그의 상대가 되지 못했다.

민준이 일검 일검 전력을 쏟아붓는 스타일이라면, 슬아는 민첩함으로 싸이클롭스를 상대했다.

특유의 빠른 몸놀림으로 상대의 공격을 회피해가며 치명적인 급소를 노리고 비도를 날렸다. 특히 슬라이머의 고무 팔을 이용한 공격은 곡예를 연상시킬 정도로 현란했다.

벽을 향해 팔을 뻗어 솟아오르는가 싶더니, 다시 벽을 박차고 도약하며 공중에서 비도를 뿌렸다. 그녀를 상대하는 싸이클롭스는 성가신 파리라도 쫓는 것처럼 두 팔을 마구 휘저었지만, 옷깃도 스치지 못하고 끝내 쓰러졌다.

은숙과 수현은 콤비를 이뤘다.

은숙이 수현에게 베리어 마법을 걸어주자, 수현은 천둥 군주의 심판 스킬을 통해 벼락과 함께 강림했다. 번개에 직격당해 해롱거리는 놈을 향해 수현이 펀치를 날리자, 주먹 끝에서 뇌전의 기운이 터져 나오며 번쩍 스파크가 튀었다.

파지직─!

온몸이 감전된 싸이클롭스는 몸을 부르르 떨면서 허물어졌다.

"어쭈, 이수현 제법 늘었는데?"

"헤헷. 유화 누나랑 맨날 스파링하거든요."

그간의 노력이 헛되지 않았는지 수현의 뇌전펀치는 제법 매서운 맛이 있었다. 특히 은숙의 베리어 마법을 믿고 일부러 공격을 허용하며 천둥갑옷의 효과를 톡톡히 누렸다. 그에게 접근했던 싸이클롭스는 고슴도치를 맨손으로 때린 것처럼 번갯불에 데인 듯한 고통을 당해야 했다.

그때 다른 곳에서 몰려든 싸이클롭스가 다짜고짜 돌덩이를 집어 던졌다. 같은 편이 당하든 말든 신경 쓰지 않는 눈치였다.

'이건 내가 처리해야겠군.'

뒤에서 대기하던 태랑은 날아오는 바윗덩어리를 향해 몸을 날렸다.

"마스터! 위험해요!"

바위와 충돌하기 직전 태랑이 도끼를 뽑아 내리쳤다.

그러자 거대한 바위가 수박 쪼개지듯 쩍하고 갈라지더니 양편으로 떨어졌다. 태랑은 휘두른 자세 그대로 공중에서 몸을 한 바퀴 돌려 땅에 착지하기 직전 싸이클롭스에게 도끼를 집어 던졌다.

"뇌전강타!"

온 힘을 다해 던진 도끼가 붕붕- 회전하며 싸이클롭스의 머리에 곧바로 꽂혔다.

콰지직-!

동시에 번개가 내리치며 싸이클롭스를 까맣게 태워버렸다. 태랑은 이어 빙궁을 뽑아 들더니 다른 싸이클롭스를 향해 시위를 당겼다.

얼음 화살이 눈에 박힌 싸이클롭스가 시야를 잃고 허둥대는 사이 태랑이 번쩍 뛰어올라 역수로 거머쥔 사모창으로 놈의 심장을 쑤셨다.

거구의 외눈박이 괴물이 창에 박힌 채 뒤로 넘어갔다. 태랑은 쓰러지는 놈의 시체를 발로 밀어 창을 뽑아낸 뒤, 옆에서 달려오는 싸이클롭스를 향해 왼 손바닥을 내밀었다.

"마스터? 지금 뭐하는 거예요?"

"새 스킬을 익혔거든. 시험해 보려고. 파이어 볼!"

고블린 군주를 해치우고 획득한 파이어볼 스킬이 그의

손에서 뿜어져 나왔다. 본래 3레벨짜리 스킬은 태랑의 조던 링 효과로 4레벨까지 상승해 어마어마한 크기를 자랑하고 있었다.

불꽃의 화염구가 싸이클롭스의 몸에 직격하자 격렬한 폭발을 일으켰다.

퍼벙-!

폭발에 휘말린 싸이클롭스는 온몸이 불타오르며 주저앉았다.

'대단한 위력인데? 4레벨짜리 마법이 이 정도란 말인가?'

태랑은 스텟 창을 열어 파이어볼 스킬을 확인했다.

'파이어볼' (4Lv)

+포스의 10%를 소모해 거대한 불덩이를 날림. 적중한 적은 최대 400%의 데미지를 입으며 폭발반경 10M까지 스플래시 데미지를 줌.

+ '페니언의 불' 효과가 적용되어 대상을 지속적으로 불태움.

+ '발화' 효과가 적용되어 상대의 포스 재생성을 방해함.

+ '전이' 효과가 적용되어 폭발반경에 휘말린 모든 대상에게 '발화' 와, '페니언의 불' 효과가 나타남.

-다음 스킬레벨에 도달하면 파이어볼이 2번 더 튕겨 나가며 추가적인 피해를 줌.

'확실히 4레벨짜리 마법이라 그런지 부가효과가 엄청나군. 다음번 스킬업 때 불카토스의 무기술을 올릴까 했는데 이거 고민 좀 해봐야겠는데….'

연합팀의 활약으로 싸이클롭스는 빠르게 정리되어갔다.

다소 부상자가 발생했지만, D급 몬스터를 상대한 것에 비하면 경미한 수준이었다.

"얼추 다 정리가 된 것 같은데?"

"아니. 아직 한 놈이 남았어."

태랑의 예상처럼 끝판 대장이 마침내 모습을 드러냈다.

푸른색의 거죽으로 둘러싸인 싸이클롭스 칸이었다. 다른 싸이클롭스보다 머리 하나가 더 큰 놈은 양손에 초승달처럼 휘어진 거대한 시미터를 들고 있었다.

"비켜라. 저놈은 우리 천마 길드의 몫이다!"

태랑이 말릴 새도 없이 천마 길드 소속 헌터들이 칸을 향해 우르르 몰려들었다. 싸이클롭스를 손쉽게 해치우고 부쩍 자신감이 든 모양이었다.

"조심해!"

태랑이 경고했지만 이미 놈의 사정거리에 들어선 후였다.

싸이클롭스 칸의 거대한 외눈이 끔뻑이더니 갑자기 눈에서 파열광선이 뿜어져 나왔다. 진홍색의 레이저가 한바탕 훑고 지나가자 무모하게 달려들던 천마 길드의 근접 전사들이 순식간에 고깃덩어리로 변했다.

'젠장, 멍청한 놈들!'

태랑이 남은 헌터들이라도 살리기 위해 재빨리 파이어 볼을 갈기며 시선을 끌었다. 태랑의 거대한 파이어볼이 얼굴로 날아가자 놈은 들고 있던 쌍칼을 휘둘러 마법을 소거 시켰다.

'디스펠 능력이군.'

칸의 무기에는 마법을 무효화시키는 디스펠 마법이 걸려 있었다. 태랑의 마법을 무위로 돌린 칸은 이어 양팔을 수평 으로 뻗더니 팽이처럼 몸을 회전시켰다.

죽음의 춤이라고 불리는 유령무희 스킬이었다.

"뒤로 물러서! 말려들면 당한다!"

고속으로 회전하는 칼날 폭풍에 미처 도망가지 못한 헌터들이 속절없이 썰려 나갔다. 피해가 급격히 누적되었다.

'젠장. 싸이클롭스를 너무 쉽게 잡은 게 오히려 독이 되고 말았구나. 놈은 외양만 비슷하지 레벨이 다른 놈인데….'

"천마님! 이대로 가다간 애꿎은 부하들만 희생당할 겁니다. 둘이서 협공을!"

"알겠다!"

현재 연합의 특급 헌터는 천마와 태랑 둘뿐이었다. 희생을 최소화하기 위해 나머지 부하들을 물리고 둘이 상대하는 편이 나았다.

천마가 몸에 호신강기를 두르고 장법을 쏟아냈다. 푸른

색의 장풍이 놈을 강타하자 칸이 처음으로 몸을 휘청거렸다.

"네놈이 감히 나의 신도를!"

파열광선에 부하를 잃은 천마는 눈이 뒤집혔다. 그는 흥분하여 있는 대로 장풍을 쏟아냈다. 그러나 처음과는 달리 칸이 디스펠을 이용해 장풍을 지워버렸다.

"마법은 통하지 않습니다. 직접 타격을 줘야 해요."

태랑의 조언을 들은 천마는 겁도 없이 놈에게 접근했다.

적수공권인 그와 쌍칼을 거머쥔 칸은 대결에 지켜보던 헌터들의 입이 바싹 말랐다.

'맨손으로 무기를 든 상대와 겨룬다고?'

모두의 우려와 달리 천마는 자신감이 있었다. 그의 호신강기는 쉴드를 3배까지 강화시켜 주었다. 놈의 공격에 직격당하지만 않는다면 어지간해선 그의 몸에 상처를 낼 수 없었다.

천마가 놈과 어우러진 사이 태랑 역시 사모창을 들고 달려들었다. 높은 곳에서 내려치는 놈의 칼날을 상대하기엔 도끼보다 창이 나았다.

이제 칸은 쌍칼을 들고 두 명의 특급 헌터를 상대했다. 좌우에서 번갈아가며 공격하는 통에 놈의 하나뿐인 눈이 정신없이 흔들렸다.

그러나 위급한 순간마다 파열광선을 쏟아내며 시간을 벌었다. 놈의 눈에서 뿜어져 나오는 레이저 광선은 맞는 순간

칼날처럼 사람의 몸을 토막 내버렸기 때문에 태랑과 천마도 그 순간만큼은 뒤로 물러서야 했다.

'그렇구나. 파열광선은 무한정 쏟아내는 기술이 아냐. 그래서 파열광선을 쏘고 난 뒤에 유령무희를 이용해 시간을 버는 것이로군.'

놈이 또다시 팽이처럼 몸을 돌리자 천마와 태랑은 뒷걸음질 치며 사정권에서 비켜났다.

"두 기술이 끝나면, 다음입니다."

"알고 있다."

천마 역시 놈의 패턴을 읽은 모양이었다. 두 사람은 이제 놈의 회전이 끝나기만을 기다리며 공격을 준비했다.

그 모습을 뒤에서 지켜보던 양길은 바짝 조바심이 났다.

'젠장. 보스 몬스터를 잡는데 이렇게 손 놓고 있다간 전리품 배분에서 불리할 텐데….'

그는 급박한 와중에도 전공을 걱정했다.

이대로라면 1등 공신은 천마 길드, 2등은 세이버 클랜의 차지였다. 천마는 그렇다 치고 고작 5명밖에 출전하지 않은 세이버 클랜에게까지 밀린다면 하남시의 지배자인 미사리 길드 체면이 말이 아니었다. 두고두고 창피를 당할지도 몰랐다.

그는 부하들에게 소리쳤다.

"니들 간뎅이가 쫄아뺏나? 건달이 가오 상하게 이럴 끼가?"

"아닙니다, 형님."

"그라모 퍼뜩 따라온나!"

일격을 준비하던 태랑과 천마는 불쑥 난입한 미사리 길드원들로 인해 계획이 꼬이고 말았다.

'뭐야. 저놈들은?'

"마! 우리는 뭐 꿔다 논 보릿자루가?"

"이 멍청한 놈들이!"

천마가 불같이 화를 냈지만 이미 난전이 벌어지고 말았다.

결속의 힘을 믿고 뛰어든 마시리 길드원들로 인해 태랑과 천마는 아까처럼 원활한 협공을 펼칠 수가 없었다.

여럿이 하나를 상대할 때 호흡이 맞지 않으면 오히려 거추장스러운 경우가 많다. 기껏 준비한 스킬을 방해하거나, 상대의 방패막이로 자처하면서 동선을 흩트려 놓는 것이다.

"저리 물러서!"

"와? 꼬으면 니도 다 대꼬 오시든가?"

"이것들이 진짜!"

태랑은 두 사람의 실랑이를 보면서 생각했다.

'결국, 양길이가 초를 치는구나! 기왕 이렇게 된 거 뒤로 빠지는 편이 낫겠다.'

태랑은 짐짓 칸의 공격에 타격을 입은 것처럼 한발 물러섰다.

그 순간 기회를 잡은 천마가 자신의 필살기를 펼쳤다.

"절륜권!"

웅장한 포스가 실린 천마의 공격이 싸이클롭스 칸의 몸을 두들겼다. 몸속의 포스를 주먹 끝에 담아 쏟아붓는 스킬로, 한번 펼치고 나면 포스가 완전히 바닥날 정도로 강력한 기술이었다.

절륜권에 강타당한 칸이 비틀거리며 넘어지는 데 마지막 공을 가로채려는 듯 미사리 길드 조직원 하나가 놈의 머리를 향해 도끼를 집어 던졌다.

그러나 쓰러지는 와중에도 칸이 칼을 휘둘러 도끼를 쳐내자 하필 그 도끼가 천마를 향해 날아갔다.

"이런 버러지 같은!"

천마는 다시 도끼를 발로 차 걷어냈다. 그러자 튕겨진 도끼가 다른 미사리 길드원의 등판에 박히고 말았다.

푹-!

"아뿔싸!"

"이, 이놈이!"

"천마가 우리를 공격했다!"

그것은 분명 사고였지만 눈앞에서 동료가 도끼에 찍혀 쓰러지자 양길은 이성을 잃어버렸다.

"이 개시끼가 지금 누굴 공격하노?"

칸을 두고 벌이던 레이드는 갑자기 천마와 미사리 길드의 싸움으로 돌변했다. 그 모습을 보던 천마 길드의 남은 헌터들이 마스터를 돕기 위해 나섰다. 맨 처음 파열광선과 유령무희에 막대한 타격을 입었던 그들은 남은 미사리 길드와 거의 동수를 이루고 있었다.

"이게 대체 뭔 상황인데?"

"완전 개판이구만."

갑작스레 인간들끼리 싸움이 벌어지자 그사이 천마의 공격에 타격을 입은 칸이 뒤로 몸을 내빼기 시작했다. 흥분한 미사리 길드와 천마 길드는 서로 엉겨 붙는 바람에 도망치는 놈을 신경 쓸 겨를이 없었다.

태랑은 부하들을 불러 놓고 말했다.

"우린 저놈이나 잡자."

"안 말려도 될까요?"

"말리긴 해야지. 하지만 지금은 아냐."

태랑은 애초 전리품 배분을 통해 갈등을 유발할 생각이었다. 그러나 알아서 시비가 붙어 싸움이 크게 번지자 차라리 다행이라고 여겼다.

'잘됐어. 둘이서 치고받는 사이에 나는 놈의 특성이나 포식해야겠다.'

"슬아야. 놈의 심장을 노릴 수 있겠어?"

"해볼게요."

태랑은 도망치는 칸을 향해 먼 거리에서 화살을 날렸다. 그의 서리 화살이 정확히 칸의 외눈에 적중했다. 시야를 상실한 칸이 고통에 몸부림치며 허우적거렸다. 그 사이 놈에게 빠르게 대쉬한 슬아가 놈의 심장에 단검을 쑤셔 박았다.

이미 천마의 필살기에 만신창이가 되었던 칸은 슬아의 공격을 도저히 당해낼 수 없었다. 싸이클롭스를 단독으로 물리친 태랑은 적당한 시점에 두 집단 사이로 뛰어들었다.

"다들 그만 하세요! 이게 무슨 짓입니까!"

태랑의 일갈에 두 길드가 양편으로 갈라섰다. 다행히 사망자가 발생하진 않았지만 이미 감정의 골이 파일 만큼 파인 상황이었다.

아직까지 씩씩거리던 양길이 태랑을 향해 말했다.

"니도 봤제? 저 노마가 우리 아를 먼저 공격했다? 맞제?"

"일부러 그런 것이 아니다. 명백한 사고였다!"

본래 두 길드가 붙으면 천마 길드 쪽이 유리했지만, 이미 포스를 한바탕 쏟아낸 직후라 천마도 제힘을 발휘하기 힘든 상황이었다. 태랑은 이 정도면 충분히 갈등을 유발했다는 생각에 중재를 유도했다.

"어쨌든 레이드는 끝났습니다. 불미스러운 일이 벌어지긴 했지만 두 분 모두 화해하시는 게 어떻습니까?"

"본좌는 잘못한 게 없다."

"내도 싫은데? 도끼 맞은 우리 아가 뒈질 뻔했다 아이가? 사과는 저쪽부터 해야지."

태랑 역시 두 사람이 동귀어진하길 바랐지만 적어도 지금은 아니었다. 레이드 게시판을 통해 이 사건이 알려지면 연합을 주도한 태랑 역시 리더십에 흠집이 날 것을 우려했다.

'적어도 내가 임시 공대장을 맡은 레이드에선 허락할 수 없지.'

"이건 부탁이 아닙니다. 임시 공대장으로서 명령입니다. 싸움을 당장 중단하세요."

태랑은 '명령' 이라는 단어에 힘을 주어 말했다.

헌터들의 생리는 군대 조직과 흡사하다.

지휘체계가 엄격하며, 상관에 대해 절대복종이 요구된다. 레이드에서의 개인행동은 자칫 팀원 전체를 위험에 빠뜨릴 수 있기 때문이다.

따라서 공대장에 대한 '명령 불복종' 은 무엇보다 엄격하게 받아들여졌다. 특히 지금처럼 정당한 사유가 있는 명령을 거부했다간, 두고두고 게시판에 이름이 오르내릴 것이다. 그것은 차후 다른 길드와 연합하기 어렵다는 말과 똑같았다.

"끄응…."

"그대에게 공대장 자릴 내준 게 후회스럽군."

두 사람 다 불만이 가득했으나 태랑의 명령을 받아들일 수밖에 없었다. 겨우 사태를 수습한 태랑은 사상자들을 처리한 뒤 전리품 배분을 시작했다.

"싸이클롭스를 잡고 나온 아이템은 각각 인원수에 비례해 분배했습니다. 다만 보스 몬스터를 잡고 나온 아티펙트를 나누기 애매합니다."

태랑이 가리킨 곳엔 두 자루의 시미터와, 한 권의 스킬 북이 놓여 있었다. 두 마스터가 빠르게 아티펙트를 감식했다.

[거인의 시미터] 6등급 아티펙트.

-거인이 좋아하는 휘어진 칼.

+유령무희(2lv) 스킬을 사용할 수 있음.

+포스 39% 상승효과.

+거인류 몬스터를 상대할 때 20% 공격력을 상승시킨다. 단 거인의 적대감을 유발할 수 있음.

[외눈박이의 비애] 3등급 스킬북

-스킬 북 소모 시 다음의 2가지 스킬을 배울 수 있음.

+리프 어택(1Lv)

공중으로 껑충 뛰어올라 상대를 공격할 수 있음.

+재앙의 대피소(1Lv)

일정 지역에 결계를 쳐 몬스터의 난입을 차단함. 레벨이 올라갈수록 면적과 지속시간이 증가.

"F급 몬스터치곤 아티펙트가 많이 드랍된 편은 아닙니다. 그래도 이 시미터는 나올 수 있는 최대 등급이 나온 것 같습니다. 스킬 북은 평범하구요."

방금 전까지 날을 세우던 두 마스터는 6등급 아티펙트를 보고는 눈이 휘둥그레 졌다. 태랑의 말대로 F등급 몬스터가 드랍 할 수 있는 최상품이 나온 것이었다.

과거 같으면 욕심을 내봤을 태랑이지만, 지금은 둘을 이간질하는 게 목적이었다. 태랑이 스킬북을 가리키며 말했다.

"저희 세이버에선 가장 적은 인원이 참가했으니 이 스킬북으로 만족하겠습니다. 괜찮으십니까?"

지금 상황에서 스킬북을 갖게 되면 자동으로 시미터는 포기해야 했다. 두 마스터는 들을 필요도 없다는 듯 고개를 끄덕였다.

"그거야 아무래도 상관없는데 이건 누가 갖지?"

"제가 양 길드에서 해치운 싸이클롭스의 수를 카운팅 해봤습니다. 정확하게 똑같더군요."

"하지만 본좌가 싸이클롭스 칸을 거의 때려잡지 않았느냐?"

"결국, 마무리한 것은 저희 클랜입니다. 그렇게 따지면 저희나 미사리 길드 역시 일정 부분 힘을 보탰구요."

"흐음…."

태랑은 여기서 수를 던졌다.

"이렇게 하는 건 어떻습니까? 솔직히 저희는 아티펙트를 안 챙겨도 상관없습니다. 하지만 그렇다고 어디엔 3등급짜리 스킬북을 주고, 또 다른 쪽에는 6등급짜리 무기를 주는 것은 형평성에 맞지 않는 것 같습니다."

"그거야 당연하지."

"그럼 어떻게 하겠다는 소리냐?"

"그래서 제가 생각한 것은 이렇습니다. 마침 시미터가 쌍칼이라 모두 두 자루니 두 분이 사이좋게 한 자루씩 나눠 가지는 겁니다."

태랑의 의견에 양길이 버럭 성을 냈다.

"그기 뭔 소리고? 본래 쌍칼인 것을 둘로 나눠 삘믄 아티 펙트 효과도 반감되는 거 아이가? 그게 말이가 방구가?"

당연한 지적이었다. 태랑도 그것을 모를 리 없었다.

"하지만 그렇다고 한쪽이 모두 갖는 것이야말로 더 불공 평하지 않겠습니까? 물론 지금 당장은 두 길드가 하나씩 나눠 갖더라도…."

태랑은 이쯤에서 살짝 눈치를 보며 두 사람을 번갈아 쳐 다보았다. 의도적인 호흡에 두 사람이 바짝 태랑의 입에 주 목했다.

"…나중에 두 길드께서 아티펙트 교환 같은 것을 통해 다시 한쪽으로 합치는 방법도 있으니까요. 안 그렇습니 까?"

태랑의 말은 다분히 고의적이었다.

아티펙트 교환을 언급했지만, 두 사람은 분명 나머지 하 나를 뺏는 방법을 떠올렸을 것이다.

천마의 눈에 순간적으로 살기가 도는 것을 놓치지 않은

288

태랑은 그의 의도대로 되었다고 확신했다. 양길 역시 눈알을 굴리며 어떻게 하면 놈들을 덮치고 물건을 강탈할지 고민하는 눈치였다.

"…하긴 그런 방법도 있겠군."

"내도 찬성."

"잘 됐군요. 역시 두 분이 말이 통해서 다행입니다. 전리품 분배도 끝났으니 이제 헤어지도록 하죠. 수고하셨습니다."

싸이클롭스 레이드를 위한 연합은 그것으로 종결되었다. 전리품 배분 결과를 들은 수현은 못내 아쉬운지 입맛을 다셨다.

"누가 봐도 우리가 제일 고생한 것 같은데…. 결국 남 좋은 일만 시켰네요. 6등급짜리 무기를 그냥 내주다니…."

"그게 꼭 좋은 일만은 아닐걸?"

"왜요?"

기지로 복귀하는 길에 태랑이 설명했다.

"본래 쌍칼인 것을 하나씩 나눠 가졌으니, 둘 다 얼마나 상대방 것을 탐내겠어. 그러잖아도 레이드 중에 시비가 붙어 감정이 안 좋은데 이건 불난 집에 기름 뿌린 거나 마찬가지지. 두고 봐. 분명 이걸로 사단이 날걸?"

"정말 그럴까요? 아무리 놈들이 막장이라도…."

"내가 여길 목적지로 삼은 이유가 뭐라고 생각해?"

"그야 여기가 중간 지점이니까요?"

"아니야. 사실 두 길드는 남한산성에 자리한 싸이클롭스 때문에 교류가 힘들었던 것도 있어. 하지만 이제 길이 뚫렸으니 서로 만나기 수월해지겠지."

"아…. 그렇다면."

"두고 봐. 분명 저 아티펙트를 두고 크게 한 건 터질 거야."

과연 태랑의 예상대로였다.

싸이클롭스 레이드가 끝나고 일주일 뒤, 아티펙트 교환을 이유로 두 길드가 남한산성에서 접선했다.

처음부터 아티펙트를 바꿀 생각이 없었던 양길은 수어장대 인근에 부하들을 매복시켜 놓고 있다가 협상에 나선 천마를 덮쳤다. 그러나 천마 역시 똑같은 생각을 가지고 부하들을 대동한 상태였다.

두 길드 사이에 피 튀기는 싸움이 벌어졌고, 양쪽 모두 엄청난 인명피해가 발생했다.

그러나 끝내 천마 길드가 승리했다. 천마는 내친김에 하남시의 미사리 길드 본진까지 밀고 들어갔다.

그때 기다리고 있던 세이버 클랜이 움직였다.

무분별한 맨이팅을 일삼는 천마 길드를 타도한다는 명분이었다. 헌터를 많이 잃은 데다 병력이 양쪽으로 분산되어 있던 천마 길드는 순식간에 본진을 빼앗기고 말았다. 완벽한 빈집털이였다.

"천마님. 아무래도 김태랑 놈에게 당한 것 같습니다."

부하의 보고에 천마가 테이블을 내리쳤다. 두꺼운 원목 테이블이 한 방에 쪼개지며 주저앉았다.

서울 진출을 노리던 천마 길드는 미사리 길드와의 혈전으로 크게 힘이 약화되었다. 한때 120명에 달하던 수하들도 채 스무 명도 남지 않았다.

"…내 이놈을 기필코 죽이고 말 것이야!"

"마스터. 지금은 분하지만 몸을 사려야 할 때입니다. 놈들의 기세가 만만치 않습니다."

"뭐라? 네놈까지 나를 능멸하느냐?"

"아, 아닙니다."

"내일 당장 놈을 쳐부수러 갈 것이다. 전투를 준비하라!"

천마의 무모한 결정에 많은 부하들이 우려를 표했다.

그들은 거듭되는 클랜전으로 심신이 지친 상태였다.

결국, 출정 전날까지 여색을 탐하고 잠들어 있던 천마를 부하들이 급습했다. 그는 믿었던 부하의 배신으로 제대로 대항도 못 해보고 목이 잘려나갔다.

참으로 허무한 죽음이었다.

천마를 배신한 부하들은 그대로 김태랑에게 항복을 선언했다. 이 모든 게 그의 독단적인 결정이었으며 자신들은 앞으로 태랑을 따르겠다고 했다.

태랑은 아량을 발휘해 천마 길드의 투항을 받아들이고 그들을 수하로 거두었다. 그중 일부를 하남시와 천마산 부근에 남겨 기존의 거주지를 지키게 하고, 양쪽의 지부장으로 장정문과 손석민을 파견해 내정을 관할케 했다.

불과 한 달 남짓한 사이, 인근 길드를 통합한 세이버 클랜은 이제 어엿한 길드로 우뚝 섰다. 천마 길드 세력의 일부를 흡수하고 신입 헌터들을 모집하여 길드원만 80여 명으로 늘었다.

관할구역도 강동 일부와 하남시, 그리고 천마산에 이르는 방대한 지역을 다스리게 되었다. 모든 게 후방을 지켜준 막고라 길드와 검은 별 클랜이 있기에 가능한 일이었다.

삼각동맹의 혜택을 누린 것은 비단 세이버 길드만이 아니었다.

패왕 여준상은 무서운 기세로 강북을 평정해 갔다. 강남을 잡고 있던 막고라도 이제는 한강 이남 최대 길드로 자리매김했다. 모든 게 태랑의 계산대로 맞아떨어지자 부하들의 신뢰는 더욱 커졌다.

이제는 조그만 클랜이 아니라, 거대 길드로 발돋움한 세이버로 몸을 의탁하려는 거주민들이 날이 갈수록 늘어갔다. 세 지역 전부를 합치면 어느덧 거주민만 2,000명에 이르렀다.

내정을 총괄하는 은숙은 눈코 뜰 새 없이 바빠졌다. 시간이 갈수록 늘어가는 거주민들로 인해 민원사항이 수없이 쏟아졌다. 그녀는 뛰어난 행정력을 발휘해 거주지를 안정시키는 데 최선을 다했다.

신입 헌터들이 대폭 늘어 훈련 교관인 민준도 정신없었다. 그는 고효상과 이정우를 부관으로 삼고 훈련에 박차를 가했다. 용장 밑에 약졸 없다는 말처럼 그의 훈련을 받은 신입헌터들은 빠르게 성장해 갔다.

민준이 훈련시킨 헌터들을 데리고 경험치를 먹이는 일은 유화와 안상훈의 몫이었다. 거주지 주변에 출몰하는 몬스터를 정리하며 레이드를 거듭한 유화는 어느새 '강철의 걸프랜드'란 별칭으로 통용되었다. 마스터의 여자 친구라는 의미도 있었지만, 앞의 수식에 방점을 찍는 이들이 많았다.

한모는 유화가 레이드를 통해 구해다 준 재료를 조합해 쓸 만한 아이템으로 탈바꿈시켰다. 많은 무기와 도구들이 그를 통해 만들어졌고, 이는 세이버 길드의 중요한 자산이 되었다. 언젠가 그가 했던 말처럼, 옛날에 태어났다면 필시 대장장이가 되었을 사람이었다.

수현은 언제나처럼 주변 동향을 수집했다. 서울 내 주요 길드들이 어떻게 세력을 확장해 가는지, 요주의 인물은 누구인지 항상 눈여겨보았다. 사무실에 늘어난 컴퓨터 수만큼 해커들도 많이 영입되었다. 거주민 중에선 헌터로서의 능력은 별로지만 다양한 일에 재능을 가진 사람이 많았고, 태랑은 그런 사람들에게 확실한 일자리를 제공했다.

길드의 외교업무를 담당하는 것 또한 그의 소관이었다.

모든 외부의 연락은 그를 거쳐 태랑에게 전달되었다. 이는 길드의 연락망을 일원화시켜 혼란을 방지하려는 방편이었다.

어느 날 수현이 내선 전화로 태랑에게 연락했다.

"마스터. 중요한 메일이 왔습니다."

"누군데?"

"발신인이 강철의 군주라고…."

"이명훈이군. 나한테 보내봐."

태랑은 집무실 컴퓨터에서 파일을 열었다.

To. 태랑이 형.

잘 지내? 소식 가끔 접하고 있어.

요새 잘나가더라?

우리 쪽 일은 이번 달 안으로 정리가 될 것 같아. 저번에 말한 63빌딩 공략은 언제쯤으로 맞추면 좋을까?

답장 기다릴게.

메일을 확인한 태랑은 오후에 참모 회의를 소집했다.

"강철 길드의 이명훈이 연락해왔다. 63빌딩 공략에 힘을 보태겠대."

"으읏! 드디어!"

클랜을 창설하면서부터 목표로 삼았던 숙원과제였기 때문에 모두들 흥분을 감추지 못했다. 마침내 63빌딩 공략에

턱밑까지 다가갔다.

매사에 신중한 은숙이 조심스럽게 의견을 냈다.

"이명훈이 그 동북아 타워를 공략했다는 사람 맞지?"

"그래."

"근데 그쪽 팀은 경험이 있을지 몰라도, 우리는 타워에 대해 너무 모르는 게 아닐까?"

"그래서 말인데 몸풀기 겸해서 타워 하나를 공략해 볼까 해."

"타워요?"

"무슨?"

태랑은 준비한 지도를 꺼냈다. 강남역 부근에 있는 40층 짜리 고층 빌딩이었다.

"박성규 마스터에겐 미리 협조를 구했어. 40층짜리면 우리 길드원만으로 충분히 공략할 수 있을 거야."

"언제쯤으로 생각하세요?"

"다음 달 초에 63빌딩을 가야 하니 다음 주쯤? 준비될까 공대장?"

유화가 머리를 긁적였다. 공격대 대장으로서 헌터들을 편성하고 레이드를 주관하는 일은 그녀의 소관이었다.

조그만 클랜에서는 마스터가 공대장을 겸하는 경우도 있지만, 조직이 커질수록 마스터는 운영으로 빠지고 공대장을 따로 두는 데가 많았다. 막고라 길드의 경우 모두 4개의 공대를 운영할 정도였다.

"흠. 맞춰 볼게요. 인원을 얼마나 할까요?"

"거주민 보호나 혹시 모를 공격에도 대비해야 하니 병력을 남겨놔야 해. 30 정도로 잡아."

"간부들을 누구누구가?"

"다들 일이 많으니 자원하는 걸로 하자. 타워 한번 가 보고 싶은 사람?"

은숙을 제외한 모두가 손을 들었다. 은숙은 일이 너무 많았기 때문에 도저히 몸을 뺄 수 없었다.

"슬아도 남아줘."

"저도요?"

"타워 안은 공간이 좁아서 네가 활약하기 힘들 거야. 부마스터 도와서 기지 방어에 신경 써줘."

잔류 명령이 섭섭했지만, 은숙 혼자만 남기는 것도 미안한 일이었다. 결국, 슬아와 은숙을 제외한 다섯과 나머지 헌터들을 포함한 서른 명의 공격대가 편성되었다.

만반의 준비를 마친 태랑은 처음으로 타워 공략에 나섰다.

던전과 타워는 기본적으로 유사한 구조를 가지고 있었다.

층에 따라 몬스터의 레벨이 상향되며 최하층과 최상층에는 보스 몬스터가 산다는 것이었다. 하지만 던전은 아무리 깊어 봐야 4~5층이 한계지만, 타워의 경우 최대 100층 가까이 올라갈 수 있었다.

타워 공략을 몬스터 레이드의 종착역이라 부르는 이유였
다.

"던전과 달리 타워는 중간보스라는 개념이 존재해."

"중간보스요?"

태랑은 레이드에 앞서 사전 교육을 실시했다. 이번 출정
에 선발된 서른 명의 헌터들이 태랑의 설명에 귀를 기울였
다.

"말 그대로야. 10층 단위로 하위층을 총괄하는 보스가
있어. 이번 공략할 빌딩은 40층짜리니까 중간보스가 3마리
존재한다는 거지."

"중간보스 등급은 어떻게 되죠?"

"20층 정도에 위치한 중간보스가 E등급 수준이야. 최종
보스는 G등급까지 갈 테고."

"G등급이면 래그나돈이랑 똑같네요?"

"저희 길드만으로 공략이 가능할까요?"

래그나돈 레이드는 태랑을 일약 스타덤에 오르게 한 사
건이었다.

래그나돈을 해치우는데 결정적인 역할을 한 태랑과 세이
버 클랜은 이후 레이드 게시판에 활약상이 소개되면서 전
국구 클랜으로 거듭났다. 현재 합류한 신입헌터들은 대부
분 그 사건을 통해 세이버 길드에 들어온 것이었다.

하지만 엄밀히 말하면 당시엔 5개 길드, 200여 명의 헌
터들이 연합한 레이드였다.

최근 세이버의 덩치가 제법 커졌다지만 단독으로 G등급 몬스터를 잡는 다는 게 부담스러울 수밖에 없었다.

우려와 불안의 눈빛을 감지한 태랑은, 부하들에게 자신감을 심어주어야겠다고 생각했다.

"래그나돈 레이드 당시 세이버는 고작 7명밖에 안 되는 소규모 클랜이었어. 하지만 지금은 그때보다 인원이 10배는 넘지. 다들 훈련을 게을리 하지만 않았다면 충분히 공략 가능하리라 판단한다. 나는 불가능한 계획은 애초에 세우지 않아."

"저는 마스터를 믿습니다."

"그래, 마스터가 있는데 무슨 걱정이야?"

태랑의 당찬 발언에 부하들의 사기가 끌어 올랐다.

고블린 군주를 해치운 이후 태랑은 더욱 강해졌다.

태랑이 계속 설명을 이어갔다.

"그럼 지금부터 본격적인 공략계획을 설명하겠다. 정보팀이 입수한 건물 설계 도면을 보면…."

태랑은 작전을 최대한 상세하게 브리핑했다.

사전 준비 상태도 철저하게 점검했다. 보급 식량부터 소모품에 이르기까지 소소한 것 하나 누락되지 않도록 은숙이 힘을 보탰다. 이러한 완벽한 작전 계획은 세이버 길드만이 가진 장점이었다.

이윽고 타워 레이드가 본격적으로 막을 올렸다.

"확실히 수준이 높네요."

철갑상어를 막 때려눕힌 유화가 말했다.

철갑상어는 상어 머리를 한 수인형 몬스터로 물어뜯기 공격으로 지속적으로 출혈을 일으키는 C급 몬스터였다.

"시작부터 C급이라니…."

"던전이랑은 난이도가 다르지."

타워는 던전과 달리 1층 입구에서부터 C급 몬스터가 출몰했다. A급이 시작인 던전에 비해 두세 단계는 상향된 사냥터였다.

"그래서 그만큼 먹을 것도 많아."

"떨어지는 아이템만 다 챙겨도 엄청나게 남는 장사구만."

한모는 연신 싱글벙글이었다.

길드 내 군수품을 관리하는 그에게 있어 타워 공략에서 쏟아지는 아이템과 아티펙트는 금맥을 발견한 것과 같았다. 한모는 몬스터를 해치우고 나온 '철갑상어의 어금니'를 빠짐없이 주워 담았다.

"한모 오빠가 제일 신났네."

"그라제. 이것이 돈으로 치면 얼만디?"

아티펙트가 나올 경우 곧바로 헌터들에게 분배되었다. 간부들은 어느 정도 장비를 갖췄지만, 아직 아티펙트 하나 없는 헌터들도 많았다.

태랑은 레이드 활약 정도에 따라 현장에서 바로 아티펙트를 지급했다. 이는 두 가지 이로운 효과를 낳았는데 하나는 헌터들이 보다 열심히 레이드에 집중할 수 있도록 사기를 진작시킨다는 측면이었고, 또 다른 하나는 전투를 거듭할수록 전력을 상승시킨다는 점이었다.

대개 길드들이 전리품 지급에 인색한 반면 태랑은 어지간한 아티펙트는 대부분 부하들의 몫으로 돌렸다.

본인이 가진 장비가 월등한 이유도 있었지만, 길드 전체의 전력을 끌어올리는 것이 무엇보다 중요하다고 봤기 때문이었다. 뛰어난 전력을 바탕으로 더 높은 수준의 몬스터를 레이드 할 수 있었고, 이로 인해 더 많은 전리품을 확보할 수 있었다.

어느덧 10층에 다다르자 중간보스가 등장했다.

10층의 중간보스는 D급 몬스터인 옥토퍼스였다.

"엥? 저건 문어잖아?"

"이 타워는 수산물 전문인가 봐. 철갑상어나 뱀장어처럼 생긴 애도 있더니…."

옥토퍼스는 지상에 나타난 문어였다.

8개의 다리 중 두 개는 발처럼 땅을 딛고 서 있었고, 나머지 6개의 다리가 촉수처럼 꿈틀거렸다. 번들거리는 피부에선 끊임없이 체액이 흘러내렸다.

태랑은 직접 상대할까 하다 부하들에게 경험을 주기 위해

지원자를 받았다.

"D급 몬스터랑 1:1 해볼 사람? 간부들 빼고."

현재 길드 내의 간부들은 D급 몬스터 정도는 쉽게 해치울 수 있었다. 특히 민준이나 유화는 E급도 가능한 수준이었다.

"제가 한번 해보겠습니다."

거대한 대검을 짊어진 안상훈이 걸어 나왔다. 레이드의 돌격대장을 맡은 그는 주요참모 바로 밑 서열에 위치한 강자였다.

"놈의 먹물 공격을 조심해."

"…그래 봤자 문어 대가립니다."

터프하게 대답한 안상훈이 대검을 옆으로 들고 달려들었다.

옥토퍼스가 6개의 촉수를 이용해 펜싱 칼처럼 찌르고 들어왔다. 급소를 노리는 치명적인 공격에도 안상훈은 거침이 없었다.

"으랏차!"

그의 대검이 휩쓸고 지나가자 문어 다리가 우수수 잘려나갔다. 보통의 칼이라면 불가능했겠지만, 엄청난 절삭력을 가진 대검의 무게를 견디지 못한 것이었다.

그때 주전자 부리처럼 튀어난 옥토퍼스의 주둥이에서 검은색의 액체가 뿜어졌다. 원유처럼 질척거리는 옥토퍼스의 먹물엔 끈끈이처럼 상대를 옴짝달싹 못하게 하는 성분이

들어 있었다.

"조심해!"

유화가 나서려고 하자 태랑이 손을 들어 그녀를 저지했다.

"아직 괜찮아. 지금 나섰다간 원망만 듣게 될걸. 그를 믿어봐."

태랑의 말처럼 안상훈은 얼굴로 쏟아지는 옥토퍼스의 먹물을 막으려고 대검을 수직으로 세웠다. 넓은 검 면이 그의 상반신을 완전히 가리며 먹물이 좌우로 빗겨나갔다.

"오, 저걸 방패처럼 쓸 수도 있구나?"

"저거 프라이팬도 가능할걸?"

"그게 무슨 소리야?"

"밑에다 불 피우고 위에 삼겹살 올리면 딱 불판이지 뭐야. 넓적하니 고기 꿔 먹기 좋겠는데."

"크크. 야, 너 상훈이한테 다 이른다?"

"이 자식이 또 구타를 유발하네?"

길드 내 만담꾼인 이정우와 고효상이 쓸데없는 소리를 지껄이자 민준이 인상을 찌푸렸다.

"너희들 잡담 그만하고 어떻게 싸우는지나 잘 봐."

같은 훈련조에 속한 두 사람이 민준 앞에서 바로 꼬리를 내렸다. 그는 태랑에겐 깍듯이 예의를 갖추었지만, 부하들 앞에선 호랑이보다 무서운 상관이었다.

"넵."

"죄송합니다."

민준이 이들을 부관으로 기용한 것은 포텐이 충분했기 때문이었다. 그러나 진중하지 못한 성격 탓에 생각보다 성장이 더뎠다. 민준은 이들에게 자극을 주고 싶었다.

"같은 동기로 들어온 안상훈을 보고 느끼는 게 없다면, 너희들은 계속 뒤로 쳐질 수밖에 없다."

민준의 일침에 고효상과 이정우가 입을 다물었다. 그의 말대로 안상훈은 묵묵히 훈련을 거듭하여 벌써 D급 몬스터를 단신으로 상대할 정도가 되었다.

대검을 들어 먹물 공격을 막아낸 안상훈은 검을 수직으로 내리쳐 옥토퍼스를 양단했다. 일격에 몸통이 좌우로 쪼개진 옥토퍼스는 양피지에 돌돌 말려진 스크롤을 하나 남겼다.

[문어의 유산] 2등급 스크롤
-스크롤 소모 시 다음의 스킬을 배울 수 있음.
+블랙 워터(1Lv)
전방을 향해 끈끈히 먹물을 쏟아 냄.

"수고했다. 안상훈. 네가 해치웠으니 전리품은 네 몫이다."

"맡겨주셔서 감사합니다. 하지만 이 스크롤은 저에겐 그다지 필요 없는 것 같습니다."

안상훈은 전형적인 돌격형 전사였다. 마법을 쓰는 것이 익숙치 않았고, 가지고 있어 봐야 배울 일도 없을 것 같았다.

그는 주변을 둘러보더니 안나를 향해 스크롤을 건넸다.

"네가 써라."

"이걸 왜 날 줘?"

"나한텐 필요 없는 물건이다."

의외의 행동에 다들 수군거렸다.

"헐. 안상훈이 안나 찍었나 봐."

"목석같은 줄로만 알았는데 남자는 남자네."

"야, 내가 같이 목욕하면서 봤는데 가운데 대포동 미사일이 달려있더라고."

"진짜?"

태랑은 소란스러워지는 분위기를 정리했다.

"다들 그만 떠들고. 오늘은 이쯤에서 그만하자. 다들 숙영 준비해."

"여기서요?"

"타워 몬스터들은 층간 이동을 하지 않아. 하루 자고 내일은 20층까지 오른다."

건물 안이라 숙영준비는 별다른 시간이 걸리지 않았다. 가져온 식량으로 허기를 때우고 몇몇은 벌써 취침에 들어갔다.

태랑은 간부들을 소집해 상황을 점검했다.

"아까 7층에서 부상 입은 헌터는 괜찮나?"

"힐러 치료로 많이 나아졌습니다. 내일쯤이면 완전히 회복될 것 같습니다."

"다른 부상자들은 없지?"

"네. 제가 점호하면서 체크했는데 이상 없습니다."

"좋아 모두 수고했어. 내일부턴 좀 더 힘들어질 거야. 다들 긴장들 해."

다음날.

11층부터 난이도가 급상승했다.

10층의 중간보스가 D급이었다면, 11층부터는 기본 몬스터가 D급이었다. 10층의 보스 몬스터가 11층에선 시작 레벨밖에는 되지 않는 것이었다.

"한순간에 레벨이 확 뛰네?"

"옆에!"

"라이트닝 스피어!"

수현의 번개창이 달려들던 도마뱀 괴물에 적중했다. 온몸이 불꽃으로 넘실거리는 살라맨더라 불리는 D급 괴수였다.

"으, 가까이만 가도 뜨거워. 접근을 못하겠어."

"근데 신기하게 왜 주변으로 불길이 안 번지지?"

"마법의 불길이라 그런가?"

살라맨더는 갈라진 혀끝에서 불꽃을 뿜어대며 세이버 길드를 공격했다. 태랑은 이에 마법 방어 스킬을 가진 헌터들을 이용해 방어막을 치고 원거리 공격수들을 위주로 공격을 전개했다.

근접 전사들은 살라맨더가 뿜어대는 마법의 불길 덕에 접근조차 힘들어했다.

'확실히 구성을 맞추놓으니 이런 부분이 편하군.'

레이드에선 근접 전사와 원거리 공격수의 비율을 적당히 맞추는 편이 효율이 좋았다. 어느 한쪽만 지나치게 많다면 몬스터에 따라서 불리한 상황이 발생할 수 있었다.

가령 궁수 위주로 편성된 아쳐스 길드가 아이언 골렘을 상대할 때 애를 먹었던 것이나, 근접 전사로만 이루어질 경우 불꽃의 괴물 살라맨더를 상대로 고전할 수밖에 없었다.

하지만 태랑은 이를 대비해 레이드 구성을 근접과 원거리 공격수를 적절하게 섞어 놓았다. 특히 필요한 경우 소환수를 이용해 비율을 조정했다.

그는 해골 궁수와 빙결계 마법을 쓰는 메이지 스켈레톤을 소환해 살라맨더를 정리했다. 살라맨더를 모두 해치우자 '불꽃의 정수'라는 아이템이 나왔다.

"이건 어디에 쓰는 거지?"

"잘 챙겨둬. 나중에 파이어 골렘을 만드는 재료로 쓸 수 있는 거야."

"그런 골렘도 있어요?"

대게의 골렘들이 단단한 외피를 바탕으로 탱킹을 전담한 다면 파이어 골렘은 순수한 공격형 전사에 가까웠다. 태랑은 재료를 모아 여러 종류의 골렘을 양산할 계획이었다.

"골렘도 종류가 여러 가지거든. 재료만 충분히 구하면 골렘 부대를 만드는 것도 가능할걸?"

"그럼 이제 네크로마스터라고 부르기가 애매하겠는데요?"

해골 소환은 이제 그가 가진 수많은 스킬 중 하나에 불과했다. 처음에 레이지 스켈레톤 스킬을 받아서 소환능력 위주로 성장했지만, 지금은 엄연히 근접 전사에 가까웠다.

"해골도 부리고, 골렘도 부리고 마법에 근접 공격까지…. 마스터는 정말 못하는 게 없네요. 만능술사 어때요?"

"만능술사는 좀 유치한데."

"그보단 능력 포식자 어떻습니까? 특성이랑 딱 어울리는데."

"아! 그래. 마스터님도 이제 어엿한 길드의 수장인데 군주라고 칭하는 건 어때요?"

"군주?"

"포식의 군주. 왠지 어울리는데요?"

사실 태랑은 과거 '무한의 포식자'라는 별칭으로 불렸다. 하지만 포식의 군주라는 별명도 왠지 어울리는 것 같았다.

'그것도 나쁘지 않겠군.'

11층부터 17층에 이르는 구간까지는 순조로웠다. 타워 몬스터들은 한정된 공간에 있기 때문에 비교적 그 수가 적은 편이었다.

그런데 18층으로 오르는 계단 입구를 열자 시작부터 몬스터들이 쏟아져 나왔다.

"으아아 이게 다 뭐야?"

"벌이다! 초대형 벌이야!"

18층을 가득 메운 건 사람 팔뚝만 한 말벌 군단이었다. 앵앵거리는 살벌한 날갯짓과 함께 수백 마리의 벌 떼가 세이버 길드를 향해 날아들었다.

1열을 맡은 방패 전사들은 예상치 못한 벌 떼의 기습에 순식간에 전열이 흐트러졌다. 방패로 막아내기엔 놈들의 공격이 지나치게 파상적이었다. 전후좌우 사방을 가리지 않는 무차별 공격 앞에 모두 도망 다니기 급급했다.

"으앗, 쏘였어!"

"나도!"

벌침에 쏘인 헌터들은 그 자리에서 돌처럼 몸이 굳었다. 의식은 뚜렷한데 몸이 전신 마취라도 된 것처럼 조금도 움직일 수 없었다.

"마비 침이다! 조심해! 벌침에 쏘이면 몸이 마비되고 말아!"

그러나 어느새 상당수의 헌터들이 벌침 공격에 쏘인 후였다. 이대로 가다간 제대로 저항도 못 해보고 꼼짝없이 당할 판국이었다.

태랑이 급박한 목소리로 수현을 찾았다.

"이수현!"

"네, 알고 있습니다요! 라이트닝 스피어!"

수현의 번개창이 마비된 헌터들 사이를 가로질러 벌떼에 적중했다. 잔뜩 뭉쳐져 있던 놈들 사이로 체인 라이트닝이 퍼져나가며 짜릿한 감전 충격을 선사했다.

밀집도가 높고 덩치가 작은 놈들일수록 수현의 스킬이 빛을 발했다. 수현의 공격에 잠시 숨을 돌린 태랑이 곧바로 지시를 내렸다.

"탱커들은 육탄으로 수현이를 보호해! 수현이를 지켜야 해!"

태랑은 신속한 판단을 내리며 본인도 곧 화염계 해골 마법사들을 소환했다.

"말벌은 태워 죽여야 제맛이지! 파이어 볼!"

태랑의 손에서 거대한 불덩이가 날아갔다. 그의 파이어 볼에 적중당한 벌 떼가 힘을 잃고 우수수 떨어졌다. 새까맣게 그을린 곤충 괴물의 사체가 바닥을 뒤덮었지만, 놈들은 죽여도 죽여도 끊임없이 쏟아져 나왔다. 이대로 가다간 놈들을 모두 제압하기 전에 포스가 먼저 소모될 판이었다.

그때 정신없이 검을 휘두르며 말벌을 물리치던 민준이 뭔가를 발견하고 소리쳤다.

"마스터! 저쪽에 말벌집이!"

이제 보니 건물 구석에 매달린 커다란 말벌집에서 쉴 새 없이 말벌들이 쏟아져 나오고 있었다.

'그렇군. 저걸 없애지 않으면 끝이 안 나겠다.'

"다들 조금만 버텨봐!"

태랑은 빠르게 달려가 말벌 통을 향해 파이어 볼을 갈겼다.

커다란 폭음과 함께 말벌집이 송두리째 폭발하며 산산조각 났다. 태랑이 이런 식으로 서너 개의 말벌 통을 터뜨리자 어느새 말벌들이 눈에 띄게 줄어들었다. 그사이 수현이 남은 말벌들을 차례로 정리했다.

마비에 걸렸던 헌터들은 30분쯤 지나서야 굳었던 몸이 돌아왔다. 수현이 빠르게 체인 라이트닝을 걸지 않았다면 큰 곤욕을 치렀을 것이다.

"이수현. 수고 많았다. 네 활약이 컸어."

"감사합니다."

"우아, 정보 참모님 이번에 한 건 하셨네요?"

말벌 떼를 모두 제거한 태랑은 건물에 옮겨붙은 불을 진화하고 다음 층으로 이동할 채비를 갖췄다. 잔불을 확인하던 한모가 말했다.

"그라고본께 확 이 건물 통째로 태워 브러도 되겠는디?"

"태우다뇨?"

"아니 밑에서부터 불 질러 블믄 몬스터들이 알아서 뒈져버릴 거 아녀? 그라믄 나중에 아이템만 수거해가면 되지. 괜찮은 생각 아니냐?"

"오, 그거 좋은 아이디언데요?"

"그렇겐 안 될걸."

태랑이 고개를 가로저었다.

"몬스터들은 오로지 포스를 통해서만 죽일 수 있어. 불을 놔봤자 괜히 건물만 불타고 몬스터들은 멀쩡할걸? 그을음 가득한 타워는 더 들어가기 싫어 질 테고."

"그럼 아예 폭파시켜버리는 건 어때요?"

"폭파?"

"왜 오래된 콘크리트 건물에 발파작업 하면 폭삭 주저앉잖아요. 그럼 몬스터들도 완전히 납작포가 되지 않을까요?"

"폭탄은 누가 설치할 건데?"

"아…. 그런가?"

"그리고 그것도 별로 소용없을 거야. 몬스터들은 포스가 담긴 타격이 아니고선 절대 데미지를 입지 않거든. 지구의 물리법칙이 통용되지 않는 존재니까…. 설사 미사일로 건물을 주저앉힌다 해도 안에 있던 몬스터들만 밖으로 쏟아져 나올 뿐이야."

"와…. 타워에 있던 애들이 죄다 밖으로 튀어나오면 완전 재앙이겠는데요."

"그래. 어차피 놈들은 또 다른 곳을 찾아 이동할 테니까. 괜한 혼란만 가중되겠지. 그런 식으론 문제가 해결되지 않아. 결국, 헌터가 일일이 때려잡는 방법밖에는 없다고."

이런 저런 얘기를 하는 사이 일행은 어느덧 20층 중간보스 층에 오르는 입구 앞에 섰다.

유화가 태랑에게 물었다.

"그냥 지나치고 올라가는 방법은 어때요?"

"비상계단으로?"

"네. 타워 몬스터들은 층간 이동을 못 한다면서요. 굳이 하나씩 싸울 필요 있나요?"

"아, 그건 위에 있는 몬스터가 아래로 내려오지 않는다는 소리야. 하위층을 그냥 건너뛰고 넘어가면 밑에서 밀고 올라와 버리거든. 자칫하면 중간에 샌드위치 신세가 될 거야."

"그것도 좀 웃기네요. 위로 오르려거든 나를 밟고 가라. 뭐 이런 개념일까요?"

"모르지. 몬스터들의 행태를 이해하려면 차라리 게임을 생각하는 게 빠를 거야."

"게임이요?"

"왜 게임에서도 그렇잖아. 더 높은 단계에 있는 몬스터가 처음부터 바로 등장하면 될 것을 꼭 조무래기부터 차례로 내보낸단 말이지."

"아하. 그렇네요. 마치 레벨링을 의도한 것처럼…."

두 사람의 대화를 듣고 있던 수현이 불쑥 끼어들었다.

"그거 요새 레이드 게시판에서 한창 유행하는 이론이에요."

"이론?"

"게임이론이라고 부르던데요."

"어? 나 대학 때 들어 본 것 같은데?"

본래 게임이론이란 천재 수학자 존 내쉬가 주창한 것으로 경제학적인 현상을 내쉬 균형에 따라 설명한 이론이다.

"물론 그거랑은 전혀 다르구요. 문자 그대로 '게임' 속 세상이 지구에 펼쳐졌다는 이론이에요."

새로운 게임이론은 몬스터 인베이젼 현상을 매트릭스의 '빨간약'에 비유한다.

"왜 영화 매트릭스에서 보면 주인공한테 빨간약과 파란약을 고르게 하잖아요. 빨간약을 먹으면 눈에 보이는 세상이 사실 거짓이고 숨겨진 진실과 마주하게 될 거라고요. 게임이론에 따르면 몬스터 인베이젼은 신이 지구인들에게 빨간약 폭탄을 던진 거래요. 온 우주가 실제론 게임 세상처럼 이루어 져 있었고, 그것을 이제 지구에도 적용한 거죠."

"오호."

"몬스터들은 우리가 아는 물리법칙으로 설명이 안 되잖아요. 포스니 쉴드니 하는 것도 그렇고. 몬스터 시체는 왜 사라지는 건지, 아티펙트는 어디서 갑자기 뚝 떨어지는 건지. 스텟창은 대체 왜 보이는 건지. 이 모든 걸 설명하는 이론이 바로 게임이론이죠."

사람들은 이해하지 못하는 현상에 대해 두려움을 갖는다. 과학이 발달하지 않은 과거에는 지진과 화산폭발을

신의 진노라고 여길 때도 있었다.

몬스터 인베이전과 각성자의 등장 역시 인간의 이해범위를 아득하게 뛰어넘은 현상이었다. 뉴턴과 아인슈타인이 이룩했던 모든 물리학 법칙은 한순간에 쓰레기통에 처박혔다.

사람들은 다시 불안해졌고, 불안감은 필연적으로 현상을 이해하기 위한 이론을 등장시켰다. 수현이 설명한 게임이론은 최근 가장 많은 지지를 받는 세계관이었다.

포탈을 넘었다 돌아온 태랑은 수현의 말에 묘하게 설득력이 있다고 생각했다.

'하긴···. 포탈 너머의 이면 세계는 지구와 조금 달랐어. 다른 패치가 적용된 버전 같았달까?'

유화가 말했다.

"게임이론이고 뭐고 간에 일단은 눈앞의 몬스터부터 해치우죠!"

"내 말이 그 말이여. 어차피 이해허지도 못할 거, 고민해 봐야 뭔 소용이데. 언능 가장께."

"그래. 어디 한번 밟아 주러 가 볼까?"

20층에 들어서자 건물 내에 습한 기운이 확 느껴졌다. 어디선가 배관이 터져 누수가 된 것처럼 천장에서 물이 뚝 뚝 떨어졌다. 습기에 얼룩진 벽면에선 괴이한 식물들이 담쟁이 넝쿨처럼 자라있었다.

"테라포밍 능력이군. 다들 조심해."

"테라포밍?"

"주변 환경을 자신에게 맞게 바꾸는 괴물이란 소리야. 일전에 거미 여왕 기억나지?"

"아, 지하철 전체에 거미줄 쳐놨던 괴물 말이죠?"

"으…. 왠지 눅눅한 걸 보니 양서류 같은 놈이라도 사는 가 봐요."

물이 고인 바닥은 점점 수위가 깊어지더니 발목까지 이르렀다. 진창처럼 혼탁한 물 위엔 녹색의 식물들이 둥둥 떠다니고 있었다.

"이건 개구리밥처럼 생겼는데?"

"어, 정말?"

"혹시 여기 사는 괴물이 개구리란 소릴까?"

"너 족집게 해도 되겠다. 저기 봐."

정말로 20층의 한가운데 거대한 개구리가 웅크리고 있었다. 보라색의 피부에 노란색의 점이 알알이 박힌 모습이 한눈에 독 개구리임을 짐작게 했다.

"우아. 크다. 저런 게 진짜 황소개구리구나."

"황소보다 크다. 코뿔소쯤 되겠는데?"

"마스터. 이번엔 제가 한번 상대해 보겠습니다."

벼르고 있던 민준이 곧바로 칼을 뽑아 들었다. E급 몬스터와 1:1은 처음. 그는 자신의 실력을 테스트해보고 싶은 마음이 있었다.

"좋아. 훈련 교관. 본때를 보여주라고."

태랑은 민준을 신뢰했다. 자신에 가려져 있어서 그렇지 실력만 놓고 보면 어디 가서도 꿀리지 않을 헌터다. 다들 긴장한 채 민준과 거대 개구리의 대결을 주목했다.

민준은 철혈도를 이마 위까지 치켜들고 놈을 노려보았다.

아직 놈의 기술을 모르기 때문에 쉽사리 공격할 수 없었다.

먼저 움직인 것은 거대 개구리였다. 놈이 목울대를 꿀렁이더니 입을 크게 벌렸다. 그러자 입속에서 채찍 같은 혓바닥이 뻗어 나오며 민준을 덮쳤다.

"어디서 감히!"

민준은 일검에 토막 내겠다는 마음으로 철혈도를 휘둘렀다. 안상훈이 대검으로 문어 괴물의 다리를 자른 것과 유사한 전략이었다.

그러나 과연 상대는 E급 괴물.

놈의 혓바닥이 뱀처럼 똬리를 감으며 휘어지더니 민준의 철혈도를 칭칭 감쌌다. 날카로운 검 날을 감고도 상처 하나 없는 내구도는 민준도 예상치 못한 것이었다.

"이, 이놈이!"

거대 개구리는 민준의 검을 빼앗을 것처럼 잡아당겼다. 그 힘이 어마어마해 민준은 버티지 못하고 훅 당겨졌다. 검을 놓친다면 공격할 수단이 없게 되는 민준으로서는 당장 검을 놓을 수도 없었다.

"어엇!"

지켜보던 헌터들 사이로 비명이 터져 나왔다.

민준은 두 발을 최대한 벌리며 발바닥을 놈의 윗입술과 아랫입술에 디뎠다. 이제 버티는 민준과 당기는 개구리 사이에 힘겨루기가 벌어졌다.

'혓바닥 하나 끝내주게 질긴 놈이군.'

민준은 철혈도에 오러 블레이드를 걸었다. 절삭력을 2배로 상승시켜주는 스킬 효과로 철혈도의 검신에 형광색의 빛이 감돌기 시작했다. 그러나 그다음 이어진 민준의 행동은 전혀 의외의 것이었다.

자진해서 놈의 입속으로 빨려들어 간 것이었다.

꿀꺽-!

거대 개구리가 만족스러운 표정으로 민준을 삼키자 세이버 길드의 헌터들 모두 경악했다.

"으악!"

"민준 오빠를 삼켜버렸어!"

"요 새끼가!"

흥분한 한모가 뛰쳐나가려고 하자 태랑이 그를 제지했다.

"아직요. 기다려 보세요."

태랑은 민준이 일부러 뛰어든 것임을 알고 있었다. 분명 생각이 있을 것이다.

그때 거대 개구리의 불룩한 뱃속에서 뾰족한 물체가

튀어나왔다. 그것은 은은한 형광 빛으로 물든 민준의 철
혈도였다. 철혈도는 수술용 메스처럼 수직으로 놈의 배
를 가르기 시작했다.

푸학-!

엄청난 피가 뿜어져 나오며 거대 개구리가 뱃속에서 민
준이 뛰쳐나왔다. 뱃속이 완전히 갈라진 개구리는 혀를 쑥
내밀고 즉사했다. 피를 흠뻑 뒤집어쓴 민준 역시 비틀거리
더니 칼끝으로 바닥을 짚으며 겨우 몸을 지탱했다.

"크흑. 입 한번 더럽게 크네."

"역시 훈련 교관님이야!"

"와! 고래 뱃속도 아니고 개구리 뱃속을 가르고 나오다
니!"

다들 그의 무용에 놀라워하는데 태랑의 표정이 심상치
않았다. 그는 빠르게 민준에게 달려가 그를 부축했다.

"독에 중독됐을 거야. 어서 해독의 팔찌를…."

"네, 마스터."

"힐러! 정화 스킬 가진 힐러들은 모두 이쪽으로!"

독 개구리의 피는 그 자체로 강한 독성을 띠고 있었다.
그 피를 옴팡 뒤집어썼으니 민준 역시 타격이 없다 할 수
없었다.

태랑의 빠른 조치로 다행히 민준의 상태는 크게 악화되
지 않았다. 그러나 체내에 쌓인 독을 몰아내려면 다소 시간
이 걸릴 것 같았다.

"좋아. 오늘은 여기까지만 하자. 장비 확인하고 다들 휴식해."

"옙."

10층을 하루 사이에 돌파하느라 다들 포스와 쉴드가 소모된 상태였다. 이제 휴식이 필요한 시점이었다.

"민준이 형 좀 괜찮아요?"

"응. 이제 많이 진정됐어. 내일 아침이면 완전히 회복할 수 있을 것 같아."

"와…. 전 아까 죽는 줄 알았어요. 어떻게 뱃속으로 들어갈 생각을 하셨어요?"

수현은 물음에 민준이 희미하게 웃으면서 대답했다.

"가까이서 보니까 놈의 피부 가죽이 굉장히 질기게 생겼더라고. 혓바닥처럼 말이지. 그나마 안쪽은 좀 연할 거 같았어."

"하하. 민준이 형도 참…."

"그나저나 이 속도면 내일 모레쯤 최상층에 도달하겠군요."

"그렇게는 힘들 거야. 이제부턴 E급 몬스터들이 쫙 깔릴 테니…."

E급부터는 헌터들이 단신으로 사냥하기엔 부담스러운 존재. 현재 구성에서는 태랑을 제외하면 유화나 민준 정도가 겨우 상대할 수준이었다.

태랑이 차분한 목소리로 말했다.

"레이드는 혼자서 하는 게 아냐. 그래서 팀훈련을 빡시게 시켰던 거고. 오늘도 봐. 수현이의 체인 라이트닝 스킬이 아니었다면 말벌에게 완전히 고전했겠지. 민준이가 중독되었을 때도 힐러들의 역할이 컸고 말이야. 결국은 다양한 조합과 구성이 무엇보다 중요해. 타워 공략에 인원이 많이 필요한 이유기도 하고."

"그렇군요."

"역시 마스터십니다."

"그리고 한 가지 더."

태랑이 흥미로운 이야기를 꺼냈다.

〈8권에 계속〉